ВАЛЕРИЙ БОЧКОВ

КОРОНАЦИЯ ЗВЕРЯ

2025

Президент убит, Москва в огне, режим пал, по Красной площади гарцует султан на белом коне. Что будет дальше, не знает никто, даже захватившие власть, ситуация меняется с каждым часом... В наступившем хаосе социолог Дмитрий Незлобин ищет своего сына, чтобы спасти от гибели. Но успеет ли, сможет ли?

Bibliografische Information der Deutschen Nationalbibliothek:
Die Deutsche Nationalbibliothek verzeichnet diese Publikation in der Deutschen Nationalbibliografie; detaillierte bibliografische Daten sind im Internet über http://dnb.dnb.de abrufbar.

Copyright ©ISIA Media Verlag, Leipzig 2025
Copyright ©Валерий Бочков, 2025
Cover design ©Valery Bochkov, 2025
Satz: ORDEN COMPANY LTD
Druck und Verarbeitung: Libri Plureos GmbH, Hamburg

Printed in Germany

ISBN 978-3-689599-70-6

Пролог

Отец любил повторять: «Каждый день живи так, будто это твой последний день. Однажды ты окажешься прав на все сто».

Для ресторанного саксофониста — достаточно скептический взгляд на вещи. Отец был музыкантом средней руки, не звездой, но вполне крепким профессионалом. Именно такие выдувают свои хриплые трели в джаз-оркестрах солидных ресторанов с дубовым паркетом и янтарными плафонами. Или играют на коктейлях и приемах, где кавалеры в смокингах кружат бледных дам с голыми спинами. Или развлекают сонных путешественников на шикарных океанских круизах.

Корабль назывался «Ливадия»; он казался мне произведением искусства, неземным, почти волшебным созданием. Пугал размерами. Из воды торчала циклопическая якорная цепь, мокрая и черная. Она уходила вверх и исчезала в клюзе, который маячил на жуткой верхотуре — никак не ниже пятого этажа. Над горизонтом плавилось остывающее солнце, ровный круг, похожий на распахнутую дверь в пылающую топку. Было шесть часов вечера.

Под навесом пирса царила нервная суета. От воды тянуло соленой сыростью. Отец курил, энергично прикусив золотой ободок сигареты, в одной руке — перетянутый ремнями рыжий скрипучий чемодан, в другой — концертный фрак в пластиковом мешке. Щурясь от дыма, отец весело оглядывал галдящую толпу поверх голов, словно искал знакомых. Саксофон в черном футляре с почти королевским вензелем «ВК» он доверил мне.

Быстрые чайки с изнанки отсвечивали зеленым, а когда солнце коснулось воды, птицы вдруг стали розовыми. Стемнело почти сразу, закат выдохся, оставив сливовую полоску вдоль горизонта. «Ливадия» выдержала паузу и торжественно зажгла огни.

Проступая смутным, могущественным силуэтом и туманно сияя желтыми иллюминаторами, она, точно сказочный великан, загородила половину фиолетового неба. Корабль казался мне куском города — живым, обитаемым и шумным, по непонятной причине сползшим в море. Где-то рядом, перекрывая гулкое многоголосое эхо, затарахтела корабельная лебедка.

Пассажиры гуськом ползли вверх по трапу, озабоченно поглядывая вниз и назад. Смотрели туда — на пирс, на сушу, маясь в сумрачном чистилище каждого странника — считая муторные минуты между надоевшим прошлым и тревожным, но наверняка чудесным будущим. Ведь любое путешествие всегда выбор: еще есть время передумать, еще можно порвать билет, сдуть розово-голубое конфетти обрывков в черноту подтрапья. Еще есть время вернуться. Остаться в знакомом, пусть надоевшем своей обыденностью, но привычном мире. На твердой и надежной земле.

Вздохнув, словно спросонья, «Ливадия» подала голос. У корабельной сирены был тоскливый округлый бас, протяжный и тревожный. «До-диез», — подмигнул мне отец и показал куда-то наверх. Я поднял голову — там на верхней палубе застыл первый помощник капитана, строгий и невозмутимый, в белом кителе с золотыми галунами. За его спиной угольным минаретом высилась корабельная труба. Еще выше сияли звезды — мой глаз безошибочно выхватил три голубых бриллианта на поясе Ориона.

По палубе деловито проталкивались стюарды, юркие и изящные, они напоминали форель, идущую против течения. Медным набатом гудел гонг, от протяжного звона ныли зубы, кто-то простуженным баритоном повторял по радио, что до отправления осталось пятнадцать минут.

Отец остановил стюарда, показал билет.

Нас повели куда-то вниз. Повели узкими покатыми коридорами, тесными крутыми лестницами, через закоулки и лабиринты, мимо дверей с латунными цифрами. Шли целую вечность, мне казалось, что мы спускаемся в самое чрево могучего зверя. Я уже предвкушал увидеть его сердце — машинное отделение с циклопической турбиной, чугунные шестеренки, нет, шестерни высотой с дом, сияющие сталью поршни и шатуны. И там среди железа и жара — снующих в багровом мраке механиков и кочегаров. Сильных и ловких, блестящих от пота и черных от копоти, точно бесы в преисподней.

Стюард распахнул дверь, и мы оказались в нашей каюте. Я разочарованно опустил футляр на пол — вместо пиратских гамаков здесь были две вагонные полки. Вообще, если бы не иллюминатор, можно было бы решить, что ты в затрапезном купе ночного поезда. Отец оглядел жилище, сунул стюарду мятую купюру, сильной ладонью подтолкнул меня к выходу.

Мы снова оказались на палубе; теперь можно было спокойно оглядеться. Протиснулись к самому борту. Стало понятно высокомерие помощника капитана — сверху пирс выглядел бестолковым нагромождением построек и механизмов, освещенных белым больничным светом портовых прожекторов. Суетливая толчея провожающих вдруг улеглась, бледные пятна лиц застыли. Матросы отдали швартовы, потянулся наверх скрипучий трап. Якорная цепь тяжко заворчала, из воды показался огромный якорь, словно облитый черным лаком, он неспешно пополз вверх.

«Ливадия» вздрогнула. Я всем телом ощутил эту дрожь, точно внутри великана ожило мощное сердце. Вздрогнули портовые краны, вздрогнула темно-оранжевая башня собора с огромными часами. На освещенном циферблате стрелка воткнулась в десятку, и корабль, долго притворявшийся частью причала, наконец откололся от суши. Поплыли! От счастья у меня вспотели ладошки.

Лица на пирсе стали отодвигаться, фонари тронулись и тоже поплыли. Поплыли портовые краны, башня собора, острые, как пики, кипарисы на холме, поплыл и сам холм с мохнатым парком и серебряным куполом планетария. Тронулся и поплыл вечерний город. Мне стало жутко и радостно, я перегнулся, вглядываясь в неумолимо распахивающееся ущелье — там мерцала узкая полоска чернильной воды. Она ширилась, ширилась.

Пирс отодвинулся неожиданно быстро: когда я оторвал взгляд от воды, причал уже превратился в мутное пятно на берегу. Город потускнел, растянулся вдоль берега и стал похож на путаницу новогодних гирлянд. Он теперь зримо уходил назад. Появилось странное чувство — смесь легкой грусти с ощущением свободы. Ощущение свободы росло, были в нем и страх, и тихий восторг, и предвкушение чего-то неизвестного, но непременно интересного. Может быть, даже опасного. Я еще раз взглянул на полоску тусклых огней и улыбнулся: все, что осталось там, на берегу, вдруг перестало иметь значение, все стало скучным и совсем неважным.

Притихшие пассажиры рассеянно потянулись по каютам. Стало свободнее, рядом с нами оказалась глазастая брюнетка с ярким ртом, красным, как мокрый леденец. Она громко смеялась — это отец что-то азартно рассказывал ей. От брюнетки приторно пахло прелыми розами. У нее была белая шея с голубоватой жилкой, как у грудного ребенка. Мне стало противно, и я снова повернулся к морю. Земля пропала, от города остался едва уловимый отсвет, похожий на снежную пыль, да еще тусклый глаз маяка, уныло моргающий с безнадежным упрямством.

Брюнетку как-то звали, Лола или Нона, что-то созвучное с цветом ее липких губ. Я подглядывал, как отец целовал ее на корме за шлюпками, как она закидывала назад голову и глухо смеялась, словно полоскала горло. А отец мял ее грудь в белой блузке, отвратительно яркой на фоне бархатного неба. И сонная звезда, прочертив дугу, тихо падала в лиловое море.

Отец был однолюбом. Все его девицы с большим или меньшим успехом могли бы сойти за мою мать. Внешне, разумеется. При определенном освещении, под нужным углом, при достаточной удаленности или неважном зрении. Я уверен, что отец любил мать не меньше меня. Мы оба тосковали без нее, просто каждый по-своему. В апреле мне стукнуло двенадцать, отцу еще не исполнилось сорока.

Мать мне всегда вспоминается почему-то зимняя — в морозной шубе с холодным, звериным духом пушистой шерсти. Вот она осторожно ступает мелкими шагами по нашим обледенелым мостовым, с изящной осторожностью, грациозная, как циркачка на звонкой проволоке под самым куполом. Живое дыхание искрится мутным паром в желтых фонарях, тихий смех, тонкие пальцы — все это где-то в районе Кудринской. Пахнет елкой, хрустит снег, плитка шоколада тает в моем кармане. Уже нет и Кудринской, нет матери, уже почти нет и меня.

Тогда, на палубе, я больше всего боялся, что отца застукают. Выйдут на корму какие-нибудь пассажиры полюбоваться ночным небом или появится строгий помощник капитана с золотыми галунами. Не знаю, почему меня это так тревожило. Я прятался в полосатой тени шезлонгов, кусал губы. Ледяная рубаха прилипла к спине, я прислушивался к странным корабельным звукам — утробному гулу, низкому, на одной басовой ноте, к мощи гигантского мотора, к плеску воды где-то внизу. К стонам Лолы или Ноны.

Наконец все закончилось. Они сидели у лодки, закрытой брезентом и похожей на спящего носорога. Лола (пусть будет Лола) нашла свой лифчик, сунула его в сумку, звонко щелкнув кнопкой. Отец затянулся, выдул дым сизым столбом вверх, передал сигарету девице. Лоле. Дотянулся до бутылки, запрокинув голову, сделал несколько глотков. Заговорил. Голос был странный, монотонный, таким бредят или разговаривают во сне. Речь шла обо мне.

— Я будто стесняюсь своей любви к нему. А ведь это самая естественная вещь на земле — любовь отца к сыну. — Он замолчал и добавил: — Ну, не считая любви матери, но в нашем случае...

Мне было стыдно и страшно. Стыдно от того, что он, мой отец, вот так, в легкую, раскрывает душу первой подвернувшейся дуре-девке, этой Лоле-Ноне. Этой безмозглой кукле. Страшно, что я сейчас услышу что-то такое, после чего уже невозможно будет жить по-старому.

— Это единственная страсть, которую я не способен выразить. На выходе из моей души обнаруживается постный бульон. Вроде бесплатного супа... Бесплатный суп, которым я кормлю самого близкого мне человека. Душевная инвалидность какая-то...

Он вынул сигарету из Лолиных пальцев, глубоко затянулся.

— Я вспоминаю своего отца... — Он выпустил дым. — Вспоминаю ту же неловкость жестов, казенность слов. Отчего? И почему я прохожу тот же путь? Мучительный и глупый. Почему я не лучше, не умнее? Почему я ничему не научился? Ведь я на своей шкуре все это испытал и совсем не хочу того же для своего сына!

Отец щелчком выбросил сигарету. Окурок не перелетел через борт, а, ударившись в поручень, рассыпался рыжим фейерверком. Повисла тишина, потом где-то на нижней палубе уронили поднос, полный стекла.

Память собрала странную коллекцию событий, лиц, фраз, необъяснимую своей случайностью, эклектичностью. Я отчетливо помню тот оранжевый фейерверк и тот стеклянный звон. Почему именно это? Полное отсутствие системы, элементарной логики, меня, человека вполне рационального, отчасти расстраивает. Почему застрял в памяти стюард в тесном кителе и с острым кадыком, на кадыке рубиновый штрих — порез от бритвы, зачем мне нужен каютный запах — странная смесь прибоя и прачечной, отчего я не могу вытрясти из головы ту толстую тетку — она валялась на палубе, как глупая кукла с голыми грязными пятками, а на нее наступали бегущие ноги пассажиров? Эти пустяковые обрывки, туманные и безобидные, имеют гнусное свойство (обычно ночью, под утро) сплетаться в крепкую петлю, уверенно стягивающую мой мозг, мое сердце, мою волю.

Третий вечер на «Ливадии». Мы неслись на запад, в сторону малинового солнца, большого и страшного, как окно в ад. В круглой дыре жидко пульсировала лимонная лава, пузырилась ртуть. Солнце коснулось горизонта и будто сплющилось, я стоял на носу и до слепоты пялился в страшную дыру в небе. Еще страшнее была та спешка, с которой «Ливадия» неслась вперед.

От вибрации зудели руки, сжимавшие горячий поручень, щекотало в небе, палуба под подошвами моих теннисных тапок тревожно гудела. Мы шпарили так, словно боялись опоздать.

Ну и конечно, опоздали — солнце село без нас.

В тот вечер отец играл Дебюсси. Играл отменно, звук получался летящий, яркий и светлый. Почти божественный. Может, это был какой-то тайный знак оттуда, сверху? То особое состояние, когда каждое дивное глиссандо за тебя выдувал чуткий ангел и мелодия сама сплеталась в идеальный узор, отец называл «экстазом святой Терезы». По его признанию, случалось такое не часто.

Отец, подавшись вперед, стоял на самом краю полукруглой эстрады, золотой «Бюффе-Крампон» сиял в его руках, как языческий идол. Будто жрец в трансе, отец чуть покачивался в такт, словно помогал звукам, нежно подталкивая их в зал, к людям. Люди по большей части пили, смеялись и болтали. Не слушали. Я не уверен, что, кроме нас двоих, кто-то вообще понимал, насколько волшебно играл сегодня отец. Разумеется, за исключением ангела, причастного к процессу, уж он-то наверняка знал, что тут творится.

Я разглядывал пассажиров, постепенно наливаясь злобой ко всем этим тугоухим обжорам и пьяницам, к их хохочущим подругам, которых я уже почти поголовно классифицировал как рыбообразных и птицеподобных. В исключение угодили две хавроньи — маленькая и покрупней, да еще картонный муляж моей мамы по имени Лола. Было девять часов вечера. Никто, включая меня, не знал, что через четыре с половиной часа «Ливадия» налетит на плавучую мину, начнется пожар, двери между перегородками не выдержат напора воды и корабль затонет через сорок пять минут после взрыва. Экипаж успеет спустить всего четыре шлюпки. Спасется тридцать два человека.

В момент взрыва я был на палубе. Началась паника. Какой-то матрос — спаси бог его душу, — нацепил на меня спасательный жилет и выкинул за борт. Я видел, как на корабле что-то взорвалось. Столб белого огня полыхнул до самых звезд, осветив пустынную воду от края до края. Тугое эхо укатилось за горизонт, и сразу раздался железный стон, протяжный и жуткий, словно кто-то решительно смял стальной лист. Корпус корабля сложился пополам, и за несколько минут «Ливадия» ушла на дно. Меня накрыло волной, я потерял сознание. Очнулся я в шлюпке.

Четыре месяца я провалялся в больнице: сначала лечили пневмонию, потом перевели в психушку. С пневмонией все понятно — вода в конце сентября была ниже двадцати, психушка же требует некоторых разъяснений.

Меня уверяли, что отец погиб — утонул. При этом тело его не нашли. Поначалу я жарко спорил, пытался что-то объяснить, рассказать. А мне было что им рассказать. Врачи внимательно слушали мою историю, не возражали; для них мое поведение идеально укладывалось в «типичный патогенез посттравматического стрессового расстройства, вызванного единичной психотравмирующей ситуацией». Улыбчивая покладистость докторов и благодушная меланхолия от нарастающего числа разноцветных пилюль начали меня пугать, и я решил притвориться, что поверил в смерть отца и что моя навязчивая история была всего лишь галлюцинацией.

Дело в том, что когда я очнулся в шлюпке, там никого не было. Никого, кроме меня и отца. Он сидел на веслах, лицом ко мне. В белой фрачной рубахе с закатанными рукавами и черной бабочкой на шее. Он греб, упруго откидываясь назад всем телом и снова устремляясь вперед. Уже рассвело, и я отчетливо видел в молочной утренней мути его потные руки и белые костяшки крепких кулаков, сжимающих весла.

1

Автобус затормозил, остановился. Мотор продолжал тарахтеть. Снаружи зашаркали ноги, кто-то выругался, крикнул:

— Открывай, чего ждешь?

Шофер огрызнулся, сплюнул и заглушил движок. Я услышал, как открылась дверь. Напряг руки: сталь наручников до боли врезалась в запястья, я в который раз, компактно сгруппировав пальцы, попытался вытащить кисть — дохлый номер, Гудини из меня совсем неважный. Мешок на голове, стянутый у подбородка, мешал дышать. Сквозь вонючую тряпку угадывались пятна света, какие-то тени. Кто-то протопал по ступенькам, поднялся в автобус.

— Чего, только двое?

Я инстинктивно вжался в сиденье и зачем-то зажмурился. Чьи-то руки ухватили меня за воротник, потянули. Я послушно встал, сделал шаг, зацепился и грохнулся на пол. Кто-то, лягнув меня в ребра, заржал:

— Гляди, разлегся! Вот сволочь!

Шофер заржал в ответ.

Встать без помощи рук оказалось непросто, чертов мешок лез в рот, от тряпки воняло гнилым луком. Я ударился подбородком, но кое-как поднялся, мелко переступая, пошел по проходу.

— Стой! — Это шофер. — Ступеньки там...

Я застыл, плечом уткнулся в штангу у выхода. Начал шарить носком ботинка. Нащупал невидимый край, сделал шаг вниз, еще один. Земля оказалась ближе, чем мне казалось.

— Пошли! — Чьи-то крепкие руки, ухватив меня за куртку, куда-то потянули.

Мы шли по щебенке, вдали бубнило радио, передавали новости.

— Где майор? — спросил мой провожатый; у него был голос с южным, малороссийским говорком.

— А кто ж его знает!

Хлопнула дверь, мы вошли в какое-то помещение, тот же голос предупредил:

— Ступеньки!

Мы прошли гулким вестибюлем, вокруг слышались голоса, шаркали подошвы, где-то наверху надрывно ругалась женщина. Я снова споткнулся, провожатый, поймав меня за шкирку, выматерился.

— Погоди... — Его «г» звучало как «х». — Где майор? — снова спросил он у кого-то.

— Внизу, у себя. А зачем к майору?

— Я думал...

— Меньше думай! Давай его в накопитель, в общий. Там разберутся...

— Разберутся... — буркнул провожатый и стянул с моей головы мешок. — Пошел наверх!

Провожатый, совсем молодой парень в камуфляжном комбинезоне, подтолкнул меня в сторону лестницы. Я оглянулся: мы были в школьном вестибюле: справа — гардероб, слева — вход в столовую, посередине — дверь с табличкой «Медпункт». Я сам когда-то отмотал десять бесконечных лет точно в таком же здании на Пречистенке.

Мы прошли по лестнице, поднялись на второй этаж, мимо проскочили санитары с пустыми носилками. «Дурная примета», — подумал я, тут же вспомнив, что она про ведра. Меня втолкнули в просторную комнату, очевидно, кабинет истории. Над коричневой доской висел цветной портрет Петра Первого, похожего на удивленного кота, рядом был прикноплен лист ватмана с цитатой, старательно написанной плакатным пером: «Кто не знает истории, обречен повторять ошибки прошлого». Подписи не было.

За учительским столом два типа в штатском листали какие-то бумаги, перед ними лежала кипа разноцветных паспортов, валялись какие-то документы с фиолетовыми печатями. Столы и стулья были сдвинуты в угол класса, в другом углу молча теснилась небольшая толпа человек в пятнадцать, по виду иностранцы. Все явно нервничали. Провожатый пихнул меня к ним, сам подошел к столу. Один из штатских что-то ответил, поднял на меня глаза.

— Подойти! — негромко приказал он.

Я подошел, перед ним лежали два мои паспорта.

— Незлобин? — прочитал он мою фамилию в бордовом паспорте.

Я кивнул.

— Отвечать словами! — неожиданно заорал он. Его глаза за маленькими стеклами круглых очков в черной оправе по-рачьи выпучились.

— Да, — ответил я. — Незлобин.

— Двойное гражданство? — Он раскрыл мой синий паспорт.

— Нет. Я американский гражданин.

— Стало быть, это фальшак? — Он помахал паспортом с двуглавым орлом и зло шлепнул его на стол. — Липа?

— Вам видней. Мне его выдали в вашем консульстве год назад. В Нью-Йорке.

— А подробней можно? — спросил его напарник, линялый блондин с рыбьим лицом.

— Меня пригласили на конференцию, в Питер. Весной, прошлым апрелем, кажется... Там печати должны быть — въезд, выезд. Я просил поставить визу в мой американский паспорт, сотрудник консульства сказал, что проще будет сделать новый паспорт, российский...

Линялый взял русский паспорт, внимательно начал его листать.

В классе стоял спертый школьный дух — смесь мела, мокрой тряпки и страха. За плотно закрытыми окнами пестрели пыльные тополиные листья, уже было много желтых. Слишком много желтых для конца августа, подумал я, пытаясь вспомнить, какое сегодня число.

— А что за конференция? — спросил линялый, не поднимая головы.

— Вторая мировая война. Международная конференция... Я преподаю в Колумбийском университете.

— Войну преподаете? — не удержался и съязвил линялый.

— Социологию.

Линялый наклонился к напарнику, загородив губы ладонью, что-то сказал ему в ухо. Тот кивнул.

— Коломеец! — гаркнул он. — Этого тоже в обезьянник.

Никаких обезьян: то, что он называл обезьянником, на самом деле оказалось школьным подвалом. Конвойный снял с меня наручники, впихнул в тесную комнату и захлопнул дверь. Вдоль стен стояли лавки, крашенные коричневой краской, такой же краской были покрашены стены и потолок. Из трех лампочек горела одна, да и та еле-еле. В углу сидел миниатюрный мужчина, почти карлик, я сначала подумал, что это мальчишка.

— Шпрехен зи дойч? — настороженно спросил карлик.

Я владел немецким вполне сносно, запросто и без словаря читал «Шпигель», но из-за отсутствия разговорной практики постоянно сбивался на английский. Я сообщил ему об этом.

— У меня та же история с испанским, — тихо признался он. — Стоит забыть слово, тут же выскакивает французский эквивалент. Вы русский?

— Отчасти.

Над лавками к стене были прибиты доски с рядом крючков. И доски, и крючки тоже были выкрашены коричневой краской. Я посмотрел под ноги — маляр-маньяк не забыл и про пол. Я подошел к двери, тоже, разумеется, коричневой: это была толстая железная дверь с двумя запорами, как на корабле. Подвал мог служить убежищем на случай химической атаки — так по крайней мере рассказывали в моей школе.

— Это раздевалка... — догадался я. — Физкультурная раздевалка.

— Что? — насторожённо улыбнулся карлик. — Что вы имеете в виду?

— Там спортивный зал. — Я указал в стену. — А тут раздевалка, школьная раздевалка. Для девочек.

На двери кто-то выцарапал чем-то острым, наверное, ключом (я в свое время для этой цели всегда пользовался английским ключом от нашей квартиры): «Алка — сос». Конец второго слова был затерт, скорее всего — самой Алкой.

— Что тут происходит? — шепотом спросил карлик. — Вы хоть что-нибудь понимаете?

Он встал и бесшумно подошел почти вплотную ко мне.

— Я прилетел в пятницу, ездили в Загорск, потом Третьяковка, что еще? — Он растерянно посмотрел на меня собачьим взглядом. — У меня билет на завтра. Восемь сорок... В восемь сорок утра вылет. Вы думаете, меня...

— Думаю, да, к вечеру все утрясется, — наверное, с излишней беспечностью сказал я. — Устаканится, как они тут говорят.

Карлик не понял моего перевода русской идиомы на немецкий, но улыбнулся, продолжая смотреть мне в глаза снизу вверх. Сквозь вонь масляной краски пробивался запах пота; я провел пальцами по двери, краска была скользкая, недавняя. Наверное, красили к началу учебного года.

— Какое сегодня число? — спросил я.

— Двадцать восьмое. Двадцать восьмое августа.

Да, наверное, красили к первому сентября. Я сел на лавку, вытянул ноги.

— У вас нет сигарет? — Карлик сел рядом, аккуратно сложил ладони, точно собирался молиться.

— Бросил... — Я прикинул в уме. — Уже шестнадцать лет не курю.

— Да я тоже... Просто подумалось...

— Не нервничайте. Улетите завтра в свою Германию.

— В Австрию, — поправил он. — Я из Линца.

— Серьезно? — Я уставился на него. — Бывают же совпадения!

— Что, вы тоже из Линца? — недоверчиво спросил он.

— Нет, нет. Я пишу как раз сейчас про Линц...

— А-а, — разочарованно опустил голову карлик. — Про него пишите?

— Про него... — сознался я. — Не только про него. В целом это достаточно скучная работа по девиантному поведению в массовом сознании...

— Не оправдывайтесь, это как каинова печать на городе. Как Содом и Гоморра. Стоит упомянуть название, так непременно и...

— А вы давно там живете? — перебил я его. — В Линце?

— Неужто я так скверно выгляжу? — улыбнулся он. — Нет, я родился гораздо позже, чем...

— Извините, — улыбнулся я в ответ. — Разумеется, нет. Я совсем не то имел в виду. Мне любопытно, что это за город — ощущения горожанина: закат на Дунае, как пахнут липы весной, шум вечерних кафе... Такая вот ерунда.

Он кивнул. Словно вспомнив, снял с правой ноги ботинок и начал старательно вытряхивать из него песок. Ботинок был из добротной рыжей кожи с рантом и толстой подошвой карамельного цвета. Закончив, он отряхнул руки, натянул ботинок и старательно завязал шнурок бантиком.

— Но вы ведь знаете, — детской ладонью карлик пригладил ровный пробор, — ведь он родился не в Линце. В Линц их семья перебралась, когда ему исполнилось девять лет...

2

В Линц их семья перебралась, когда Адольфу исполнилось девять. До этого отец таскал их с места на место с упорством старого цыгана: они жили в Браунау — на самой границе с Германией, в немецком городке Пассау, в Ламбахе, что рядом с Линцем, где отец ни с того ни с сего принялся разводить пчел. С медом ничего не вышло, пчелы передохли. Адольф к тому времени увлекся пением, пел в церковном хоре, даже подумывал пойти в священники. Внезапная смерть младшего брата Эдмунда потрясла Адольфа, он ушел из хора, стал замкнутым, мрачным.

В одиннадцать лет отец отправил его в платную школу в Линце. Деньги пришлось выкроить из тощего семейного бюджета, но оно того стоило — у отца, когда-то работавшего на таможне, была мечта сделать государственного чиновника и из сына.

— Что может быть лучше? Чиновник! — выпячивал худую грудь отец. — Когда я служил на таможне... — Дальше шли осточертевшие истории про форму из английского сукна, шинель с каракулевым воротником, большой дубовый стол с письменным прибором, подобострастных просителей, ожидающих приема.

— Чиновник?! — На сына эти рассказы производили обратный эффект. — Меня тошнит от одной мысли! Сидеть, как раб на галере, прикованным к письменному столу? Забыть о свободе? Добровольно посвятить всю свою жизнь заполнению анкет и формуляров? Никогда!

Учился Адольф отвратительно. Делал это сознательно, считая, что отец, устав от скверных отметок и жалоб учителей в конце концов сдастся. Исключение составлял единственный предмет — рисование, тут он был лучшим в классе.

— Только через мой труп! — заявил отец, услышав, что сын решил стать художником. — Даже и не мечтай!

— Безусловно, талантливый ученик, — вспоминал впоследствии профессор Хьюмер. — Однако талантлив он был лишь в некоторых областях. Весьма ограниченных. Тем более при полном отсутствии самоконтроля, болезненном самолюбии, авторитарности и нежелании подчиняться школьной дисциплине ожидать каких-то положительных результатов было бы, согласитесь, весьма наивно. Даже при всех способностях, упомянутых мной выше.

Адольф вспомнил этого профессора лишь однажды, охарактеризовав его как «патологического идиота».

— Оглядываясь назад, — говорил он, — я с удивлением обнаруживаю, что все эти учителя были чокнутыми. Ненормальными. В большей или меньшей степени. Назвать кого-то из них хорошим профессионалом просто не поворачивается язык. И уж совсем трагично осознавать, что именно такого сорта люди во многом определяли направление, которое выбирал молодой человек на первом этапе своего жизненного пути.

Он никого не простил. Даже спустя много лет, даже поднявшись на вершину власти. Даже когда армии под его единоличным верховным главнокомандованием на востоке дошли до Волги, а на западе стояли у Ла-Манша, он вспоминал:

— Наши учителя были настоящими тиранами. Никакого сочувствия, никакой жалости к юным душам. Единственная цель — набить наши мозги заумной трухой и превратить всех нас в дрессированных обезьян! Таких же цирковых макак, как они сами!

В самом начале января 1903 года во время утренней прогулки его отца хватил удар; отец умер тут же, на заснеженной тропинке, от легочного кровоизлияния. Адольфу было тринадцать лет. Мать продала дом, и они перебрались в Урфар, в тесную квартиру в пригороде Линца с видом на огороды и бараки рабочих бензольного завода.

Впрочем, следующие несколько лет стали самыми счастливыми годами в его жизни. Школу он бросил, часами бродил по улицам и площадям Линца, делал карандашные наброски готической церкви Святой Марии или копировал затейливую резьбу мраморной колонны Троицы с золотыми фигурками на макушке. Теплыми вечерами, лежа в траве на крутом берегу, наблюдал за тяжелыми баржами, ползущими вниз по Дунаю.

Много читал — в основном книги по истории и германской мифологии. Тогда, в оперном театре Линца, он впервые услышал Вагнера. Неукротимая мощь, языческая страсть, нечеловеческая монументальность этой музыки стали эстетическим фундаментом его зарождающегося мировоззрения. (Любопытно, что в собственном творчестве Адольф оставался робким миниатюристом, с нерешительным штрихом и линялой палитрой; его акварельные пейзажи были похожи на рисовальные упражнения прилежной девицы из хорошей семьи.)

Через тридцать лет, уже полностью утратив связь с реальностью, он планировал превратить Линц в культурный центр не только Третьего рейха, но и всего мира. В циклопическом «Фюрермузее» с фронтоном из ста дорических колонн должна была разместиться самая большая коллекция европейской живописи, составленная из лучших полотен, вывезенных из Лувра, Прадо, Уффици и Эрмитажа. Через Дунай должен был перекинуться самый большой мост в Европе «Нибелунгенбрюкке» с гигантскими конными статуями героев германского эпоса Гюнтером и Брунгильдой на одной стороне и Зигфридом и Кремгильдой — на другой. Планировалось строительство оздоровительного комплекса «Сила через радость» с олимпийским стадионом и бассейном, сам Адольф мечтал после войны уйти на покой и поселиться в Линце, архитекторы спроектировали даже мавзолей, в котором фюрер рассчитывал разместить свой склеп.

Но все это в будущем.

А пока он бродил по неторопливым тротуарам Линца, входил в перламутровую пятнистую тень цветущих вязов аллеи Брюкнера, шел мимо уличного кафе «Зоннтаг» с круглыми столиками на гнутых венских ножках под полосатыми маркизами, шагал мимо колониальной лавки с мешками кофе и чучелом тигра за пыльным стеклом витрины. Он шел неторопливо, осторожно, словно нес что-то стеклянное, хрупкое: внутри зрело новое, незнакомое чувство, чувство, которое он боялся расплескать. Это было чувство собственной исключительности.

3

Карлика звали Август, он торговал кухонной мебелью и был страстным рыболовом. Август специализировался на форели: я уже знал, чем отличается ручьевая форель-пеструшка от турецкой плоскоголовой форели и кумжи, что значит ловить внахлест и на мушку, почему на лесном озере предпочтительней вечерняя зорька, а на горной речке — утренняя. Когда он показывал, как правильно подсекать, дверь открылась и его увели.

Я встал, начал ходить из угла в угол — по диагонали получалось шесть шагов туда, шесть обратно. От духоты и вони начала болеть голова. Я снова сел.

Дверь приоткрылась, я встал. В щель протиснулась бритая голова.

— Август Цоллен... — бритый запнулся. — Цоллен...

— Его увели. Полчаса назад.

Дверь захлопнулась. Я снова сел. Вместо мыслей в мозгу бродила какая-то каша — я не мог сам понять, о чем думал. Думалось обо всем сразу и ни о чем конкретно; с настырностью заевшей пластинки в голове крутилась фраза Августа: «Ах, как форель-пеструшка идет на муху!»

Я опустился на пол, несколько раз отжался. Хотел отжаться раз пятнадцать, но сдался на восьми. Тяжело дыша, поднялся, сел на скамейку, попытался сосредоточиться. Ладони стали липкими, теперь от них тоже воняло масляной краской. Я начал тереть ладони о джинсы, тихо повторяя:

— Ах, как форель-пеструшка идет на муху...

Дверь снова раскрылась, это снова был бритый.

— На выход! — буркнул он. — Руки за голову!

Я поднял руки. Мы пошли по узкой лестнице вверх, прошли мимо распахнутой двери в спортзал — там на полу, на матах лежали какие-то люди. Воняло рыбным супом. Явно не форель, явно не пеструшка. Поднялись на третий этаж. Я шагал бодро, но конвоир время от времени по неясной причине все равно нетерпеливо подталкивал меня в спину.

Широкий длинный коридор заливал свет, в большие окна высовывались макушки тополей, за ними виднелись какие-то жилые дома с неопрятными балконами, к перилам одного был привязан оранжевый велосипед.

В коридоре топтались люди, в основном мужчины, похожие на туристов или партизан. Было и оружие, я заметил несколько охотничьих ружей и один десантный «калашников». Мужики стояли группами, курили, нервно плевали на пол. Кто-то громко и со смаком рассказывал что-то похабное, под конец все хором заржали. Небритый брюнет в пиратском платке на голове, вылитый абрек, недобро улыбнулся мне и чиркнул пальцем по своему кадыкастому горлу.

На дверях белели таблички с черными буквами: «Кабинет биологии», «Кабинет литературы». Рядом с кабинетом географии на стене висела репродукция картины Сурикова «Меншиков в Березове» с треснутым стеклом. Тут же стоял настоящий солдат в полевой униформе.

— К майору, — конвоир протянул мои паспорта солдату. — Западло. Из наших.

Майор оказался женщиной. Невысокой, со злым смуглым лицом. В ней было что-то воронье — не только масть, но и повадки — цепкий взгляд карего глаза, движение острого плеча. Она, не глядя, бросила мои документы на стол, до предела заваленный бумагами, газетами, какими-то папками и прочим хламом. В углу, прямо на полу, стоял допотопный телевизор, там шли новости, но звук был выключен. Я с удивлением узнал дикторшу: это была та же круглолицая хохлушка с Первого канала, постаревшая на пятнадцать лет.

— Цель приезда в Российскую Федерацию? — спросила майор, доставая сигарету из мятой пачки.

— Личные дела семейного характера, — ответил я. — Вы можете мне объяснить...

— Подробнее, — перебила меня майор. — Какие дела?

Она закурила, глубоко затянулась. Прикрыв глаза, выпустила дым в потолок. За окном хлопнуло несколько одиночных выстрелов. Я узнал звук «калашникова», сухой и какой-то несерьезный, точно стреляли пистонами из детского ружья. В свое время, после пятого курса, нас нарядили в военную униформу и сослали на три месяца в леса под Ковровом. Лето выдалось дождливое, мы жили в сырых палатках, Хетагурова с воспалением легких отправили в Москву, еще один парень, с двойной, почти дворянской фамилией, кажется, с романо-германского, отравился местным самогоном и угодил в госпиталь. Непохмелившиеся офицеры поднимали нас по тревоге, гнали через ночь, через лес. Мы на ощупь рыли окопы в жирной глине, выкладывали бруствера. На дне скапливалась грязная жижа, брезентовые сапоги промокали сразу и насквозь. По непролазной грязи мы подползали к каким-то заветным высотам, по сигналу бледно-розовой ракеты с истошными криками неслись на несуществующего врага, паля холостыми очередями из грязных тяжелых автоматов. Эти три месяца — июль, август, сентябрь — оказались, пожалуй, самыми бессмысленными месяцами в моей жизни.

— Какие дела? — повторила ворона-майор. — В ваших же интересах...

Ей стало лень заканчивать фразу, она снова затянулась и щелчком стряхнула пепел в сторону. Запиликал телефон, майорша нервно начала разгребать бумаги на столе, пытаясь его разыскать. Дурацкая мелодия повторялась снова и снова, папки поползли и с шумом грохнулись на пол.

— Да! — Она наконец нашла мобильник. — Слушаю!

Она вытянулась, явно звонило какое-то начальство.

— Сколько? — И после тревожной паузы: — Ясно. А Таманская?

Я пытался хоть что-то понять по ее лицу. Она, словно догадавшись, ушла к окну и отвернулась. Сутулясь, она иногда нервно дергала плечом, точно не соглашаясь с собеседником. Говорил в основном он.

Я разглядывал ее бритый мальчишеский затылок и забавные острые уши. Я подумал, что она гораздо моложе меня, что ей от силы лет тридцать. На майоре был десантный комбинезон с серо-голубым маскировочным орнаментом и черные сапоги на шнуровке. Бросив окурок на пол, она раздавила его толстой рифленой подошвой.

— Так точно. Восемнадцать ноль-ноль.

Я перевел взгляд на карту полушарий, висевшую на доске. Доска была темно-зеленой, а стены кто-то выкрасил в глухой розовый цвет, такой ветчинный и здоровый цвет, совершенно не гармонирующий с географией. На дальней стене висел портрет бородатого интеллигента в легкомысленной дачной шляпе. Он был похож на Мичурина, но при чем тут Мичурин? Какое отношение Мичурин имел к географии?

Майор нажала отбой, кинула мобильник на стол. Телефонный разговор ее явно озадачил: покусывая губы, она уставилась в угол, точно обмозговывая какие-то варианты, ни один из которых особо ее не устраивал.

— Вы знаете, кто это? — спросил я, кивнув на портрет.

— Миклухо-Маклай, — ответила она без запинки, словно ожидала моего вопроса. — А вы думали кто?

— А я думал... — Договорить я не успел, потому что на экране немого телевизора показали общим планом Лубянскую площадь.

Меня не очень удивило, что бронзовый Дзержинский вновь стоял на своем месте в центре клумбы на том же самом цилиндрическом пьедестале, похожем на перевернутый вверх дном стакан, — именно такой я обычно и вспоминаю площадь Дзержинского, с «железным Феликсом». Я вырос всего в десяти минутах отсюда, моя школа была совсем рядом. Я сбегал с уроков, мчался по Чистопрудному бульвару, потом переулками — Сверчков переулок, Девяткин, Армянский, мчался к «Детскому миру». Там, на третьем этаже, в модельной секции продавали миниатюрные, но невероятно точные копии всевозможных машин. Там был автобус «Икарус» с прозрачными стеклами, за которыми сидели крошечные туристы и шофер в фуражке, была пожарная машина с выдвигающейся лестницей, были маленькие двухмоторные самолеты, у которых крутились пропеллеры, крошечная «Лада» с открывающимся капотом и багажником.

Я замолчал, медленно подошел к телевизору и опустился на корточки. Оператор перевел камеру на «Детский мир». Левой половины здания не было. Из руин торчала арматура, и валил черный жирный дым. Перед фасадом стояли четыре пожарные машины, за ними толпились люди, запрудившие почти всю площадь. Камера поехала вбок, в кадр влез парень с микрофоном; он беззвучно раскрывал рот и нервно жестикулировал. Под ним шла бегущая строка, из которой мне удалось выхватить слова «министр иностранных дел» и «чрезвычайное положение».

— Что это за... — Я тихо выматерился и растерянно поглядел на майора.

Она опустилась на корточки рядом и включила звук.

— ...международного терроризма... — У парня оказался не очень приятный тенор, говорил он взвинченно и находился почти на грани истерики. — Обезумевшие фашистские банды при попустительстве так называемых правозащитных организаций и при явной поддержке наиболее реакционных кругов Запада и Соединенных Штатов, спецслужбы которых разработали и осуществили...

Она выключила звук, повернулась ко мне:

— Повторяю вопрос: с какой целью вы приехали в Российскую Федерацию?

4

Двадцать второго августа ровно в четыре ноль пять утра меня разбудил телефонный звонок. Я запомнил время, потому что это было первое, что я увидел, — рубиновые цифры на моем будильнике. Я сшиб стакан с тумбочки, тот грохнулся о пол и смачно разлетелся вдребезги. В потемках я нашарил телефон, судорожно перебирая в уме всевозможные беды и несчастья, о которых некто спешил оповестить меня в столь ранний час.

Сипло каркнул в трубку:

— Але!

— Я тебя разбудила? — спросил невинный и жутко знакомый голос.

— Нет, — зачем-то соврал я, пытаясь проснуться.

Это была Шурочка Пухова. Моя первая жена, моя первая любовь — русская, московская.

Потом, уже здесь, в Нью-Йорке, я был женат на китаянке; мы жили в Сохо, она была художницей, нежной и тихой, с тонкой талией и разноцветным и невероятно детальным драконом, выколотым на мраморной спине. Жена курила опиум и много спала, а когда бодрствовала, писала свои картины — огромные полотна, похожие на аппликации позднего Матисса. Уверен, она даже не заметила, что мы развелись.

После я женился на американке. Она служила в адвокатской конторе на Мэдисон-авеню, работала рьяно, с каким-то остервенением, точно пыталась кому-то что-то доказать. В конце концов ее сделали партнером в фирме и кем-то вроде вице-президента. Ее зарплата стала превышать мою в шесть раз. Она уверяла меня, что это не имеет ни малейшего значения, я с ней соглашался, но под

Рождество, когда она была в Лондоне (защищала какого-то негодяя из нефтяной компании), я собрал вещи и ушел.

С того Рождества прошло полтора года. Я по-прежнему (и по большей части) живу один. Наверное, это к лучшему. Если бы мне взбрело в голову пойти к аналитику, то я, скорее всего, услышал бы, что детская травма, вызванная смертью матери и гибелью отца, является причиной моей неуверенности в прочности взаимоотношений с представителями противоположного пола и препятствует созданию стабильной семьи.

Пусть так. Вину за все семейные неудачи целиком и полностью беру на себя. Впрочем, справедливости ради добавлю, что мое детство прошло вовсе не в сиротском приюте, среди казенных игрушек и тюремной мебели, что меня не истязали садисты-старшеклассники и не мучили воспитатели-маньяки.

Я вырос в семье тетки, отцовской старшей сестры со сказочным именем Виолетта (впрочем, все знакомые звали ее просто Валей), в пятикомнатной квартире на Пречистенке, доставшейся ей после недавно скончавшегося мужа — страшно засекреченного академика-атомщика. В его кабинете, сумрачном, как келья алхимика, среди фолиантов и кожаных кресел еще витал медовый дух трубочного табака, коллекция английских и датских трубок с почти ювелирными штампами «Данхилл», «Нильсен», «Формер» хранилась на столе в резном футляре рядом с массивным письменным прибором с фигурой Наполеона и старинными часами с бронзовой птицей, сжимавшей когтистой лапой умирающую змею неизвестной породы.

Кроме нас с теткой, в квартире обитали два черных пуделя, покладистых и добродушных, которых тетка на заре и под вечер степенно выгуливала по бульварам.

Тетка окончила Московскую консерваторию, когда-то считалась неплохой пианисткой, концертировала, побеждала на каких-то конкурсах. О тех временах напоминал рулон старых афиш в кладовке да мрачный, как лимузин гробовщика, концертный «Беккер», что сиял черным лаком в углу нашей просторной гостиной.

Шурочка Пухова появилась в нашей школе в начале восьмого класса. К концу второй четверти я уже был по уши влюблен. Ее отца, плечистого здоровяка, похожего на циркового борца, а на самом деле — дипломата средней руки и наверняка чекиста, перевели в Москву из Латинской Америки. Из Мексики. В их квартире среди экзотического хлама, выставленного на обозрение — шитых золотом сомбреро, маракасов, черных в багровых розах веером — на самом видном месте висела фотография, на которой ее папаша был запечатлен в обнимку с Фиделем Кастро. Даже на черно-белом снимке бросалось в глаза, как здорово они оба загорели.

Любовь, хвала Амуру, Психее, Венере и прочим, кто отвечает наверху за наши глупости, оказалась взаимной. Я и сейчас, закрыв глаза, могу воскресить отзвук того безумного чувства: смеси восторженного преклонения с мучительно бесстыдной похотью. Моя любовь напоминала сумасшествие, Шурочкина — отличалась рациональностью. Тут мой воображаемый аналитик, следуя учению великого Фрейда, непременно сделал бы заключение, что в этом случае произошла сублимация потерянной матери юной подругой, наделенной авторитарными качествами. Пусть так, аминь!

Шурочка отдалась мне в день моего рождения. Мне исполнилось пятнадцать.

Был декабрь, наши отношения подбирались к первому юбилею. Они пережили несколько страстных ссор, пару недельных разрывов, летние каникулы, которые Шурочка провела со своей коматозной мамашей по имени Римма Павловна в каких-то мидовских пансионатах — июль в Паланге, август где-то под Сухуми.

Мы уже давно изводили друг друга до обморока, до озноба — в полутемных парадных, в душных кинотеатрах, на случайных диванах школьных вечеринок. От поцелуев горели губы, мои потные пальцы путались в загадочном переплетении тесемок и бретелек, коварные молнии тугих джинсов не поддавались, еще хуже дело обстояло с застежками лифчиков (невероятное разнообразие вариаций этих застежек до сих пор меня удивляет), колготки непременно цеплялись и ползли.

Тем декабрьским вечером Шурочка пришла с букетом гвоздик в целлофане и укутанным в серую конторскую бумагу. Моя тетка — смекалистая душа, воткнула цветы в вазу и сообщила, что как раз собралась уходить к подруге. Мы остались одни. За окном бесшумно валил снег, мохнатый и ленивый. Шурочка вытащила из свертка бутылку французского коньяка.

Мы молча сидели на диване в темной гостиной, в окно вползал мутный свет уличных фонарей, янтарный, почти волшебный. От коньяка, мы его пили маленькими глотками из фарфоровых чайных чашек, становилось все жарче. Шурочка поставила чашку на ковер. Медленно, одну за другой, расстегнула пуговицы своей кофты. Сняла ее. Потом юбку. Я сидел не двигаясь, точно заколдованный. Это было как сон, как бред, точно мне удалось подглядеть какое-то таинственное священнодействие — ничего прекраснее я не видел. Тело светилось перламутром; она откинула назад голову, волосы вспыхнули лунным блеском, вспыхнули и погасли. Взяв мою руку, она прижала ее к своей матовой груди, ладонью я ощутил упругую твердость соска. Она медленно развела колени, медленно опустилась на ковер, томным русалочьим жестом увлекла меня за собой. Сухими губами я поцеловал ее в шею, нашел пылающую мочку уха. Я целовал ее в полураскрытый рот, она вздрагивала, точно от боли. Мое сердце колотилось, руки тряслись, запертые в соседней комнате кобели сладострастно поскуливали под дверью.

Прошло несколько миллионов лет, нас разделяла пара галактик, ее голос из телефонной трубки невинно переспросил:

— Я точно тебя не разбудила?

— Ну что ты! У нас уже почти половина пятого, мне давно пора доить коз и выгонять отары на горные пастбища.

— Извини. Я опять перепутала — восемь часов нужно отнимать или прибавлять. Извини. Чем занимаешься?

— Минуту назад пытался немного поспать...

— Извини, сколько можно повторять, — строго сказала Шурочка. — И прекрати острить. У тебя еще каникулы?

— Да, еще полторы недели.

— Ты должен немедленно прилететь в Москву.

Она не просила, не требовала, она просто информировала, что мне предстоит делать.

— И привези деньги, тысяч пять, — добавила она. — Наличными.

— Слушай, Пухова, — стараясь не злиться, начал я. — Последний раз ты мне звонила семь лет назад...

— Тогда была другая...

— Семь лет назад, — неумолимо продолжил я, — ты требовала забыть твое имя и никогда больше не...

— Была совсем другая ситуация...

— И никогда больше не звонить и не пытаться...

— Я тебе говорю...

— Да мне плевать, что ты мне говоришь! — Сдержаться все-таки не удалось. — Неужто ты думаешь, что будешь вот так вертеть мной всю жизнь?

Я вскочил и тут же напоролся пяткой на осколок стакана.

— Мать твою! — прошипел я. — Мы с тобой развелись сто лет назад, мы чужие люди...

Я нащупал выключатель лампы — из пятки торчал кусок стекла. Прижав телефон плечом к уху, я осторожно вытащил осколок. Кровь тут же весело закапала на пол.

— Мать твою... — повторил я, пытаясь сообразить, чем бы замотать рану.

Шурочка что-то говорила, я уловил лишь конец фразы.

— Что? — спросил я. — Я не понял...

— Пропал. Три дня назад. Мой... — она запнулась. — Твой... Наш сын пропал.

Я смотрел, как на полу появляется занятный орнамент — красное на белом: по неясной причине весь пол в моей квартире был выложен плиткой, имитирующей белый мрамор.

— Мне удалось отмазать его в весенний набор... — Шурочка замолчала, я слышал, как она затянулась и выпустила дым. — А теперь... Да еще тут все эти чертовы...

— Погоди... Я ничего не... А почему ты мне...

— Вот говорю!

— Так это когда я уезжал? — До меня стало постепенно доходить.

— Да. Только не воображай, что я что-то планировала. Все получилось случайно.

Случайно. Как почти все в нашей увлекательной жизни. Тогда я паковал чемоданы, уже получил все бумаги из посольства, ходил отмечаться каждое утро в авиакассы на Фрунзенской. Обзванивал подряд всех друзей и знакомых, прощался. Шурочка появилась рано утром, неожиданно: у нее вообще талант заставать меня врасплох. Накануне мы засиделись с Сильвио, он уехал около двух, по квартире еще плыл сизый дым и стоял тяжелый мужичий дух. Шурочка скептически оглядела стол, недопитые рюмки, окурки в тарелке.

— Так... Значит, ты все-таки уезжаешь, — константировала она, потом добавила: — А я выхожу замуж.

— Поздравляю, — хрипло сказал я, запахивая простыню на груди.

— Угу. Спасибо. — Она взглянула на запястье, расстегнула часы и положила их на край стола. — Давай быстро в душ. У меня только сорок минут.

5

Кстати, в юности Адольф был весьма робок с дамами. В Линце, еще подростком, он был влюблен в некую Стефанию Рабаш — миловидную, чуть сонную девицу, с пшеничной косой. Стефании повезло — она так никогда и не узнала об этой любви, а то неизвестно, как сложилась бы ее жизнь: дело в том, что из семи возлюбленных Гитлера шесть пытались покончить с собой.

Адольф наблюдал за Стефанией издалека. Он сидел на лавке и смотрел, как она со своей напудренной до сахарной белизны мамашей прогуливается по Ландштрассе. Как заходит в кондитерскую, а после жеманно, оттопырив мизинец, кушает булку с марципаном, как выбирает ленты с лотка, обычно васильковые — под цвет глаз.

Он не попытался познакомиться. Ни разу. Даже просто заговорить. Бледный, худой до хрупкости, болезненный (по отцовской линии передались легочные хвори), часто тихий и застенчивый, он взрывался моментально, стоило кому-то ему возразить. Эти вспышки ярости, напоминавшие приступы сумасшествия, чередовались с мрачной замкнутостью или вялой меланхолией. Адольф неутомимо писал стихи, посвящал их Стефании, но ни одно из стихотворений не было отправлено. В «Гимне моей возлюбленной» она, подобно Валькирии, несется на белом скакуне над медовыми лугами, в ее волосы вплетены розы, разумеется, алые, за спиной развевается синий, как ночь, плащ. История со Стефанией продолжалась четыре года.

Потом он уезжает в Вену.

Решив стать художником, желательно живописцем, на худой конец архитектором, в октябре он держит

первый экзамен в Академии художеств — экзамен по ри-
сунку. Вот выписка из экзаменационного листа: Адольф
Гитлер, Браунау-ам-Инн, апрель 20, 1889, немец, католик,
четыре класса высшей школы. Гипс — голова Дорифора
(четыре часа) материал — бумага, карандаш. Оценка —
неудовлетворительно.

Адольф был поражен. Он даже добился приема у рек-
тора, потребовал разъяснений. «Вы безусловно талантливы,
но талант ваш — не талант живописца», — ректор показал
ему работы других абитуриентов и посоветовал попро-
бовать себя в архитектуре. В архитектурной Академии
его не допустили до экзаменов, поскольку у него не было
аттестата, ведь он так и не окончил школу.

— Это был самый печальный период в моей жизни, —
вспоминал Адольф спустя двадцать лет. — Город, который
для многих олицетворял беззаботную карусель несконча-
емых развлечений, с вальсами, шампанским, парусными
прогулками по Дунаю, стал для меня городом лишений,
тяжелого труда и голода. Да, голода! Все пять лет голод
был моим постоянным спутником, моим единственным
другом. Я ютился в трущобах, перебираясь с места на место,
часто ночевал под открытым небом. Грошей, которые мне
удавалось выручить за мои картины, едва хватало на хлеб.
Я, художник, таскал камни и разгребал снег, разгружал
уголь и мел улицы.

До самого конца Адольф считал себя именно ху-
дожником. В архивах и частных коллекциях сохранились
его работы — по большей части акварельные пейзажи
малого формата с видами Вены: собор Святого Стефа-
на, оперный театр, античные руины в парке Шёнбрунн.
Он продавал свои акварели лоточникам, что торговали
туристическим хламом, мебельщикам — по тогдашней
декадентской моде — венский модерн — в высокие спинки

диванов и кресел вделывали рамы, куда вставляли подобные произведения искусства. Иногда ему удавалось заработать немного денег, расписывая магазинные вывески.

6

— Мы вылетели на час позже из Хельсинки, с самолетом какие-то неполадки были, в девять я приземлился в Шереметьеве. А сразу после паспорт-контроля меня ваши молодцы... — Я сделал жест рукой, словно поймал в кулак муху.

— Да... — Майор невесело усмехнулась, пристально разглядывая меня. — История, однако.

Я простодушно посмотрел ей в глаза. Скрывать мне было нечего, я рассказал ей все — и про ночной звонок, и про сына, и про армию. Единственное, о чем я не упомянул, — это про пять тысяч долларов сотенными купюрами, спрятанных в подкладке моей куртки.

Мы сидели, как дети, на корточках. Постепенно до меня дошло, что она тоже растеряна, тоже не очень понимает, что творится. Она сосредоточенно курила, механически снова и снова стряхивая пепел указательным пальцем. Ее ноготь был похож на овальный кусочек янтаря. С улицы доносились ругань и шум, казалось, там грузят мебель.

Новости на экране внезапно оборвались, там появилась легкомысленная заставка с кленовыми листьями и излишне радостным восклицанием, написанным прописными буквами с перьевым нажимом: «Здравствуй, школа!» Очевидно, кленовые листья смутили не только меня, заставка дернулась и исчезла. Несколько секунд экран был просто темным. Майор воткнула окурок в пол и включила звук.

— Мы прерываем наши передачи для экстренного сообщения, — произнес из темноты тревожный мужской баритон. — Повторяю: передаем экстренное сообщение!

Появился черно-белый портрет президента. Гладкая голова, похожая на яйцо, мелкие черты простонародного лица, прищур водянистых глаз — косметические манипуляции и неумелая ретушь добавили ему что-то почти восточное.

— Вчера... — мрачно начал баритон за кадром, — в результате террористического акта, организованного врагами нашей родины и осуществленного при помощи и участии наиболее реакционных кругов Запада и США, их спецслужб и разведок...

Баритон сделал паузу. Я посмотрел на майора, она испуганным птичьим глазом взглянула на меня и снова уставилась в экран. Баритон продолжил, но из-за казенности фраз смысл вытекал из его речи; оставалось нагромождение канцелярских штампов и суконных оборотов, запутавшихся в сложносочиненных и сложноподчиненных конструкциях, оставшихся в родной речи со времен строительства коммунизма. Впрочем, на подсознательном уровне было и так ясно, что случилось что-то непоправимое. Внизу, на улице, послышались крики, потом протрещала длинная автоматная очередь. Мы с майором, как по команде, повернулись к окну.

Черно-белого президента сменила цветная дикторша.

— Внимание! — К лацкану ее жакета уже был прицеплен черный бантик. — Внимание! Служба безопасности и министерство внутренних дел обращается ко всем гражданам России. Сейчас мы покажем вам фотографию... — На экране появилось лицо — загорелый мужик с крепким подбородком и выгоревшим ежиком. — Преступник пользуется документами на имя Николая Королева. Повторяю: Николай Королев. Также может предъявить паспорт США на имя Ника Саммерса. Повторяю: Ник Саммерс. Если вы видели этого человека или вам что-то известно о его местонахождении, немедленно позвоните по телефону горячей линии ФСБ...

Внизу побежали цифры.

— Работники транспорта, водители такси, пассажиры! Граждане, находящиеся на вокзалах и в аэропортах! Проявите бдительность, вглядитесь в это лицо. Ни в коем случае и ни при каких обстоятельствах не пытайтесь задержать его самостоятельно, преступник крайне опасен. Немедленно оповестите ближайший пост охраны порядка и немедленно позвоните по телефону горячей линии. Повторяю! Телефон горячей линии...

Она повторила все цифры, которые непрерывно бежали по низу экрана.

— Что это все значит? — растерянно спросил я.

Майор покачала головой. Она поднялась с корточек и подошла к окну. Щелкнула шпингалетом. Рывком распахнула створку, ловко запрыгнув на подоконник, выглянула вниз. Там снова раздалась автоматная очередь.

— ...создан Чрезвычайный штаб, — запинаясь и заглядывая в бумажку, испуганно произнесла дикторша, — во главе с министром военно-воздушных сил маршалом авиации Каракозовым Ильей Семеновичем.

Каракозов оказался толстым и суетливым и, несмотря на всякие аксельбанты, погоны и золотые звезды, не внушал ни малейшего доверия. Он торопливо заговорил про империалистическое окружение, про ястребов из Вашингтона и их европейских лакеев, про их желание ввергнуть мир в пучину термоядерной войны, про усилия внешних и внутренних врагов России поставить родину на колени.

— Не бывать этому! Не бывать! — повторил Каракозов и погрозил кому-то толстым кулачком.

— Кто-нибудь может по-человечески объяснить, что тут происходит?! — неожиданно для себя самого заорал я в телевизор.

Майор вздрогнула, я извинился.

То, что произошло дальше, вообще было похоже на бред. Дикторша объявила о создании надправительственной комиссии с чрезвычайными полномочиями, председателем которой был выбран лидер Российско-демократической партии Глеб Сильвестров. На экране появился Глеб Сильвестров, мой институтский друг и собутыльник, чуть обрюзгший, полысевший, но на сто процентов узнаваемый.

— Сильвио... — прошептал я. — Мать твою...

— Вы знаете... — Майор ошалело поглядела на меня.

Я простодушно улыбнулся и кивнул.

Сильвио сделал серьезное лицо, мрачным голосом начал:

— В трудный час обращаюсь я к вам, граждане великой России. Тяжела наша утрата, глубока наша скорбь. Врагам удалось вырвать из наших рядов верного сына отчизны, величайшего лидера, организатора и вдохновителя наших побед. Пока билось мужественное сердце, его помыслы и дела были всецело подчинены интересам построения великой России, возрождению российской государственности.

Сильвио откашлялся в кулак, сдвинул брови:

— Под его мудрым руководством наша отчизна, преодолев тяжелое наследие либеральных экспериментов, сумела не только возродиться и окрепнуть, но и приумножить мощь и могущество. Он заставил врагов России снова бояться ее, как это было во времена Ивана Грозного, Петра Великого и Иосифа Сталина. Под сенью двуглавого орла снова находят защиту и покровительство наши младшие братья — народы Украины, Казахстана, Белоруссии и Прибалтики.

Я засмеялся. Я вспомнил, как Сильвио нес такую же околесицу на семинарах по политэкономии. У него был безусловный дар — такой же дар, как у поэта безошибочно находить верную рифму или у композитора улавливать свежую мелодию, — он умел мастерски сплетать ловкую вязь канцелярских фраз, приправляя ее официально звучащими вербальными финтифлюшками и, искусно модулируя сочным голосом, доносить до аудитории. Торжественно или трагически, иронично или деловито — но всегда артистично, всегда мастерски.

Когда в военных лагерях мы принимали присягу, Сильвио читал текст присяги в микрофон, и все хором повторяли. Многоголосое эхо катилось по мокрым лугам, путалось среди желтеющих берез, терялось в туманной дали. Мы, обряженные в мятую форму болотного цвета, стояли под моросящим дождем, Сильвестр мерно чеканил слова клятвы, присягал в преданности родине, идеалам мира, свободы и независимости. Клялся отстаивать до последней капли крови завоевания коммунизма. Я видел, как генерал, приглашенный на торжество, плакал, вытирая кулаком слезы.

Неожиданно мне стало легко и даже чуть весело — как на поминках не очень знакомого и не очень симпатичного человека. Появилось ощущение, что все происходящее — всего лишь розыгрыш, некий колоссальный перформанс вроде средневековых мистерий или нынешнего маскарада с восхождением на Голгофу, что устраивают для туристов в Иерусалиме: с ряженым Христом в терновом венце, несущим бутафорский крест, с группой статистов в живописных лохмотьях и римскими воинами в латунных шлемах с багровым плюмажем, напоминающим швабру.

Майор, судя по всему, на что-то решилась, она глубоко выдохнула и повернулась ко мне.

— Знаете что, — она задумчиво пролистала мой русский паспорт, — а давайте я вас отпущу?

— Давайте, — осторожно согласился я, подходя к столу.

— Вы давно... тут не были?

— Год назад на конференции, — охотно ответил я. — Дня три... В Питере.

— Нет. Когда вы уехали? — Она достала пачку, вытянула оттуда сигарету.

— Ну-у... Лет восемнадцать, пожалуй.

Майор посмотрела в угол, наверное, прикидывая, сколько ей было лет восемнадцать назад. Двенадцать, тринадцать? Она протянула мне паспорт.

— Если остановят, скажете, что были в командировке. Только прилетели.

Я спрятал паспорт в карман.

— А?.. — Я кивнул на свой американский паспорт, который лежал поверх кипы бумаг.

Майор сунула сигарету в рот, взяла паспорт, раскрыла, стала листать. Там были разноцветные штампы таможни Флоренции, печать франкфуртского аэропорта, штемпель Коста-Рики, куда я сбежал в феврале на три дня, осатанев от нью-йоркской зимы. Я протянул руку.

— Вы действительно давно тут не были.

Майор прикурила сигарету и, не гася зажигалки, поднесла мой паспорт к огню. Бумага тут же вспыхнула и загорелась синим пламенем, ярким и веселым. Занялась и обложка; скручиваясь и потрескивая, как кора, картонка выпустила черный язык копоти. Майор вытянула из-под стола мусорное ведро.

— Вот так... — Она отряхнула руки, зачем-то понюхала пальцы.

Я рассеянно оглядел класс. Нужно было уходить.

— Где я? Вообще? — Я сделал неопределенный жест рукой. — Какой это район?

— Вы же москвич? — спросила майор и снова понюхала пальцы. — Вон там — площадь Гагарина, там метро. Это Ленинский...

— Я думал, его переименовали...

Майор укоризненно посмотрела на меня.

— Умничать не надо. Не советую. Для вашего же блага.

Она протянула мне руку. Ладонь оказалась сухой и крепкой.

— Осторожней там... — Она кивнула в сторону телевизора.

На экране мельтешили какие-то люди, лица, очевидно, оператор снимал на бегу. Я увидел шпиль высотки, узнал Краснопресненскую. Садовое кольцо было запружено толпой. Какой-то парень залез на фонарный столб и оттуда размахивал российским флагом. Из раскрытых окон тоже свешивались флаги, в одно из окон кто-то выставил большой портрет президента. Толпа двигалась в сторону Арбата. На самодельном транспаранте неровными буквами было написано «Убей западло!», на тротуаре среди зевак было много полицейских. Я заметил, что Никитская и Поварская перегорожены автобусами. Оператор развернул камеру, и я увидел американское посольство. Оно горело. Из окон второго этажа вырывалось рыжее пламя, на стенах чернела сажа. Какие-то люди карабкались по карнизу наверх. Из толпы вылетела бутылка и, ударившись в стену, взорвалась ослепительным огненным шаром.

Меня никто на остановил. Я спустился по лестнице, прошел вестибюлем, вышел на улицу. Там стоял гам, царила суета: в два «ЗИЛа» военного образца грузились какие-то люди, шумно и неуклюже лезли через борт, их подгонял молодой пехотный офицер в высоких сапогах, надраенных до зеркального блеска. На его рукаве чернела траурная повязка.

Окно на втором этаже с шумом распахнулось, оттуда зычно крикнули:

— Всех взводных к командиру!

— А куда это? — раздалось снизу, беспомощно и безответно.

На спортивную площадку, огороженную металлической сеткой вроде вольера в зоопарке для неопасных зверей, рыча, въезжал пыльный автобус. Шофер подавал задом, высунув в окно локоть и красное злое лицо, он рискованно пытался протиснуться в узкий проход. В дальнем углу площадки, рядом с хоккейными воротами, теснилась группа людей. Их охранял парень в белой майке и с «калашниковым».

Я дошел до угла школы, остановился, пытаясь сообразить, где Ленинский проспект. Вокруг высились жилые дома хрущевско-брежневской эпохи — серые, будто грязные, бетонные девятиэтажки и унылые кирпичные строения, похожие на большие бараки. Все наземное пространство было забито машинами: запаркованные автомобили стояли на тротуарах, лезли на обочины, теснились в сухой грязи среди группы хилых тополей, изображавших сквер.

— Эй, дядя, потерялся, что ли?

Я оглянулся. Обращались ко мне. Бритый под ноль парень возился между мусорных баков — куском брезента пытался прикрыть какой-то скарб. Он подмигнул мне, отряхнул руки:

— Куда путь держишь?

— Не могу сообразить, как мне к Ленинскому выйти, — ответил я простодушно.

— Дуй прямиком. — Парень указал ладонью направление, куда мне следует дуть. — К «Дому книги» аккурат и выйдешь. К гостинице «Спутник».

— Спасибо!

Парень в ответ кивнул, снова нагнулся к брезенту. Я повернулся и пошел, но что-то заставило меня оглянуться. Лучше бы я этого не делал: из-под брезента выглядывали ноги в маленьких, почти детских ботинках рыжей кожи с подошвами карамельного цвета.

Быстро и не оглядываясь я зашагал по асфальтовой дорожке, протиснулся между бамперов «Тойоты» и «Жигулей», пересек детскую площадку с качелями и горкой, выкрашенными в омерзительно яркие, почти флуоресцентные цвета. В воздухе стоял запах гари; я вспомнил, что в Подмосковье горят торфяные болота. Я снял куртку, мокрая рубашка прилипла к спине. Хотел расстегнуть воротник, но пальцы тряслись и не слушались. Я рванул, пуговица белой точкой упала на землю.

В витрине «Дома книги» уже вывесили президентский портрет в черной раме. Из-за него выглядывали фотографии каких-то современных литераторов с неинтересными лицами и гладкими прическами, как на парикмахерской рекламе. Живая тетка в белой кофте и тесной юбке прилаживала к раме креповый бант. Я зачем-то остановился, тетка испуганно взглянула на меня через толстое стекло и тут же отвернулась.

Я вышел на Ленинский.

Проспект в оба направления был запружен машинами, они не двигались. Меня поразила тишина — я помню московские пробки, зимние и летние, в слякоть и снегопад, помню писк клаксонов «Лад», «Москвичей» и «Волг», басовитый рык чумазых «КрАЗов» и «ЗИЛов», ругань шоферни, матерящейся в раскрытые окна, помню драки таксистов. Тут было тихо: казалось, что все машины брошены, что внутри нет ни души.

На углу, у входа в книжный магазин, баба в цветастом платке, из которого выглядывало кирпичного цвета круглое азиатское лицо, продавала яблоки. Яблоки, крепкие и румяные, лежали на мятой газете прямо на тротуаре. Баба сгруппировала их в аккуратные пирамиды — четыре яблока внизу, одно сверху. Ее напарник, таджик с седым ежиком и морщинистой шеей, копался в большой дерматиновой сумке. Там тоже были яблоки. Таджик поднял голову, удивленно что-то воскликнул на своем наречии, тыча пальцем куда-то вверх.

Я тоже оглянулся. По крыше жилого дома на противоположной стороне Ленинского карабкались три человека. Маленькие фигурки бесстрашно подбирались к самому краю крыши, где на железных прутьях арматуры крепились гигантские рубиновые буквы рекламы «Кока-колы». Старик Павлов оказался прав — мне тут же страшно захотелось пить. Я сухо сглотнул, облизнул шершавые губы и покосился на яблоки. Потом на руки торговки — они были цвета копченой камбалы.

Смельчаки добрались до края крыши. Один развернул российский флаг с желтым орлом, другой начал долбить ломом по арматуре. Звук долетал с запозданием, я слышал звонкий металлический удар ровно между замахами. Половина рекламы неожиданно дрогнула, накренилась и, качнувшись, как маятник, беспомощно повисла. Гигантский красный дефис загородил окно верхнего этажа. Человек с ломом продолжал неистово колотить. Звук летел над проспектом, как тревожный набат. Снизу раздались дружные крики, так болельщики скандируют на спортивных мероприятиях, поддерживая своих, — на газоне, отделяющем дорогу от тротуара, меж низкорослых деревьев и кустов я разглядел толпу зевак.

Буквы сорвались и полетели вниз. Как мне показалось чуть медленнее, чем положено по закону Ньютона, — с трагичной неторопливостью, присущей добротному зрелищу. Толпа заорала, перекрывая грохот и звон. Рухнув на асфальт, буквы разлетелись рубиновым фонтаном осколков.

Меня кто-то ткнул в плечо, я обернулся. Тройка подростков лет по пятнадцать, расталкивая прохожих, пробиралась на ту сторону проспекта. Пацан, толкнувший меня, ощерился и с вызовом глянул мне в лицо. Я хотел что-то сказать, но он, заметив таджиков, забыл обо мне: подскочив к бабе в платке, пихнул ее ногой в грудь. Баба охнула и, как куль, завалилась на спину. Старый таджик, бросив сумку, испуганно попятился. Яблоки высыпались из сумки на асфальт и шустро, как биллиардные шары, покатились в сторону площади Гагарина.

Парень замахнулся, словно собирался отвесить таджику оплеуху, таджик присел, но увернуться не успел. Он замер, схватился за лицо руками и вдруг заорал сиплым высоким голосом. Сквозь пальцы брызнула кровь, яркая, алая, она стекала по шее, по рукам, лилась, именно лилась, на асфальт. Таджик выл страшно, по-звериному.

Я повернулся к парню. Щенку не было и пятнадцати.

— Что ж ты... — Я сжал кулаки и пошел на него. — Ты что...

Он попятился, выставил руку с бритвой.

— Стоять, падла! — звонким фальцетом крикнул он мне. — Порежу!

Я не испугался, меня остановила внезапная и жуткая мысль: а вдруг это мой сын? Мысль застала меня врасплох, я растерянно остановился, вглядываясь в его лицо. Мою растерянность он принял за страх.

— Вот так! И не рыпайся. — Он сплюнул мне под ноги. — Кончилось ваше время.

Парень повернулся, напоследок победно бросил злой взгляд через плечо и, ловко протискиваясь между машин, кинулся догонять своих.

9

Метро изменилось мало, стало погрязнее, провинциальнее. Повсюду пестрела скверная реклама, скучная или пошлая: броские, но удивительно корявые, слоганы, казалось, придумывали копирайтеры, для которых русский был вторым языком, не родным.

Народ был одет понаряднее, чем двадцать лет назад, но глядел так же хмуро и неприветливо. В лицах и жестах была мрачная целеустремленность, скупая и выверенная, точно каждый пассажир спешил с секретным пакетом в ставку верховного главнокомандующего. В нью-йоркской подземке тоже спешат, тоже толкаются, но делают это гораздо приветливей, с оптимизмом на лицах.

На платформе я встретился глазами с тщедушной старушкой — такие обычно обитают в крошечной квартирке с парой кошек — по дурацкой американской привычке улыбнулся. Карга, прищурившись, злобно зыркнула на меня и отвернулась.

С грохотом подлетел поезд, выкрашенный той же самой голубой краской. Я втиснулся в вагон.

— Осторожно, двери закрываются, — сказал кто-то голосом доброго волшебника, голосом, знакомым с детства и почти родным. — Следующая станция — «Шаболовская».

Первым делом я пробрался к схеме. Шурочка жила на Котельнической, примерно посередине между «Таганской» и «Площадью Ногина». Помню, как на спор мы мерили шагами расстояние от ее двери до станций метро. Как обычно, Шурочка выиграла и этот спор — Таганка оказалась ближе на сто двадцать два шага. Я тогда ставил на «Ногина». Сейчас от него не осталось даже имени — станция называлась «Китай-город».

Впрочем, не повезло не только малоизвестному Ногину, вполне знаменитые Калинин и Свердлов тоже пострадали. Среди возрожденных старомосковских имен «Охотный ряд», «Мясницкая», «Сущевская» появились и новые: «Рижская» теперь называлась «Герои Балтики», а «Киевская» — «Донецкая». К «Таганской» через дефис прилепили неказистое «Таврическая», придав (с почти мольеровским сарказмом), блатной хулиганистой Таганке привкус чванливого самозванства.

В вагоне было тесно, душно. От ядреной девки, что вдавила меня крепким крупом в железную штангу, разило смесью пота и сладкой пудры. Лица я не видел, от волос странно желтого цвета пахло борщом и подгоревшим салом.

Пассажиры читали, слушали музыку, тупо глазели в свои отражения на фоне стремительной черноты туннеля. Я не заметил ни одной газеты, газет вообще не читал никто. Метро жило своей привычной подземной жизнью. Меня поразила обыденность, скучная тривиальность, точно все, что случилось с момента моего прилета, было сном, кошмаром, какой-то невероятной галлюцинацией.

Сделав пересадку, я по кольцу доехал до Таганки. Поезд унесся в черную дыру туннеля, я пошел вдоль платформы. Мне с детства нравилась эта станция, светлая и лаконичная, украшенная барельефами в стиле флорентийской майолики — белая глазурь, ультрамарин, золотые акценты, — с мужественными профилями танкистов, пограничников, пилотов и орнаментами из танков, пулеметов и прочей военной атрибутики. Сейчас я понял, что советские мастера, сами того не подозревая, создали великолепное произведение поп-арта, оставляющее Энди Уорхолла с его банками томатного супа, мыльными упаковками и прочей дребеденью далеко позади. Сочетание формы — хрупкого фарфора и нежной росписи — с военно-патриотическим содержанием производило почти сюрреалистический эффект. Нечто подобное я испытал, увидев в витрине оружейного магазина где-то в техасской провинции автоматический карабин «Бушмастер», выкрашенный в невинно-розовый цвет.

В центре станции, рядом с переходом, толпились люди. Я подошел — центральное панно на стене оказалось новым. Я не мог вспомнить, кто тут был раньше, кажется, моряки. Нынешние скульпторы не совсем успешно имитировали стиль старых мастеров советской школы. Бросалось в глаза плохое знание анатомии. Военные корабли, составляющие орнамент, тоже грешили отсутствием деталей и общей условностью. В центральный круг, окаймленный дубовыми листьями с желудями (желуди получились просто отлично, особенно рядом со схематичными, почти детскими, фигурками моряков с сигнальными флажками и угловатыми карабинами) был вделан скульптурный профиль человека в шапке с козырьком. Подойдя ближе, я понял — по кокарде с золотым якорем, — что это морская фуражка. Но это был не Нахимов, я точно помнил, что адмирал носил усы. Опознать личность удалось по цитате: «Крым был, есть и будет неотъемлемой частью земли русской».

На кафельном полу лежали вялые гвоздики и астры. Кто-то смекалистый оставил букет кроваво-алых гладиолусов в молочной бутылке с водой, прислонив цветы, похожие на колчан со стрелами, к гипсовому бордюру. Дама культурной наружности в белом берете, похожая на педагога по сольфеджио, шустро пробралась к панно и, привстав на цыпочки, приложилась к стене губами, как к иконе. Две тетки попроще, что стояли рядом со мной, хором вздохнули. Одна, в тугом черном платке, перекрестилась, за ней перекрестилась и другая.

Таганский эскалатор — самый длинный в Москве. Два мужика пролетарского типа, стоявшие на пару ступеней выше, вполголоса обсуждали события минувшей ночи. Плечистый здоровяк в клетчатой ковбойке уверял мелкого ханурика с золотой фиксой, что виной всему Киев.

— А я тебе натурально говорю — пиндосы это, — не соглашался мелкий. — У хохла кишка тонка.

— Кишка, Серега, это не аргумент.

— Хохол? Коляныч, ты серьезно? Завалить президента? Ну ты, в натуре, прикинь, Коль, ну как хохол может? У него ж кишка тонка. У хохла.

Я вышел на Таганскую площадь. Здесь тоже воняло гарью, воздух был сиз, а небо серо. Здание театра поразило неожиданной низкорослостью: среди полустертой коллекции моих воспоминаний на особо почетном месте была премьера любимовского «Мастера» со зловеще обаятельным (а каким еще должно быть абсолютное зло?) Смеховым в роли Воланда, летающим занавесом, гениально трансформирующимся то в иерусалимскую грозу, то в московские сумерки, и совершенно голой Маргаритой в сцене бала. Билеты в пятом ряду достались нам случайно: Шурочкина мамаша закапризничала, и в театр вместо родителей пошли мы. За одно за это я должен был быть, ну если и не добрей, то хотя бы снисходительней к моей рыжеволосой, взбалмошной и совершенно безмозглой экс-теще.

Обойдя здание метро, я вышел к стеклянным ларькам. Тут когда-то стоял ряд пожарно-красных автоматов с газировкой и будка, торгующая мороженым — эскимо за одиннадцать копеек, плодово-выгодное за семь, для особо состоятельных господ (пардон, товарищей) — шоколадно-ореховое «Бородино» за двадцать восемь. Моя тетка каждое утро перед школой выделяла мне пятиалтынный; сумма, конечно, незначительная, но для двенадцатилетнего пацана открывающая массу возможностей и комбинаций: квас, газировка с сиропом, пончики в сахарной пудре… Или же пирожки с повидлом или с капустой по пятаку за штуку. Не говоря уже о билетах на дневной сеанс по десять копеек: фильм мог быть с мускулистым Гойко Митичем, с обаятельно наглым Аленом Делоном или уморительным Луи де Фюнесом. Разумеется, просмотр кино был сопряжен с побегом с уроков, что добавляло мероприятию особую ценность, превращая его в небольшое приключение.

В нынешних ларьках торговали унылым провиантом — печенье да жвачка, электронной мелочовкой и прочей дребеденью. Из ближайшей будки доносилась разудалая музыка — смесь французского шансона с задушевной цыганщиной. Проходящий мимо мент с надписью «Полиция» на спине наклонился в окно и крикнул продавцу:

— Руслан, души музон. В стране траур реально, пиндосы хозяина завалили.

Мелодия оборвалась на полувзрыде. Мент скупо кивнул, поправил ремень с кобурой и хозяйской походкой зашагал дальше.

Я вышел к началу Радищевской, тут на углу когда-то были шашлычная и овощной магазин. Овощной уцелел, в шашлычной обосновался салон красоты «Шарм». У беленой стены церкви стоял сарайчик с вывеской «Обмен валюты». Он был закрыт. Один угол сарая обгорел и был покрыт сажей, на железной двери с амбарным замком кто-то черным аэрозолем нарисовал огромную свастику. Последний обменный курс, выставленный в решетчатом окне, меня удивил: тут за доллар давали сто двадцать семь рублей. Вчера в аэропорту Кеннеди я менял по шестьдесят пять. Но это было вчера. Или сто лет назад, или в другой жизни. Или в одной из тех параллельных галактик, куда время от времени проваливаются незадачливые путешественники по затейливым лабиринтам памяти.

10

Я шел по Радищевской, и это было похоже на сон: я бродил тут сотни раз, знал эту тихую улочку наизусть — каждый поворот ее неспешного течения. Знакомые липы маленького парка стали еще выше, за парком виднелся дворянский особняк — почти из толстовского романа — с белыми колоннами, лестницей и парой каменных львов. В особняке в мои времена сначала обитал «Дом атеизма» (наш класс как-то водили сюда, и строгая грымза в два счета объяснила нам, третьеклашкам, почему бога нет: из всех аргументов я запомнил один: Гагарин его не видел). В вегетарианские времена горбачевского правления дом переименовали в толерантный «Комитет по делам религий». Сегодня тут обосновался Нефть-банк «Цесаревич». За старинной кованой решеткой, похожей на частокол из римских пик, сияла лаком пара черных лимузинов. Рядом, среди желтеющих лип скучал здоровенный битюг в солнечных очках.

Элемент сна заключался в том, что, как в добротном сновидении с элементами кошмара, я подмечал знакомые детали — трещину на стене, похожую на профиль разбойника, железные ворота, выкрашенные той же гнусной охрой, матерное слово, которое так до конца и не смогли стереть с асфальта, — помню, слово это относилось к Брежневу конца афганской войны, его фамилию удалось вывести еще тогда, на мат, похоже, не хватило прыти.

И тут же — как во сне — посреди знакомого наизусть окружения вдруг начинали вылезать сюрпризы, словно кто-то, зло потешаясь, играл с моими усталыми мозгами: из-за угла выставила дугу какая-то восточная арка, за аркой маячила здоровенная башня — не то минарет, не то маяк.

Или купеческий домик — он внезапно подрос на четыре этажа тонированного стекла и стальных конструкций скандинавского дизайна. Вот еще: на пустыре, где мы среди лопухов сражались на деревянных мечах, а потом выгуливали тещиного фокса, теперь громоздился жилой комплекс, похожий на «Титаник», ненароком выброшенный на сушу.

За деревьями возник шпиль высотки — возник и снова скрылся в листве. Сердце заколотилось, я сбавил шаг. Я не сентиментален, выяснилось, что я просто боюсь: до меня вдруг дошло, что весь путь от метро я надеялся, что дом никогда не появится, что я буду шагать вечно и мне волшебным образом удастся избежать встречи с Шурочкой. Повторяю, я не сентиментален — меня не тревожило прошлое, я боялся будущего.

Пуховы жили в правом крыле, выходящем прямо на набережную Москвы-реки. Под ними располагался гастроном с царскими витринами, мраморными колоннами, почти итальянскими фресками на стенах, хрустальными люстрами в три обхвата под сводчатым потолком и аквариумом, в зеленоватой воде которого лениво плавали меднобокие карпы. Дальше шла ликеро-водочная лавка, тесная и грязная, местные алкаши распивали портвейн тут же за углом — в гулкой арке между мусорных баков.

Пухова не комплексовала, что номинально проживая в высотке, их квартира была на третьем этаже.

— Вон певица Зыкина, в корпусе «А», — смеялась Шурочка. — Народная артистка СССР! И тоже на третьем. И ничего.

В соседнем подъезде, и тоже на третьем, жил актер Ширвиндт — помню, как-то после школы, мы с Шурочкой вышли на балкон. Артист стоял на соседнем балконе и задумчиво курил трубку, наблюдая незатейливое судоходство на Москве-реке. Заметив нас, он галантно склонил породистую голову, Шурочка, засияв, сделала светский книксен. Я стоял как пень. Шурочка хвасталась, что когда Ширвиндт устраивал вечеринки, то на балкон покурить поочередно выходило полтруппы театра Сатиры.

Подъезд был распахнут настежь. Кодовый замок кто-то вырвал вместе с куском двери, из пробоины безнадежно торчали оголенные провода. Я вошел в подъезд. Та же тусклая лампочка под потолком, старый лифт в железной клетке. Между первым и вторым этажами — тот же широкий мраморный подоконник и пыльное окно, выходящее во двор, на те же грязные гаражи. На этом подоконнике мы с Пуховой учились целоваться, учились курить, пили из бутылки липкую гадость с саркастической этикеткой «Пунш гусарский». Я провел пальцами по холодному камню, выглянул в окно — там вообще ничего не изменилось.

Мне стало жутко: моя американская жизнь, тамошние экс-жены, друзья-приятели, моя профессорская карьера — все, что случилось со мной за несколько десятков лет, вдруг показалось мне полной фикцией. Точно ничего и не было — дым, сон, туман. Из подсознания поползли давно умершие (какой наив!) страхи. Невыученный плюсквамперфект по немецкой грамматике, надвигающаяся контрольная по алгебре, запись гневными чернилами красного цвета в дневнике с восклицательным знаком на конце, а главное — тревожная настороженность, вечный спутник советского школьника, минера и подпольщика, действующего в тылу у врага.

Даже запах в подъезде был тот же самый. Смесь пыли, паркетной мастики, кухни и кошек — патриархальный подъездный дух Москвы центральных районов, расположенных внутри Садового кольца.

Я остановился перед дверью, облизнул сухие губы и нажал кнопку звонка. В дебрях квартиры мелкими ангелами запели колокольчики, трогательно и мелодично, чистое Рождество! Послышался скрип паркета, я быстрым жестом пригладил волосы. Дверь раскрылась.

Следующий миг, еще до того, как она произнесла первое слово, вместил в себя бездну времени.

Длинная голая шея, волосы нового русого оттенка по-взрослому забраны назад. Лицо как будто заострилось — скулы, подбородок, в нем появилось что-то восточное, впрочем, нет — это кошачьи очки в бирюзовой оправе; голые плечи, гладкие руки с рыжеватым загаром (все верно — конец лета, дача в Болшево), а вот на кистях голубым проступили вены, запястья похудели, на пальце — кольцо с синим камнем. Господи, это кольцо меня добило — я сам выбирал его в ювелирном на Сретенке.

Момент истины — дурной штамп из скверных книжек, но иногда в банальности фразы заключается правда жизни (вот вам еще один штамп): за эти три секунды я понял, даже не понял — понимание требует времени, а осознал, что так никогда и не смог освободиться от того почти детского наваждения, того восторга, чудесного ощущения абсолютной беззащитности и наготы, самопожертвования, доведенного до экстаза. Когда смертельный яд и противоядие заключены в один сосуд и почти неразличимы на вкус — вкус божественный! Я говорю про первую любовь, и вот вам штамп номер три.

— Все-таки прилетел, — произнесла Шурочка почти разочарованно. — А где багаж?

11

Квартира показалась мне гораздо меньше, будто усохла. Ощущение это подчеркивалось мелкими трещинами на потолке, желтоватой побелкой, линялыми обоями, выгоревшими по солнечной стороне стен. Маракасы и веера, те же сомбреро — пара черных, одно малиновое, все три с золотым шитьем, больше не казались интеллигентской экзотикой, теперь эти дурацкие шляпы, веера и погремушки выглядели безвкусной декорацией, пыльной и стыдной. На том же почетном месте по-прежнему висела фотография Пухова-старшего и Фиделя, дымящих сигарами.

— Как батя? — кивнул я на фото.

Шурочка молча поджала губы и отрицательно покачала головой.

— Четыре года назад. В декабре... инсульт.

Я вздохнул, от неожиданности не зная, что сказать. Мозг кольнула мысль: вот так и обо мне кто-нибудь скажет. В трех словах.

— А?.. — начал я, не зная, как обозвать экс-тещу.

— Ничего, на даче она, — догадалась Шурочка. — Давление, а так ничего. Болота еще эти чертовы горят...

— Да, — согласился я, подходя к окну. — Дымно тут у вас.

Стекло было пыльным, я провел пальцем по подоконнику. Набережная была забита машинами, пробка стояла и на Устьинском мосту, там в ряд один за другим застряли пять троллейбусов. Уродливую белую гостиницу, куда мы часто ходили в кино, наконец снесли, стали видны кирпичная стена Кремля и угловая башня с выпавшим из памяти названием. На той стороне реки, за Каменным

мостом, что-то горело: ленивый дым поднимался верти-
кально вверх, словно серая лента.

— Чай будешь? — Ее вопрос прозвучал так обыденно,
что мне показалось, что я сошел с ума.

— Пухова! — Я резко повернулся. — Какой, к чертовой
матери, чай?! У вас тут...

— Не ори! — строго оборвала она. — Не хочешь, так
и скажи.

— Да хочу я! Хочу! Но я не понимаю...

Она, не дослушав, пошла на кухню. Я остался стоять
с открытым ртом и патетично вознесенной рукой.

— Ты деньги привез? — крикнула она с кухни; за-
гремела вода.

— Потрясающе... — прошипел я, хлопнув себя по бе-
дру и поплелся через коридор на кухню.

Кухня, и раньше тесноватая, показалась мне не больше кладовки. Я уселся за стол, втиснулся на свое место
в углу, колени привычно уперлись в столешницу. С удивлением узнавались предметы, о которых я не вспоминал
сто лет, — красный пластиковый абажур, купленный в ма-
газине «Балатон», расписной электросамовар в жостов-
ских лопухах, которым никогда не пользовались, чайный
сервиз — белый в красный горох, трещина в мраморном
подоконнике, которую я обещал заделать в какой-то другой жизни. По подоконнику разбежалась знакомая гжель-
ская мелочь — солонки-перечницы и прочая дребедень.
На все том же финском двухкамерном холодильнике стоял
маленький черно-белый телевизор с мертвым сальным
экраном и рогатой антенной.

— Ты все своим... — Шурочка налила мне заварки,
придерживая крышку фарфорового чайника указательным пальцем. — Своей структурной социологией занимаешься?

— Массовым сознанием. — Я скромно отхлебнул горький чай. — Девиантным поведением больших групп, когда отход от нормы становится нормой общества. Ну это обобщенно... Прошлым декабрем опубликовал статью в «Обзоре современной социологии»... — Я сделал еще глоток. — И мне заказали книгу.

На Шурочку это не произвело ни малейшего впечатления.

— Ясно... — Она рассеянно вытащила сигарету из мятой пачки, уронила пачку на пол.

Нагнулась, я невольным взглядом застрял в вырезе ее летнего платья на круглой незагорелой груди.

— Меня арестовали в аэропорту, — сказал я мрачно. — Завязали глаза. В наручниках отвезли в какую-то школу. Я видел трупы. Немца... австрийца, с которым я сидел в подвале. Его убили. Меня допрашивали и лишь по чистой случайности мне удалось вырваться. Я хочу понять, что у вас происходит!

Она курила, молча стряхивая пепел в блюдце.

— Почему ты делаешь вид, что ничего не случилось? — заорал я. — Ты можешь хотя бы включить телевизор?!

Я двинул кулаком по столу. Чашка подскочила, расплескав остатки чая, упала на кафельный пол и со звоном разбилась вдребезги. Я неуклюже выбрался, собрал осколки, выкинул в мусор. Мусорное ведро было там же, где и четверть века назад, — под мойкой.

Шурочка затянулась, выпустила дым в сторону. Она молча наблюдала за мной, потом со сдержанной злостью тихо произнесла:

— У меня пропал сын. Наш сын. Твой и мой. Мы должны его найти. Но для этого из нас двоих кто-то один должен вести себя как мужик.

Она с силой воткнула окурок в блюдце, встала и включила телевизор. Сначала появился звук.

— ...крупнейший политический и государственный деятель современности, — с мрачным торжеством сказал телевизор. — Вся многогранная деятельность Тихона Егоровича Пилепина, его личная судьба неотделимы от важнейших этапов в развитии страны.

На сальном экране появилась черно-белая фотография президента. Я вспомнил, что телевизор не цветной. Шурочка поставила свою чашку в раковину и вышла из кухни. Голос за кадром продолжал:

— ...неизменная преданность делу мира. Не подготовка к войне, обрекающая народы на бессмысленную растрату материальных и духовных богатств, а упрочение мира — вот путеводная нить в завтрашний день. Эта благородная идея пронизывает российскую мирную инициативу, выдвинутую в ООН, всю внешнеполитическую деятельность нашей страны.

Голос за кадром, трагичный и умный баритон, продолжал:

— Мы видим всю сложность международной обстановки, попытки агрессивных кругов Запада подорвать мирное сосуществование, столкнуть народы на путь вражды и военной конфронтации. Но это не может поколебать нашу решимость отстоять мир. Мы будем делать все, чтобы любители военных авантюр из Атлантического союза не застали нашу родину врасплох. Пусть помнят господа из Пентагона — им не застать нас врасплох, потенциальный агрессор должен знать: наш ответный удар будет сокрушительным.

Я слушал как зачарованный — я совершенно забыл о магии этих заклинаний. Словесная белиберда напоминала мантру: не обладая особым смыслом, гипнотизировало само звучание. Это было похоже на поэзию, на песнь шамана. Удивительно, что не изменился ни пафос, ни словарь: я все ждал, когда будет сказано о руководящей и направляющей роли партии. Форма и содержание были знакомы со школы: тут же вспомнилась тоска муторных комсомольских собраний, «ленинских зачетов», каких-то немыслимых вахт мира. Медленно и величаво поднялся из гроба в белоснежном маршальском кителе дорогой Леонид Ильич.

Шурочка вернулась на кухню. Ни слова не говоря, положила передо мной фото в рамке, семейные офисные работники обычно ставят такие на письменный стол. Я взял фотографию, повернул к свету. На снимке, в полуденном турецком зное с пальмами и синими пляжными зонтами в качестве декораций, фотограф запечатлел веселую Шурочку в цветастой блузке и пацана лет пятнадцати в простой белой футболке. Этим пацаном запросто мог быть я сам — лет тридцать назад: сходство было убийственным.

12

Я поставил фотографию на стол, долго вглядывался. Потом закрыл лицо ладонями. Шурочка пальцами тронула мое плечо, я замотал головой. Я не плакал. Я просто не знал, не мог понять, что со мной про-исходит.

Рассудок — это часть сознания, способная логически осмыслить действительность, составляя суждение о явлениях и превращая познание в опыт, путем объединения их в категории. Я был согласен с Кантом теоретически, но на практике — в отдельно взятой московской кухне — что-то не очень складывалось: мозг заклинило, в горле стоял ком; я подумал, что, наверное, именно так людей хватает кондрашка.

— Незлобин, — испуганно позвала Шурочка. — Тебе плохо?

Не поднимая головы, я отрицательно помотал головой.

— Димка. — Она наклонилась ко мне. — Может коньяку?

Не отнимая рук от лица, я кивнул.

Коньяка не оказалось. Я выпил теплой водки, налил еще и снова выпил.

— Ты, что ли, настаиваешь? — сдавленным чужим голосом спросил я — на дне бутылки бледными кольцами скручивалась лимонная кожура.

— Я? — Шурочка заботливо налила мне третью рюмку. — Не-е. Папа еще...

Пухов-старший, подмигнув, помахал мне загорелой рукой с того света. Я кивнул ему и выпил третью. Шурочка по-птичьи осторожно, точно микстуру, отпила из своей рюмки. Химическая реакция наступила на удивление быстро (что бы там ни говорили про русских, водку они делать умеют): мне стало жарко, голову отпустило, я улыбнулся.

Я улыбнулся, погладил Шурочкину руку. Сто грамм разведенного этилового спирта, настоянного на лимонных корках, волшебным образом навели порядок в мироздании.

Широким жестом снял куртку (один рукав застрял) я освободился, резко вывернув его наизнанку. Порвал подкладку, вытащил деньги — пятьдесят новеньких купюр с портретом президента Франклина, туго перетянутые аптекарской резинкой. С почти эротическим удовольствием шмякнул увесистую пачку на кухонный стол. Безусловно, существует магическая связь, подсознательная, на грани патологии, между человеком и этими кусочками цветной бумаги. Не будучи наркотиком, они волшебным образом вызывают состояние эйфории. Эффект значительно усиливается, если тебе удалось провезти их контрабандой через границу.

Шурочка сняла очки. Некоторое время она молча смотрела на меня, пытливо и внимательно, точно стараясь что-то разглядеть в лице. Ее умные глаза серо-голубого цвета пытались сквозь морщины, годы, ссоры и скандалы, сквозь незатянувшиеся шрамы развода, сквозь боль обидных и несправедливых слов добраться до того, что она разглядела тогда, много лет назад, когда нам еще не было и пятнадцати. Не знаю, может, мне это только почудилось, поскольку нечто подобное творилось сейчас со мной.

— Спасибо, — тихо сказала Шурочка. Она взяла деньги, зачем-то понюхала. — Новые совсем.

Встала, поднявшись на цыпочки, сунула пачку между жестяных банок «Соль» и «Мука» на верхней полке. Отошла к окну. Телевизор показывал фотографию Спасской башни с часами, застывшими на семи двадцати. Из хилого динамика, чуть похрипывая на басах, текли «Страсти по Матфею». Тревожная музыкальная фраза повторялась, потом пошла наверх. Иисус нес крест на Голгофу. Вступил хор, в тоскливую мелодию органа вплелись голоса второго хора — первый хор оплакивал Христа, второй вопрошал: «Кто? Куда? За что?»

Шурочка, чуть сутулясь, стояла ко мне спиной. За ней, в заоконном мареве, проступило тусклое солнце. Оно, мученически краснея пунцовым нарывом в серо-коричневой дымке московского неба, закатывалось где-то там, за неразличимым из-за гари университетом, где-то в районе Воробьевых гор.

Кухня вдруг наполнилась рыжим светом, теплым и почти осязаемым. Легионеры распяли Иисуса, подняли на веревках крест, укрепили кольями и булыжниками. К двум хорам присоединился еще один, детский: «О, невинный агнец Божий, Ты на кресте убиенный». Такими голосами, наверное, поют ангелы, когда им грустно.

Шурочка всхлипнула. Не поворачиваясь, зябко обхватила себя за плечи.

Какой же я все-таки идиот! Поистине безнадежный и неисправимый. Стукнувшись коленом, я неуклюже выбрался из-за стола. Она вяло отталкивала меня локтем, пряча лицо. Я прижал ее к себе, она тут же обмякла, по ее телу прошла та самая дрожь, от которой у меня мутился разум еще в школе. Примерно то же самое произошло со мной и сейчас — мозг отключился. Резко, почти грубо, развернув ее, я нашел ее губы. Прижал. Я елозил лицом по соленым щекам, по горячим мокрым губам, целовал ее лоб, брови, подбородок. Она, тихо всхлипнула, уткнулась мне в шею, точно прячась от кого-то. Я механическим жестом гладил и гладил ее по голове.

Москва-река за окном отразила небо, грязное и красное. Тень под мостом казалась черней сажи. Парапет
и дома на той стороне сразу потемнели, стали плоскими,
как фанерные декорации. Пробка на Устьинском мосту
так и не сдвинулась, фиолетовые контуры троллейбусов
напоминали караван гигантских кузнечиков, угодивших
в западню. На середине моста собралась толпа, люди размахивали какими-то флагами, кто-то сорвал спасательный
круг и выкинул вниз. Круг беззвучно шлепнулся в масляни-
стую воду и медленно поплыл в сторону Лужников. Люди
жестикулировали, потом растянули на решетке огражде-
ния длинный транспарант. На белой тряпке угловатыми
буквами было написано: «Убей западло!» Я заметил, что
несколько человек пытались перекинуть какой-то мешок
через поручень. Им это удалось. Мешок полетел вниз.
Не долетев до воды метра три, он дернулся и повис. Это
был человек. Он неспешно покачивался, как маятник,
потом замер. Я, не в силах оторвать от него взгляд, все
гладил и гладил Шурочкин затылок.

13

По темному потолку бродили тусклые огни ночных машин, неслышно ползших по набережной. Шурочка задумчиво курила, приткнувшись к моему плечу; мне вспомнился ее неброский талант быть чрезвычайно уютной. Я следил за кружевами сизого дыма, лениво утекающего в черный проем распахнутой двери. Там был коридор, но мне почти удалось убедить себя, что за порогом раскрывается бескрайняя бездна вроде космической, в которую можно незаметно ускользнуть и там раствориться. Я бы с удовольствием отдал душу за возможность продлить пребывание в этой кровати до конца жизни, но калибр моей личности явно не интересовал силы зла, и никто не предлагал мне остановить это мгновенье. Впрочем, у Гете история была гораздо запутаннее.

— Почему ты ничего не рассказываешь про... — Я запнулся. — Про сына?

— Ты не спрашиваешь.

— Вот сейчас спрашиваю. Я даже не знаю, как его зовут...

Шурочка затянулась, беззвучно выпустила дым и назвала имя. К такому повороту я не был готов.

— Ты действительно... ты назвала... — У меня перехватило горло, я замолчал чтобы не всхлипнуть.

— Да. — Она снова пустила дым в потолок. — Надеялась, что вместе с именем он унаследует некоторые качества, которые мне были симпатичны в тебе. Когда-то...

Где-то вдалеке завыла «Скорая помощь». Я лежал в каком-то оцепенении, лежал и молчал, словно неподвижность могла оправдать идиотское молчание. Шурочка, точно почуяв, прохладно спросила:

— Ты хоть что-нибудь скажешь? Или женщины каждый день называют детей в честь тебя?

— Господи, Шурочка... — Я начал поспешно и очень искренне, не имея ни малейшего представления, что буду говорить дальше.

В этот момент с улицы раздался крик, звериный истошный вопль. Я даже не разобрал, кто кричит, женщина или мужчина. Шурочка вздрогнула, испуганно вцепилась мне в плечо. Крик, оборвавшись, захлебнулся, словно жертве заткнули рот. Я встал с кровати, быстро подошел к окну.

— Что там? — испуганно прошептала Шурочка. — Это тут, на набережной?

— Нет, — быстро ответил я. — Тут нет никого.

В желтом круге уличного фонаря рядом с автобусной остановкой на тротуаре лежал человек, двое других шарили по его карманам. Мимо проезжали редкие машины. Потом эти двое подтащили лежавшего к парапету; теперь стало видно, что это мужчина, его рубашка задралась, обнажив худой торс. Один ухватил его за ремень, другой под мышки, они подняли и перекинули его через парапет. На асфальте остался ботинок. Один нагнулся, подобрал ботинок и, сильно размахнувшись, закинул его в реку. Второй засмеялся, что-то крикнул ему, потом они быстро пошли в сторону Таганки.

— Иди сюда, — позвала Шурочка. — Что ты там стоишь...

Я кивнул, пальцы мерзко дрожали. Я стиснул кулаки, прижал лоб к стеклу: над притихшей Москвой висела грузная и слепая ночь. Хворо светились уличные фонари, их отражения плыли в тягучей, как смола, воде. Против воли я повернулся к мосту. К первому повешенному добавился еще один, свисавший, касаясь ногами воды. По безлюдному мосту проехал пустой трамвай, салон внутри был освещен теплым янтарным светом. Непонятно к чему я вдруг вспомнил, что под Устьинским мостом на нашей стороне реки была автомастерская, где я ремонтировал свою первую машину — «Жигули» одиннадцатой модели. Цвет назывался романтично, «коррида», на деле машина была просто рыжей.

Мы снова лежали, я снова глазел в потолок, Шурочка курила. Она что-то рассказывала, я кивал. Меня посетила странная мысль: мне вдруг показалось, что я больше никогда не смогу заснуть, сама идея сна представилась мне под новым углом, как нелепое и бездарное времяпрепровождение.

— ...не так уж плохо, — продолжала говорить Шурочка. — Поначалу по крайней мере.

Я кивнул.

— Папа зачем-то устроил его к Лужкову, тогда контакты еще... — Она грустно вздохнула. — Мидовские и... другие.

Я снова кивнул.

— Ну тут Любецкий и решил, что сам черт ему не брат...

Любецкий был ее вторым мужем. После меня. Колченогий остряк в ондатровой шапке. Я хотел сказать, что человек по имени Артур, тем более брюнет, запрограммирован на мерзость и подлости, и ожидать от него иных поступков по меньшей мере было наивно.

— ... его дочь. Ты, наверное, не помнишь, он тогда мелкой сошкой служил где-то в Питере. Ну а когда питерские попёрли в Москву... — Шурочка затянулась. — Лобачев оттяпал жуткое количество недвижимости в Центральном округе...

Ее голос все-таки убаюкал меня. Тихий и монотонный, он точно неспешный поток потянул меня куда-то: из ватной темноты выплыл приблизительный пейзаж

Санкт-Петербурга с безошибочным шпилем Петропавлов-
ки, по воде Невы брели какие-то темные люди, похожие
на католических монахов. Впереди шел некто с лицом
Гитлера, но я точно знал, что это Любецкий. «Как они идут
по воде?» — мелькнула мысль. И тут же процессия начала
погружаться, тонуть. Меня наполнило тихое злорадство:
монахи уходили под воду, беззвучно и преувеличенно, как
в немом кино, гримасничая и театрально заламывая руки.
Я вздрогнул и проснулся.

— Ты спишь? — спросила Шурочка.

— Нет, — бодро соврал я.

Тут же мне показалось, что это уже было — и вопрос
ее, и мой ответ. Что мы провалились на какую-то спи-
раль жизни, которую мы уже один раз отыграли. А может,
и не один раз: может, ты вспоминаешь лишь предыдущий
виток, начисто забывая сто других, точно таких же, которые ему предшествовали. Во рту было сухо, но вставать
и тащиться на кухню за водой было лень.

За прошедшие годы я миллиард раз проанализировал
нашу с Шурочкой историю — я не поклонник психоанализа,
но, думаю, доктор Фрейд остался бы удовлетворен проде-
ланной работой. Перед защитой докторской я прослушал
целый семестр в Принстоне и при желании мог открыть
собственную практику где-нибудь в Сохо: принимал бы
себе манхэттенских неврастеников в темном уютном
кабинете с кожаным диваном и бархатными шторами
болотного цвета и в ус не дул. Но поскольку я дул в ус,
а именно преподавал на кафедре и писал статьи, интерес-
ные и понятные от силы дюжине человек, то психоанализ
так и остался занятным хобби, которое я практиковал
исключительно на себе.

Сновидения, и это всем известно — важный
аспект данного метода. Любопытно, что, зная Шурочку

наизусть — я помнил назубок каждый изгиб ее уютного тела, цвет летних глаз, оттенок щек морозным утром (аристократически нежно-персиковый, а вовсе не ваш крестьянский румянец), дух речных волос — свежесть травы и июльская меланхолия, аромат страсти (назовем это именно так) — смесь ванили с корицей плюс те пряные арабские духи, которые она воровала у своей матери, — я без труда мог воссоздать в памяти упругую твердость ее соска и горячую влажность ее губ, но при всем при этом подсознание, заведующее визуальной частью сновидений, отказывалось показать мне реальный портрет — Шурочка никогда не являлась мне в своем истинном виде.

Шурочка снилась в виде других женщин. Более поздних и менее интересных. В виде моей китайской жены, под личиной соседской стервы-лесбиянки с невоспитанным ротвейлером, иногда притворялась одной из моих студенток. Пару раз была негритянкой. Один раз — старым одноногим рыбаком-поляком, у которого я покупаю креветки на Бруклинском базаре.

Фоном служили невнятные пейзажи или неубедительные интерьеры, наполненные символической чепухой вроде часов без стрелок, бесконечных коридоров, узких кроватей, шатких табуреток. В том тягучем воздухе, который обычно наполняет такого рода сны, я неуклюжими пальцами срывал с Шурочки покровы, маски, парики. Шелушил ее как луковицу. Но никогда не мог добраться до истинной Пуховой. Ни разу.

Теперь к сути. Я не хотел иметь детей. Мы поженились слишком рано, мы сами были детьми. По крайней мере я. Мое сиротство и тетушкина опека продлили мой инфантилизм. Мне и сейчас кажется, что я еще не вырос в настоящего мужчину. Что мне около семнадцати. Я не дурак, я научился притворяться — голос, манеры, внешность весьма убедительны. Мне удалось провести всех: бывших жен и любовниц, студентов и коллег, приятелей и тех, кого называют друзьями. Всех, кроме себя. Кроме себя и, конечно, Шурочки.

Минули годы. Сказочным манером мы снова вернулись к началу игры, и вновь на руках у меня неплохие карты — тройка, семерка, туз. Но правила игры кто-то подкорректировал, а главное, изменились ставки. Годы не прибавили мудрости, а вот азарт угас, бесшабашность сменилась осторожностью, на место решимости пришла трусость. А вдруг это последняя сдача? И отыграться уже не выйдет? Я лежал и чувствовал, как в темную пустоту моей души, где когда-то горел огонь, медленно втекает ледяной страх.

14

Утром выяснилось, что отключен Интернет. Шурочка сидела на телефоне, обзванивая знакомых сына. По телевизору крутили мрачную музыку, в основном фортепьянные пьесы Шопена. Под мостом появился третий повешенный.

Точно вор, я прокрался в комнату сына, притворил за собой дверь. Сквозь толстые гардины сочился пыльный свет, тусклыми лужами растекался по дубовому паркету, по письменному столу. Я провел пальцем по краю стола — точно хотел убедиться в его материальности: за этим столом я писал курсовые, свои первые рефераты. Курсовые, рефераты? Я тихо рассмеялся.

Комната удивила аскетизмом: никаких плакатов по стенам, никакого подросткового хлама по углам. Полки, книги, кровать. Даже не кровать — койка. Туго заправленная шерстяным одеялом в темную шотландскую клетку, она напоминала койку какого-нибудь английского лейтенанта времен великой империи. Не хватало томика Киплинга и трубки с кисетом на тумбочке. Не отдавая себе отчета, что роюсь в чужих вещах, я привычным жестом выдвинул ящик стола. Там тоже был полный порядок: ручки, остро заточенные карандаши и прочая канцелярская мелочь строго лежали на своих местах. Наготове, как в пенале отличника.

Из глубин стола я выудил картонную папку. Там, внутри, были сложены рисунки. У меня отлегло на душе — мой сын был обычным парнем, нормальным подростком. На рисунках, лихих и на удивление профессиональных, были изображены какие-то супермены, вампиры, крылатые воительницы в рогатых шлемах, хищные инопланетные чудища, острые мечи и копья — короче, вся белиберда, которой мальчишки испокон века изрисовывали свои тетради, учебники, парты, стены. Я аккуратно убрал рисунки в папку, погладил ее ладонью. Потом сунул папку в стол и тихо задвинул ящик. Ужас, необъяснимый страх, что я испытывал перед своим сыном, начал постепенно таять.

Я вылез из душа, кое-как побрился розовой бритвой, которую нашел в ванной. Босиком прошлепал на кухню, следуя за чудесным запахом свежего кофе. Шурочка варила его по рецепту Пухова-старшего, дипломата, чекиста и путешественника, безусловного авторитета и знатока традиций Бразилии и Колумбии в области приготовления этого напитка. Секрет таился в дополнительном калении зерен на сковородке, крупном помоле в антикварной английской кофемолке с латунной ручкой и добавлении в момент закипания соли и корицы. Никаких электрических агрегатов — огонь и медная турка.

— Колумбийского не достать... — Шурочка твердой рукой разлила кофе по чашкам. — Из-за ваших санкций. Поблагодари своего президента от меня.

— Непременно. — Говорить о политике с утра не было ни малейшего желания, но я не удержался: — Вашего, очевидно, уже кто-то поблагодарил.

Шурочка бросила на меня презрительный взгляд. Я осторожно поднял чашку и сделал первый глоток. Кофе получился божественным, гораздо вкусней, чем я помнил.

— Что-нибудь узнала? — спросил я.

Шурочка отрицательно помотала головой.

— Ну у него ж есть друзья... — Я запнулся. — Подруги. Тебе же он наверняка что-то говорил?

Шурочка моментально ощетинилась:

— А ты своим родителям много рассказывал? — Тут же осеклась, буркнула: — Извини...

Я великодушно кивнул. Она продолжила на три тона ниже:

— Школу они окончили, все классные приятельства сошли на нет — ты ж сам помнишь... Димка дружил с девочкой из «А»...

— Дружил? — Я поднес чашку, вдохнул, сделал глоток. — Надеюсь, я понимаю тебя правильно?

— Ну откуда я знаю? Я ее видела несколько раз — хорошая девочка из приличной семьи. Хочет стать врачом... Зина...

— Зина?! — засмеялся я. — Зина? Ты шутишь? Зина...

— А что? Имя как имя.

— Конечно, конечно! — согласился я не без сарказма. — Хорошо, что не Марфа или Дуся. Или вот еще отличное имя...

Я не успел сострить — кто-то требовательно и нетерпеливо заколотил в дверь. В Шурочкиных глазах мелькнул испуг. Она пошла открывать, я остался сидеть на кухне в майке и трусах с дурацким рождественским узором из красных бантов с золотыми бубенцами по темно-зеленому фону.

Клацнул замок, голос, низкий и угрюмый, забубнил что-то с вопросительной интонацией. Лестничная клетка отзывалась эхом, казалось, говорят из колодца. Я привстал, вытянул шею — угол стены с бутафорской, якобы кастильской, гитарой черного лака загораживал входную дверь: я видел лишь Шурочкину ногу в розовом тапке, с какой-то школьной беззащитностью отставленную назад на носок. Поза отличницы, попавшей впросак.

Их оказалось двое. Они вошли в коридор, протопали на кухню. Парень в серой ментовской форме и пехотный старлей. Обоим было не больше двадцати пяти. Мент, плотный и рыжеватый, с нелепыми рыжими усиками, напоминал сытого кота. Пехотинец, бледный и голубоглазый, был в полевой форме с портупеей и кобурой. Из-за гостей растерянно выглядывала Шурочка.

— Доброе утро. — Я привстал, приветливо улыбаясь, успешно выдрессированный американскими нормами общественного поведения. — Не хотите кофе? Хозяйка только сварила.

Оба посмотрели на меня так, словно я показал им карточный фокус.

— Это кто? — грубовато обратился мент к Шурочке.

— Муж, — без запинки ответила она. — Отец Димы.

Они подозрительно разглядывали меня, неодетого, но чисто выбритого, загорелого и поджарого, с намеком на атлетическую фигуру: в соседнем корпусе моего университета — бассейн на семь дорожек. Я, продолжая улыбаться, вдруг заметил за милицейской фуражкой, совершенно маскарадной, с невероятно высокой тульей и украшенной золотым орлом, толстенную пачку моих долларов, втиснутых меж двух жестяных банок. Пачка выглядывала с полки почти на сантиметр. Я понял, что сейчас у меня попросят документы, что последует за этим, рисовалось смутно, но почти все варианты развития событий выглядели не очень привлекательно.

— А что, звонок не работает? — непринужденно спросил я. — Вы стучали...

— Ток отключили, — буркнул мент. — В восемь пятнадцать...

— А когда включат? — вежливо перебил его я. — У вас есть какая-нибудь информация?

Мент недовольно хмыкнул и осторожно погладил усики, словно проверяя их наличие. Пехотинец заскрипел кожей портупеи, откашлялся.

— Вот... — Он неловко расстегнул планшет, я помнил такие по военной кафедре. — Вот. Надо расписаться...

Он достал несколько повесток. Эту гадость я тоже помнил.

— Как его? — перебирая бумажки, спросил он у рыжего.

— Пухов, Дмитрий Пухов. — Внимание рыжего тут же переключилось с меня на Шурочку. Кот, ну вылитый кот.

— Если вам, гражданка Пухова, все-таки удастся, — рыжий ухмыльнулся, — все-таки удастся каким-то невероятным образом связаться со своим сыном, передайте ему, что если он не появится в военкомате до четверга...

— Пусть распишется... вон там... — Лейтенант нашел повестку и сунул открытку Шурочке.

— Кто? — спросила она.

— Пусть она распишется, — повторил старлей, обращаясь к рыжему.

— Вашему сыну грозит срок за уклонение от воинской обязанности. А в нынешней ситуации, — кот насупил рыжие брови, — военный трибунал.

— Военный трибунал, — строго повторил лейтенант.

— А если введут чрезвычайное положение, — доверительно снизив голос, сказал мент, — в два счета к стенке поставят. Ага. И не балуй.

Они ушли, оставив на кухне запах солдатской ваксы и мужичьего пота. На столе лежала открытка с фиолетовой печатью, заполненная от руки красивым, почти каллиграфическим почерком. У заглавных букв Д и П были кокетливо закручены петельки. Я грохнул кулаком по столу.

— Господи! — заорал я. — Ну почему, почему в этой проклятой стране ничего не меняется? Почему?

Шурочка хмуро смотрела на повестку.

— Вот эта гнусность, — я схватил повестку, потряс ею над головой, — ведь она происходила и двадцать лет назад! И пятьдесят! И сто! И будет происходить тут вечно!

Я смял повестку и швырнул в угол.

— Тот же самый военкомат, та же рабская армия тюремного типа, те же самые менты...

— Полиция, — буркнула Шурочка. — Это теперь полиция. Как у вас.

— Как у нас? — Я возмущенно выпучил глаза. — Вот этот рыжий хам, вороватый, немытый недоучка с обгрызенными ногтями? Это полиция?

Шурочка отвернулась к стене.

— Нет, милая моя, нет! — Я вскочил. — Это самый настоящий мент! Ментяра вульгарис!

Шурочка закусила губу. Нужно было остановиться, но меня уже понесло.

— Как вы можете жить в этом дерьме? Как? — Я стремительно прошелся к окну и обратно — два шага туда, два сюда. — Ты ж интеллигентный человек! Искусствовед! Ну как ты можешь жить тут? Как?

Мой вопрос повис в воздухе, эхо плоско откликнулось в какой-то кастрюле. Шурочка подняла глаза, невесело посмотрела на меня.

— Ты знаешь, Незлобин, — сказала она мрачно, — эти новогодние трусы здорово снижают градус твоего пафоса.

Неожиданно включился свет в коридоре, а из телевизора донесся гробовой голос:

— ...похоронной комиссии, маршал авиации и исполняющий обязанности главнокомандующего России, председатель Чрезвычайного штаба Илья Семенович Каракозов.

Мы с Шурочкой повернулись к экрану. Из темноты выплыл маршал. Мне показалось, что за ночь он прибавил килограммов пять и постарел лет на десять.

— Россияне! — с плохо скрытой истерической нотой проговорил военачальник. — Сограждане! Братья и сестры...

Я подумал, что, судя по беспомощному плагиату, этот толстяк безнадежно бездарен и долго наверху не задержится.

— Кто этот клоун? — спросил я.

Шурочка пожала плечами.

Каракозов, пуча глаза, поведал о тяжелой године и о кольце врагов. Об их коварстве и ненависти к стране России. О кровожадном блоке НАТО, о недобитых фашистах и националистах. О горячо любимом вожде, которого мы потеряли. О великом человеке, мудром и прозорливом, гении, равно гениальном во всех областях жизни — превосходном спортсмене, талантливом музыканте, поэте и лингвисте (покойный, оказывается, говорил на пяти языках, включая фарси). Великом политическом деятеле. Стойком борце за дело мира.

— Два года подряд Нобелевский комитет присуждал ему... — маршал быстро вытер мокрые губы рукой, — присуждал ему международную премию мира.

Я демонически расхохотался.

— Ага! Когда русские танки входили в Ригу!

Шурочка гневно зыркнула на меня.

— Вы ж всех подкупаете! — смеясь, крикнул я ей в лицо. — И этих чертовых шведов, и Олимпийский комитет, и футбольных мафиози. Всех! Вы погрязли в коррупции. Коррупция — это ваш модус операнди, вы по-другому не можете существовать... Вы и ваше проклятое общество! Как вообще вы смеете именоваться Россией. Вы хуже коммунистов, вы... вы... Вы просто совки! Совки!

— Не смей! — вдруг горячо воскликнула Шурочка. — Не смей! Это Россия! И мы — русские! А вот ты, ты сделал свой выбор. Ты уехал...

— Ну и что? Я от этого не меньше русский, чем...

— Нет! — перебила она. — Ты не русский, никакой ты не русский. Ты...

Она запнулась, пытаясь придумать, как побольней оскорбить меня.

— Ну? — подзадорил ее я. — Ну давай! Кто я?

— Ты — пиндос!

Я оторопел, глядя на нее. Ее лицо побелело. Она отвернулась, закрыла лицо руками. Маршал с экрана вещал:

— ...будет открыт доступ к телу президента. В церемонии прощания примут участие главы иностранных государств, представители международных организаций...

Шурочка всхлипнула и зарыдала в голос. Я неуклюже обнял ее, прижал к себе.

— Боже мой, боже мой... — причитала она, шмыгая носом и всхлипывая. — Что с нами приключилось, боже мой, Незлобин, что с нами... что с нами такое приключилось?

Я снова гладил ее по голове и снова в меня вползало чувство, что все это уже происходило — и со мной, и с Шурочкой, и с этим проклятым миром.

В прихожей жалобно заблеял телефон.

Шурочка говорила недолго, вернее, даже не говорила, а слушала, изредка кивая, словно собеседник мог видеть эти кивки. В конце сказала «да» и нажала отбой.

— Через час на Маяковке. — Лицо у нее стало совсем бледным. — У памятника.

— Это он? — неуверенно спросил я, кивая на телефон.

— Зина...

— А что с ним? Где он? Она хоть что-то сказала?

— По телефону? — Шурочка спросила так, точно мне было лет девять. — Ну ты даешь...

15

Она, как всегда, оказалась права — нужно было идти в сторону Таганки. Я настаивал, что по набережной получится быстрей.

Мы вышли на Котельническую и тут же угодили в людской поток — плотная толпа двигалась в сторону Кремля. Машин не было. Люди шагали по мостовой, по тротуарам. Продирались сквозь чахлый сквер, топча жухлую траву. Деловито перелезали через лавки. Люди двигались с мрачной целеустремленностью, точно лед по реке, шли молча — и в этом безмолвном упорстве было что-то жуткое, неодушевленное: казалось, запущен какой-то гигантский механизм, превративший людей в угрюмое стадо. Я сжал Шурочкину ладонь и, выставив плечо, потянул ее за собой.

— Все нормально. До академии дойдем, — сказал я уверенно. — Там свернем — и к метро.

Со стороны Яузы, с набережной и от Садового кольца шли люди, много людей. Они вливались в нашу толпу. На Астаховом мосту стояли танк и два полицейских автобуса.

— Куда они все идут? — Я приблизил губы к Шурочкиному уху. — В Кремль на елку?

Я вспомнил, как на первом курсе нас гоняли на первомайскую демонстрацию, как Сильвио протащил за пазухой бутыль портвейна, как мы прикладывались к ней, по очереди загораживаясь фанерой с фотографией какого-то члена Политбюро. Как потом, уже на подходе к Красной площади, Сильвио очень похоже изображал Брежнева, потешно двигая бровями и шепелявя про легендарные «сиськи-масиськи». Все это казалось нам очень забавным.

Нынешняя толпа была другой, серьезной. За моей спиной женский простонародный голос тихо спросил:

— А зачем «Детский мир»-то? Магазин-то зачем?

— Зачем? — зло переспросил мужской низкий голос. — Фашисты! Гады!

— Точно, гады! — согласилась женщина.

Я оглянулся; она оказалась гораздо моложе, чем голос. К зеленой кофте английской булавкой был приколота открытка с портретом покойного президента. На фотографии Пилепин был румян и гладок, почти красив, но совершенно не похож на себя.

Шурочка споткнулась, мне едва удалось ее удержать.

— Эти туфли... — Она виновато взглянула на меня. — Надо было...

Да, конечно, надо было... Меня прошиб пот от мысли, что могло случиться, упади она на асфальт. Толпа уплотнилась, это уже напоминало давку, какие бывают в час пик в метро или на вокзале. К толпе присоединялись новые люди, они вливались справа, с улиц, выходящих на набережную. С левой стороны был гранитный парапет, а за ним — река.

Мы прошли под Устьинским мостом и уже двигались мимо академии Фрунзе.

— Пора, — подмигнул я Шурочке. — Держись как следует.

Она сжала мою ладонь и кисло улыбнулась. Я стал протискиваться, таща ее за собой. Я ввинчивался между телами, на меня кидали злые взгляды, тихо ругались. Духота стояла страшная, к дымному воздуху примешивался запах потных тел, вонь парфюмерии, перегара. Главный корпус академии с остроконечной башней под зеленой крышей остался позади, я уже видел край решетчатой ограды. Там улица, ведущая к метро.

Донеслась музыка. Едва слышно, точно из-под земли, заухал барабан. Стучал мерно и тяжко, как огромное больное сердце. Потом, будто всхлип, возникли трубы. Возникли и пропали, как эхо. Потом появились снова, уже громче, слаженней, выводя с надрывом какой-то кладбищенский минор. Шурочкина ладонь стала горячей и потной, я чувствовал, как она дрожит.

— Незлобин, мне страшно, — прошептала она.

Прошептала спокойным голосом, и от этого спокойствия мне самому стало жутко — я понял, насколько она напугана. Еще я понял, что нам не удастся выбраться из толпы. Военная академия осталась позади, мы подходили к Зарядью.

За пустырем, где некогда стояла гостиница «Россия», выглядывал отремонтированный Гостиный двор. Слева пестрели кокетливые маковки Василия Блаженного. Я в жизни не видел Зарядья без гостиницы: в моей памяти навсегда отпечаталось это гигантское, на редкость уродливое здание, своим бетонным боком, точно меловой утес, загораживающее Васильевский спуск. В самом факте отсутствия белого монстра был сюрреалистический элемент, что-то сродни ночному кошмару. Подобное чувство я испытал в Нью-Йорке тем зловещим сентябрем, когда, вернувшись из Чикаго, застал в городском ландшафте на северной оконечности Манхэттена километровую дыру на месте двух стоэтажных башен.

Музыка стала громче; она текла с Красной площади зыбкими волнами, то затихая, то выплывая снова, словно кто-то дурачился с ручкой громкости. Играли Вагнера, марш Зигфрида из «Гибели богов», причем на редкость скверно. Медь мерзко дребезжала, барабан ухал невпопад, а басовое эхо, катящееся по реке с того брега, отставало на полтакта, внося полную какофонию.

Справа захрипел мегафон: голос с милицейской категоричностью требовал проходить и не задерживаться. С таким же успехом хозяин мегафона мог бы руководить ледоходом на Енисее.

Большой Каменный мост тоже был забит людьми, они несли флаги, какие-то транспаранты, которых было не разглядеть. За мостом река делала изгиб — стало видно, что Кремлевская набережная тоже запружена народом. И по мосту, и по набережной — все двигались в сторону Красной площади.

— С моего отъезда население столицы заметно выросло, — прошептал я Шурочке в ухо.

Шутки не получилось, мой голос прозвучал сипло и испуганно. В голове возникли невольные ассоциации — Ходынка, похороны Сталина: бесспорно, что проведение массовых мероприятий в Москве не всегда отличалось порядком и организованностью. И это — исторический факт.

Я вспомнил, как в классе третьем, Мишка Слуцкер, будущий диссидент, а впоследствии и раввин, поведал мне, что во время похорон Сталина в центре Москвы передавили кучу народа. В нашем детстве о генералиссимусе старались не вспоминать, и он стал почти мифической фигурой вроде второразрядного пророка из Ветхого Завета, появляясь лишь в военных фильмах в виде хмурого усача с трубкой и грузинским акцентом.

— Передавили? — Я тут же представил кухонный пресс, в котором давят крыжовник. — Кто?

— Кто? — передразнил Мишка. — Энкавэдэшники, ясное дело.

— Как? — не унимался я.

Мишка, очевидно, почерпнувший информацию из родительского разговора, тоже не очень представлял себе процесс давки людей. Но, будучи сметливым малым и не желая терять марку, продолжил:

— У них, у энкавэдэшников, такие специальные машины были вроде бульдозера... Ну, такие, с этим, как его?

И он, выставив ладони, двинулся ко мне.

— Как снег... — догадался я.

— Да. Как снег. Только людей.

Холодея, я вообразил эту чудовищную картину. Потом она пару раз являлась мне в виде ночного кошмара. Лет восемь назад Мишка приезжал в Нью-Йорк на какой-то свой еврейский слет и мы с ним распили бутылку кошерной водки у меня на кухне. Похмелье было зверским.

Все началось у Васильевского спуска. Тут две толпы, двигавшиеся по набережной навстречу друг другу, столкнулись, возник людской водоворот. Раздались крики. Я видел, как какой-то парень, взобравшись по головам, начал карабкаться на Кремлевскую стену. Его пытались стащить, но парень ловко, точно белка, карабкался вверх, потом сорвался. Кто-то истошно визжал, протяжно, на одной невыносимо высокой ноте. Полицейский автобус с мегафоном на крыше продолжал вещать свою мантру «Проходите, не задерживайтесь».

— Там кто-то внизу! — испуганно закричала мне в лицо Шурочка. — Под ногами!

Я тоже наступил на что-то мягкое, тут же схватил Пухову за пояс и изо всех сил притянул к себе.

— Не останавливайся! — заорал я, стараясь перекричать шум. — Главное, не останавливайся!

Спуск с моста был перегорожен грузовиками. В кузовах на мешках с песком стояли солдаты в полевой униформе. Они сапогами отбивались от людей, карабкавшихся на борта. Толпа напирала, странный звук, похожий на писк каких-то адских тварей, перекрывал гром музыки и вой раздавленных. До меня дошло: это скрипела резина колес, под напором толпы грузовики ползли юзом по брусчатке.

Нам повезло, нас вынесло на Васильевский спуск. Я оглянулся — мы чудом вырвались из омута, вся набережная была запружена людской массой, подвижной, точно текущая лава. Народ все прибывал, никем не сдерживаемый, никем не контролируемый. Те, кто вырвался вместе с нами, с мрачной целеустремленностью двинулись вверх, на площадь. Люди шагали упорно, упрямо, зло, казалось, что их теперь ничто другое не интересует, главное — шагать вперед. Я никогда не видел такого грозного и зловещего шествия.

У Василия Блаженного стоял конный кордон. Конная полиция сдерживала народ, пробравшийся к площади переулками. Всадники в блестящих черных шлемах, с лицами за тонированными забралами походили на роботов или инопланетян. Толпа со стороны Гостиного двора напирала, одна лошадь заржала, встала на дыбы. Ее смяли, в брешь в оцеплении хлынули люди. Они бежали, падали, давили друг друга. Какая-то тетка споткнулась, истерично завизжав, грохнулась на брусчатку прямо под ноги бегущим.

Вдоль кремлевской стены и у Спасской башни стояли танки. Это были «Черные орлы». Выкрашенные мышиной краской, приземистые, точно хищники, готовые к атаке, они стояли вплотную друг к другу. От храма и до Лобного места площадь перегораживала колонна бронетранспортеров. Толпа втискивалась в этот железный коридор и выдавливалась на Красную площадь.

На площади оказалось почти просторно. Люди шли плотной массой, но без давки. На фасаде ГУМа висели знамена с креповыми лентами. Из динамиков с хрипом и скрежетом вырывался Бетховен.

— Смотри! — перекрикивая рев, Шурочка мотнула головой в сторону Мавзолея.

Я решил, что у меня галлюцинация: там, над трибуной, мерцая точно мираж, висела голограмма — пятиметровый человек в гробу. В зыбком голубом мороке я отлично видел лицо, узел галстука, руки, мирно сложенные на груди. И много цветов — целая клумба: покойник, будто античный бог, лежал в окружении ядреных роз и отборных астр, мордатых хризантем и надменных лилий. Голограмма была трехмерной: по мере нашего продвижения в сторону Манежа строгий профиль покойного перешел в три четверти, а после анфас.

На трибуне Мавзолея теснились какие-то люди, никак не меньше дюжины. По большей части это были военные в фуражках и с блестящей мишурой аксельбантов и орденов на мундирах. В центре стоял маршал Каракозов.

Рядом со мной кто-то зарыдал в голос. Шагавшая справа учительского вида стриженая брюнетка тут же заголосила с деревенским надрывом. Завыла, крестясь и размазывая тушь по щекам, ее соседка, плотная блондинка с лицом торговки. Бандитской наружности мужик, державший ее под руку, скривился и тоже заплакал. Он по-детски тер глаза, на его кулаке был выколот синий череп, пробитый кинжалом. Началась истерика, все вокруг меня рыдали. Я с изумлением увидел, что Шурочка тоже ревет.

— Ты что? — крикнул я ей в ухо. — Это же картинка! Мультик!

Голограмма висела в воздухе, чуть подрагивая. Голубоватый великан, холодный и сияющий, украшенный цветами и лентами, казался вырезанным из ледяной глыбы. Иногда по изображению пробегала мелкая рябь, и тогда лепестки цветов оживали, а лицо покойника начинало морщиться.

Сверху донесся рев. Над нами, почти касаясь золотых орлов кремлевских башен, пронеслось звено штурмовиков. Толпа задрала головы. Каракозов поднял круглое лицо и лениво приложил ладонь к фуражке, отдавая честь. Нестройно повторили его жест и другие военные. Я посмотрел на часы — таинственная Зина уже семь минут как ждала нас на недосягаемой площади Маяковского.

Оставив мавзолей позади, мы уже подходили к Историческому музею. Внезапно толпа заколыхалась, двинулась быстрей и вдруг, точно пьяный, потерявший равновесие и старающийся нагнать убегающую твердь, стала заваливаться влево. Брусчатка под ногами пошла вниз — начинался крутой спуск на Манежную площадь. Меня кто-то боднул в бок, я выпустил Шурочкину руку. Она закричала, я увидел ее круглые от ужаса глаза. Толпа, словно море в шторм, подхватила ее, потащила, русая голова еще раз мелькнула метрах в пяти. Шурочка успела крикнуть:

— Скорей иди... — Конец фразы утонул в шуме.

Меня вынесло к кованой решетке Александровского парка. Отпихнув какого-то нетрезвого бугая, орущего мне в лицо: «Пропала Россия! К едреной матери пропала!» — я быстро пошел в сторону Тверской, потом побежал.

16

На Маяковке тоже было людно. Перед глазами плыли белые круги, я задыхался. От гонки по Тверской меня шатало, из последних сил я доплелся до каменного поэта, опустился на ступени. Вытер пот локтем, обреченно огляделся: я опоздал на сорок минут и понятия не имел, как мне распознать Зину. Да, конечно, разумеется: возраст и пол.

— Извините, — обратился я к девице, сидевшей справа от меня, — вы не Зина?

Девица лениво цедила пиво из бутылки. Взглянув на меня янтарно-карими глазами, она томно облизнула мокрые губы.

— Зависит от ситуации, — с порочной хрипотцой проговорила она и высосала остатки пены из бутылки.

— Спасибо, — зачем-то поблагодарил я и поднялся.

Она насмешливо проводила меня взглядом. Я стал прохаживаться меж людьми, воровато косясь на одиноких девиц. А может, она не одна? А может, не дождавшись, ушла? А может...

Я отмел неопрятную толстуху в мешковатом платье, очкастую дылду с толстой книгой, плотоядная блондинка с пунцовыми губами тоже вряд ли была Зиной. Хотя... Протискиваясь меж людей, я постоянно вскидывал руку с часами — с назначенного часа прошло уже пятьдесят минут. Гранитный Маяковский, злой и лобастый, с гигантскими кулаками, мрачно нависал надо мной. Намекал — ждешь впустую. Впрочем, мне и самому уже стало ясно, что ждать дальше бессмысленно. Почему Шурочка до сих пор не появилась, я старался не думать.

— Эй! — Меня кто-то дернул за рукав, я обернулся. — А где тетя Шура?

Передо мной стояла девчонка с короткой стрижкой — волосы напоминали колючую траву медного цвета, затылок и виски были выбриты под ноль. Она протянула мне детскую руку. Я замешкался, но пожал. Кожаная куртка, размера на два больше, черная, с молниями и стальными пряжками, узкие джинсы и тупомордые ботинки делали ее похожей на отпетого хулигана-восьмиклассника.

— Зина? — недоверчиво спросил я.

— А где тетя Шура? — повторила она.

— А тетя Шура...

— Это ничего, — перебила она. — Даже хорошо.

Она улыбнулась, улыбнулась хорошей улыбкой, показав белые, чуть крупноватые зубы. У нее были живые темные глаза и узкая лисья мордочка с высокими острыми скулами.

— Слушай, а как ты меня...

— Так ведь одно лицо! Только ваше старое, — просто сказала она. — Можно я вас тоже на «ты» буду?

Я кивнул. Зина начинала мне нравиться.

С севера, стремительно нарастая, донесся рев самолетов. Все как по команде задрали головы: тут же, разрывая бурое небо, как мокрый шелк, над нами в сторону Красной площади промчались два «двадцать седьмых». Штурмовики прошли так низко, что мне удалось разглядеть шасси, черные звезды и пятна серого камуфляжа. Под крыльями висели ракеты. Толпа восторженно заорала, кто-то начал скандировать «Россия!», крик подхватили, захлопали в ладоши.

— Погнали! — Зина мотнула головой в сторону Белорусского. — Пока борщи кольцо не заткнули.

— Борщи?

— Мусора.

— Борщи, ясно... А как же Шурочка... тетя Шу?..

— Отзвонимся. Потом.

Она явно не собиралась обсуждать наши планы, она просто сообщала мне, что нужно делать. Годы преподавания в университете научили меня общению с этой возрастной категорией, особенно с женской ее половиной: больше всего их «выбешивает», если вы пытаетесь изобразить из себя авторитетного человека, обладающего преимуществом, связанным с вашим возрастом и положением в академической иерархии.

Зина юрко скользила между людей, я старался не отставать. Народ продолжал скандировать и аплодировать в такт неказисто разрубленному по слогам слову «Россия». Мы пробежали через арку. Там несколько забулдыг разливали какую-то дрянь по картонным стаканам, рядом жались две дворняги рыже-грязной масти. Один из пьяниц что-то заорал, похоже, подбадривая меня, остальные заржали. Зина, не сбавляя темпа, свернула в переулок. Удивительно, но там не было ни души. Мы бежали по мостовой, оба тротуара были впритык забиты припаркованными автомобилями. Зина прошмыгнула в подворотню, где, в тесном колодце прятался чахлый скверик с двумя скамейками и детскими качелями. К ржавой штанге качелей был прикован мотоцикл спортивного типа, приземистый и хищный. Зина сняла цепь с мотоцикла, обмотав вокруг пояса, щелкнула замком.

— Сильный аппарат, — похвалил я мотоцикл, стараясь подлизаться к хозяйке: на самом деле мне хотелось спросить, есть ли у нее права.

— Норм. Япоша, — согласно кивнула она. — Прыгай!

Сама ловко вскочила в седло, выкрутила газ — мотоцикл взрычал, я кое-как устроился сзади.

— Пригнись и держись как следует! — крикнула она через плечо.

Я согнулся, послушно уткнулся ей в спину. От нее пахло, как от солдата — грубой кожей, сигаретами и хвойным одеколоном. Мотоцикл, рыкнув по-звериному, норовисто рванул вперед. Вывернув руль, Зина выскочила в переулок и, отпустив тормоза, дала полный газ. Она оказалась права — держаться действительно нужно было как следует. Я подумал одновременно о трех вещах: об отсутствии шлемов, о том, что до этого я никогда не ездил на мотоцикле, и о том, что будет нелепо разбиться именно сейчас, после... Впрочем, смерть, равно как и простуда, всегда бывает очень некстати.

Зина явно знала дорогу. Бешеным болидом мы неслись по пустым переулкам; почти не тормозя, она влетала в крутые повороты, на виражах я жмурился, сердце ухало в бездну, ожидая столкновения — страшного удара, неминуемо смертельного и вполне логичного. Жаль, я не знал ни одной молитвы — момент, похоже, был самым подходящим.

Промелькнула Васильевская улица, через секунду — Грузинская. Я помнил: между ними — минут пять пешком.

Мои ноги клещами сжимали гладкое тело мотоцикла, стиснутые кулаки онемели, я, скорчившись, вдавливал себя в сиденье, в Зинину спину, пытаясь слиться с этой чокнутой чертовкой, с ее ревущим монстром. Я весь состоял из панического ужаса и до боли сжатых рук. Мне казалось, что с начала гонки я не сделал ни одного вдоха. Во рту появился медный привкус, кровь — я все-таки прокусил губу.

Зина, повернув голову, что-то прокричала, разобрать было немыслимо. Я хотел попросить ее не отвлекаться от дороги, но гортань свело, и я выдал сиплый писк вроде простуженного тенор-саксофона.

Я не трус. Впрочем, храбрецом себя тоже не считаю. Дело в том, что люди часто путают храбрость с глупостью. Помню, лет в десять мы с отцом отдыхали в рыбацкой деревне под Феодосией. Местные пацаны, коричневые, как дикари, сигали с утеса в море. Эта скала торчала, как драконий зуб из лазоревых волн метрах в пятидесяти от берега. Когда я вскарабкался на самую верхотуру, мне показалось, я могу разглядеть минареты на турецком берегу. Внизу колыхалось море, неожиданно потемневшее, точно малахит. Отец, закинув руки за голову и скрестив ноги, покачивался на волнах, оттуда он казался не больше мизинца. Он был мудрым мужиком, мой отец: невозмутимо наблюдал за мной, не махал руками, не подбадривал, не понукал. Решение — прыгать или нет — лежало полностью на мне. И от этого было еще труднее решиться.

Когда я вынырнул, он подплыл, загорелой ладонью хлопнул меня по макушке:

— Молоток! — И добавил: — Храбрец!

У меня в голове гудело, в носу и горле щипало от горькой воды, пятки звенели от удара.

— Какой храбрец? — отплевываясь и часто дыша, возмутился я. — Я там от страха чуть не помер. Храбрец...

Отец засмеялся.

— Храбрец, храбрец. Если бы тебе не было страшно, то был бы не храбрецом, а просто дураком.

Из переулков мы выскочили на Тверскую заставу. До меня дошло, что кричала мне Зина: тут из города одна дорога — по Ленинградке. Мы пронеслись по мосту над рельсами Белорусской железной дороги, справа сверкнула золотистым куполом беленая церковь, слева пролетело здание вокзала. Проспект раскрылся, стал шире и вытянулся в прямую. Зина запетляла между машин.

От этого слалома меня мотало из стороны в сторону, я старался попадать в такт виражам, но, похоже, не очень успешно. Не доезжая «Динамо», нас чуть было не протаранил белый «Ауди» — кретин жарил прямо по осевой в сторону центра.

Впрочем, настоящие неприятности были впереди, они начались в районе Петровского парка. На тротуаре, у кованых ворот дворцовой ограды стояла патрульная машина. Из нее кубарем вывалился гаишник и сломя голову понесся нам наперерез. Меня всегда поражала бесшабашность московской милиции — этот несся прямо под колеса мотоцикла. Мент свистел и размахивал жезлом, точно полосатая палка обладала волшебной силой, способной защитить его от неминуемой смерти. Мы пронеслись в полуметре от постового. Зина прибавила газу.

Своей испуганной спиной я уже видел жирную милицейскую руку, выхватывающую из кобуры табельное оружие — безотказный «макаров». Восемь пуль девятого калибра одна за другой уже неслись нам вслед, уже впивались смертельными шмелями в мое белое тело, уже буравили мои легкие, сердце и печень. Триста пятьдесят метров — ненужная информация, застрявшая в мозгу со времен военной кафедры, неожиданно выскочила и оказалась жизненно важной: триста пятьдесят метров — убойная сила пистолета «макаров».

Разумеется, мент стрелять не стал. Но наверняка передал ориентировку вперед по трассе. Зина, умная девочка, тут же ушла в правый ряд и резко свернула в первую попавшуюся арку. Мы снова запетляли по подворотням, распугивая голубей и туманных старух, помчались мимо мусорных баков, детских песочниц, уродливых гаражей, мимо хворых тополей с серой листвой, мимо фонарных столбов и трансформаторных будок. Все это где-то в районе «Аэропорта».

— Уйдем по Волоколамке... — крикнула мне Зина.

Конец фразы я не расслышал, но все равно кивнул головой в знак согласия.

17

Вырваться из города оказалось проще, чем я ожидал: ни шлагбаумов, ни постов, ни милицейских кордонов со снайперами. Впрочем, людям свойственно преувеличивать собственную значимость — похоже, подмосковную полицию мы просто не интересовали. Мы летели по загородному шоссе (от бешеной гонки название напрочь выскочило из головы, а прочитать указатель я не успел), летели в сторону Истры. Не доезжая водохранилища, съехали на проселок, грунтовую, но добротно спрофилированную дорогу. Зина сбросила скорость; шестьдесят в час показались мне черепашьим шагом.

Проехали березовой рощей, потом по опушке, вдоль желтого поля. Над полем голосили стрижи. Внизу, у петлистой речки показались крыши игрушечной деревни, на пригорок взобралась кокетливая церквушка — красный кирпич с белой глазурью — чистый пряник. Дальше раскрывались поля с прожилками тропинок, за ними темнела полоска синего леса.

На развилке стоял указатель: «п-т Хорошее». Мы свернули.

— Что такое пэтэ? — крикнул я ей в ухо.

— Панс! — ответила Зина. — Думский панс.

Впереди показался бетонный забор с железными воротами и будкой охраны. Пансионат больше напоминал военный объект, чем место для отдыха и игр на свежем воздухе. Не доезжая ворот, мы свернули на тропу. Она тянулась вдоль бетонной ограды. По ту сторону гордо высились корабельные сосны, с нашей — рос чахлый орешник с кривыми осинами. Минут через десять мы остановились перед металлической дверью, выкрашенной зеленой краской.

На двери по трафарету было набито: «Вход категорически воспрещен. Объект охраняется собаками».

— Приехали! — Зина заглушила мотор.

Потянуло болотом, где-то интимно урчали лягушки. Я по-крабьи сполз с сиденья. Спину немилосердно ломило, руки затекли, пальцев я просто не чувствовал. Зина ловко соскочила с мотоцикла, держа за руль, подкатила его к двери. Вынула из кармана связку ключей, выбрав длинный, похожий на отмычку, вставила в замочную скважину и повернула. Замок щелкнул, Зина толкнула дверь.

Я открыл рот, хотел спросить, насколько легально наше проникновение на территорию пансионата «Хорошее»: в Америке за подобную самодеятельность можно запросто угодить в тюрьму месяца на два. Зина цыкнула и приложила палец к губам. Я осекся и, извиняясь, кивнул — других вопросов у меня пока не было. Если не считать вопроса о собаках.

Мы очутились на задворках какого-то хозблока — то ли бойлерной, то ли столовой. Прокрались вдоль вонючих мусорных контейнеров, обогнули ряд оранжевых цистерн с лаконичной надписью «Взрывоопасно!». Людей видно не было, собак тоже.

В просвет между деревьев выглянуло идеально выбритое поле для гольфа, круглое озеро с ивой, сосновый бор и стайка альпийских домиков под рыжей черепицей. Пейзаж больше походил на добротный мираж, чем на подмосковную реальность.

— Почему никого нет? — шепотом спросил я. — Где народ?

— В Моське. — Зина сплюнула, вытерла пальцами губы. — Думским лобстерам петля, писюрыгу прикоптили, у них там разгон по полной.

Я понимающе кивнул.

Не углубляясь на территорию пансионата, мы шли задами. Зина катила мотоцикл, я, пригибаясь, следовал за ней. Путаясь в высокой траве, мы снова пробирались вдоль бетонного забора. Теперь с внутренней стороны. За елками показались финские домики. Чистенькие деревянные избушки из светлых бревен прятались в тени соснового бора. Мы дошли до дальнего домика, стоящего на отшибе, остановились. Зина загнала мотоцикл в кусты, поднялась на крыльцо. Я огляделся — до соседнего коттеджа было метров пятьсот, наш домик узорными ставнями и резным петушком на коньке крыши напоминал теремок из декораций к балету Стравинского.

— Эй! — шепотом крикнула мне Зина. — Не маячь там! Иди сюда!

Через темную прихожую я попал в гостиную — смелую смесь русского фольклора с буржуазной претенциозностью. Из отлакированных до леденцового блеска бревенчатых стен торчали хрустальные светильники — бра (слово вдвойне странное, поскольку в американском английском этим сокращением обозначается женский лифчик), на полу краснел персидскими узорами толстый ковер. В углу стоял небольшой холодильник. Два кожаных кресла и диван теснились вокруг овального столика на гнутых ножках. Другой стол, письменный, в паре с унылым конторским креслом, уткнулся в дальний угол. На столе стоял старый «маг».

— А что там? — спросил я, кивнув на дверь из некрашеной березы.

— Парилка, — не поворачиваясь, ответила Зина. — Сауна.

Она сидела перед монитором. Компьютер, грянув победным аккордом, зажег молочным светом экран.

Я приоткрыл дверь — там действительно была баня. Потянуло березовым листом, я сделал глубокий вдох.

— Полный космос! — восторженно воскликнула Зина. — Гля, жмур мультяшный!

Я подошел. Зина прокручивала новостной блок «Нью-Йорк таймс». На фото была Кремлевская стена, мавзолей, над мавзолеем висела голограмма. Я там был всего пару часов назад, сейчас, казалось, прошла целая вечность.

— Погоди, — попросил я, Зина уже хотела перескочить куда-то. — Дай почитать.

— Что пишут?

— Пишут... пишут, что на траурной церемонии погибло неустановленное количество людей... — Я наклонился к монитору. — Что власти... э-э... не смогли обеспечить контроль прибытия людей на Красную площадь... спонтанные толпы, направлявшиеся...

— Гопота. — Зина прокрутила страницу. — Все ясно.

— Ничего не ясно. — Я отодвинул ее ладонь и завладел мышью. Вернулся назад к новостям.

— Ну читай, читай... — Снисходительно хмыкнув, она вылезла из-за стола.

Стянула куртку, бросила ее на пол. Зашла в уборную, не закрывая двери, села на унитаз.

— Ну что там? — крикнула мне под негромкое журчание. — Что еще?

— Дверь бы закрыла, — буркнул я. — Не три годика поди...

— Не будь ханжой! Что-нибудь интересное есть?

Интересного было хоть отбавляй. Час назад министр иностранных дел России заявил о разрыве дипломатических отношений с США. Министр обвинил Белый дом в попытке государственного переворота в Российской Федерации и подготовке покушения на президента.

Прямо сейчас проходило экстренное заседание Совета безопасности ООН. В Москве было совершено нападение на посольство США, во время беспорядков погибло семнадцать сотрудников посольства, включая военного атташе. Исполняющий обязанности главы России маршал авиации Каракозов не исключил нанесения превентивного ядерного удара по Вашингтону и другим объектам на территории США.

— Мать твою... — пробормотал я, медленно опускаясь в кресло. — Твою мать...

Пентагон объявил готовность номер один на межконтинентальных ракетных базах и атомных подводных лодках в акватории Северного Ледовитого океана.

Я начал читать вслух:

— Со времен Карибского кризиса мир не подходил так близко к роковой черте. Сегодняшняя ситуация осложняется отсутствием легитимного руководства в России: вопреки конституции власть в стране перешла не к премьер-министру, а была узурпирована группой генералов и олигархов. Есть все основания предполагать, что и устранение президента было спланировано и осуществлено именно этой группой, в которую...

— Ясен пень, — перебила меня Зина, спуская воду в унитазе. — На кой писюрыга пиндосам?

— Эй! — Я зло обернулся. — Ты можешь по-человечески разговаривать? Мир на пороге ядерной войны: хоть из уважения к историческому моменту перейди на русский язык! Пожалуйста!

Зина фыркнула, зашла в ванную, от души грохнула дверью. Я тихо выругался. Страшно хотелось пить, я подошел к холодильнику. Внутри была лишь водка и томатный сок — дюжина бутылок «Столичной» в картонной коробке и литровая бутыль сока. На полке над холодильником я нашел стакан сомнительной чистоты, дунул внутрь, налил сока. Подумав, долил до краев водкой. Отпив залпом половину, вернулся к компьютеру. Из ванной послышалось немузыкальное пение, потом загремел душ.

Войска Североатлантического блока приведены в состояние боевой готовности и выдвигаются к границе с Россией. Великобритания накануне эвакуировала из Москвы свое посольство. Здание консульства на Софийской набережной полностью сожжено. По городу вторые сутки проходят стихийные погромы западных представительств и фирм. Точной информации о количестве жертв нет, разговор идет о десятках, а может, и сотнях убитых.

Я допил остатки сока с водкой.

На сайте «Ассошиэйтед Пресс» были фотографии с лаконичными подписями: повешенные на Пушкинской площади, толпа громит американский ресторан «Старлайт дайнер» на Чистых прудах, пожар в представительстве «Даймлер-Бенц» на Покровке.

Я листал фотографии, во мне росло чувство, что я все это уже видел, видел не однажды — безумные лица, энергичные позы, неуклюжие трупы в лужах крови на асфальте. Осатаневшая толпа в Москве мало чем отличалась от толпы в Бейруте или Каире, в Мадриде или Ханое, в Багдаде или Берлине. Разнились лишь флаги, да и то не очень: исторически на Востоке преобладали оттенки зеленого, Запад предпочитал красно-белую гамму.

Алкоголь оказал посильную помощь, я вернулся к холодильнику, налил еще водки. Сделал большой глоток. Иногда реальность такова, что человеческому сознанию для ее восприятия требуется смазка. В ванной было тихо, я приложил ухо к двери — ни звука. Я осторожно постучал.

— Занято! — зло раздалось оттуда. — Подождать не может.

Мне стало стыдно. Какого черта я нагрубил девчонке? Мне ж не семнадцать, я должен быть мудрее, снисходительнее. Не говоря уже об элементарной благодарности — она доставила меня в целости и сохранности, одним куском, а не по частям, как шутят в Америке.

— Эй! — Я постарался придать мягкость голосу. — Зина!

— Отстань!

Из щели потянуло дрянным табаком. Я пожал плечами, вернулся к компьютеру. Допил водку. Обиженная девчонка, о существовании которой я не имел ни малейшего представления еще вчера, неожиданно отодвинула надвигающийся конец света на второй план. Я зашел на сайт CNN — там было все то же. Неизвестный мне обозреватель по фамилии Ковальски утверждал, что Россия готовит военное вторжение в Европу; бессовестно (или невежественно) манипулируя фактами, он проводил параллели с экспансией Третьего рейха.

— Нет, ну какой же идиот... — пробормотал я, неожиданно осознав, что прилично пьян.

Еще до меня дошло, что из ванной воняет не табаком, а травой, марихуаной. Или что они тут курят вместо нее.

— Зина... — Я встал. Меня качнуло, я подошел к двери. — Слушай, я был не прав. Извини.

Она не отвечала, мне послышался то ли вздох, то ли всхлип.

— Извини... — повторил я и трагично развел руками, словно она могла меня видеть сквозь дверь.

— Ну почему... — Она начала, тут же осеклась, точно задохнулась.

— Что «почему»?

Там долго молчали, потом неожиданно раздалось:

— Почему вы такие сволочи?

Я застыл, кое-как выдавил из себя:

— Мы? Кто «мы»?

— Родители...

Я уже хотел возразить, что к родителям не отношусь. Вместо этого попросил:

— Открой... Глупо через дверь...

— Там открыто...

Она сидела на кафельном полу, уткнув подбородок в колени, сидела, завернувшись в махровое полотенце. Полотенце было белым и кафель был белым — от этой холодной белизны разило больницей, моргом, какой-то тошнотворной стерильностью.

— Дернешь? — Она протянула мне дымящийся чинарик.

Я опустился на корточки, осторожными пальцами взялся за горячий бычок. Траву я обычно не курю, но в данном случае символизм ситуации обязывал. Трубка мира. В голову пришла любопытная мысль: только ли табаком набивали свои трубки мира краснокожие наши братья? Сделав робкую затяжку, я задержал дым где-то внутри. Аккуратно выпустил, даже не закашлявшись.

Странно, что я не заметил раньше, — у Зины сквозь бровь было продето стальное кольцо с осколком черного камня. Еще я не обратил внимания, что глаза у нее совсем темные, темные и матовые, как перезрелые вишни. Она умело ухватила ногтями догорающий окурок, поднесла к губам, с присвистом затянулась. Медленно опустила ресницы.

Сидеть на корточках было неудобно, тело отяжелело, точно было набито мокрым песком. Я неуклюже устроился на полу, вытянул ноги. В пустой голове что-то мелодично звенело, нежно и заунывно, как серебряные бубенцы на ветру. Кафельные квадраты качнулись и тихо поплыли.

— Больше всего я боюсь стать такой, как вы, — не открывая глаз, медленно произнесла Зина. — Такой, как моя мать...

Ее матери я не знал, поэтому не стал возражать.

— Им кажется, они живые... — Зина затянулась, крошечный рубин вспыхнул у ее губ, вспыхнул и тихо погас. — Они хуже мертвых. Мертвецы не воображают себя живыми. Тихо себе гниют в ящиках под землей и никому не мешают.

Она разжала пальцы, крошечный окурок упал на кафель и пустил прощальный дымок. Мне нужно было что-то сказать, но я не знал что.

— Ты знаешь, — голос у меня вышел глухой и сиплый, — расти без матери тоже не сахар... А после и без отца. Я рос совсем один, но особого счастья при этом не испытывал.

Зина открыла глаза, посмотрела на меня долгим взглядом, точно мы только встретились.

— И насчет мертвых... — я улыбнулся, — насчет мертвых ты тоже не совсем права. Моему отцу с того света удалось спасти меня. Так что...

— Это как?

— Мы плыли на теплоходе, знаешь эти здоровенные круизные корабли? Там в машинном отделении что-то взорвалось... потом еще болтали, что мы налетели на мину, что нас протаранила подводная лодка... Какой-то матрос нацепил на меня спасательный жилет и выбросил за борт. Была ночь, теплоход сиял огнями, как рождественская елка, ничего более величественного я в жизни не видел. Кормовые отсеки заполнились водой, и корабль, задрав нос в звездное небо, медленно уходил на дно. Потом я потерял сознание. А когда очнулся, рядом со мной был отец. Мы были в шлюпке, двое, только он и я. Отец сидел на веслах, он греб и улыбался мне. Он был веселый малый, мой отец...

Я замолчал, потом добавил:

— Самое странное, что я сейчас старше, чем он был в ту ночь. И дело даже не в памяти — я помню ту ночь яснее вчерашней ночи. Дело в том, что я ощущаю себя все тем же пацаном, тем же мальчишкой в той лодке. Будто и не прошло этих лет.

Мы помолчали. Есть люди, с которыми хорошо молчится, тишина воспринимается как продолжение разговора.

— Отец любил жить на всю катушку, — улыбнулся я. — «Живи, будто это твой последний день» — любимая его присказка. А у меня так не получается...

— А по-моему, ничего. — Она, наклонив голову, посмотрела на меня. — Вполне. Мой папаша вряд ли потащился бы на другой конец земли из-за меня.

— Храбрости тут не так много — если честно, я просто не успел подумать. Подумать и испугаться.

Она засмеялась, негромко и грустно.

Мне хотелось расспросить о сыне, узнать об их отношениях, услышать, какой он, мой сын. Эти два слова, даже не произнесенные вслух, вызывали в душе жуткую сумятицу: восторг пополам с ужасом. Мне было страшно копаться в этом чувстве — да, безусловно, я был счастлив. Оглушен, ошарашен, но счастлив. Но тут же вылезал дьявол и лукаво вопрошал: а достоин ли? Потянешь ли? Очень уж не хотелось оказаться посредственным «папашей», как назвала своего Зина. Мне мечталось, чтобы сын называл меня «отец», чтобы крепко жал руку, глядя в глаза. Чтобы спрашивал: а ты как считаешь? И рыбалки на лесных озерах, и игра в теннис, и шашлыки с прохладным вином, и заплывы в шторм до буйка и обратно — да, все это. Все это и многое еще. Но самое главное — это крепкое рукопожатие и взгляд в глаза.

Зина словно прочитала мои мысли.

— Жуть… — задумчиво разглядывая меня, сказала она. — Вы с ним похожи до мурашек. Просто жуть…

— А вы… Ты с ним… — Я запнулся, но она поняла.

— Уже нет. Теперь друзья. Мы вообще относимся к сексу проще. Без заморочек.

Я уверенно кивнул, подумав, что тоже отношусь к этому вопросу достаточно либерально. Впрочем, основным критерием тут является степень «замороченности».

— А давно вы в Америку уехали? — Она нечаянно назвала меня на «вы».

Я ответил. Потом начал рассказывать почему. Она внимательно слушала, мне внезапно пришло в голову, что так внимательно мою историю еще никто не слушал — ни жены, ни приятели, ни коллеги. Да и мне самому эта история неожиданно показалась не только занятной, но еще и значительной, почти эпической, наполненной скрытым смыслом и тайным символизмом. Вроде «Илиады» или «Короля Лира». Безусловно, алкоголь и трава сыграли в этом внезапном озарении свою роль.

18

Занимаясь макросоциологией, а именно теорией социальных систем, я вывел элементарную формулу угрозы индивидуальной свободе человека в том или ином обществе. Однако я попытался не умничать и не превращать нашу сумеречную беседу в академическую лекцию.

— Общество, где количество идиотов зашкаливает за тридцать процентов, крайне опасно для проживания. В Европе и Штатах процент параноиков не превышает двадцати семи. Эти двадцать семь процентов верят в летающие тарелки, во всемирный заговор банкиров или евреев, они считают, что все их разговоры записываются органами безопасности, они уверены, что правительство зомбирует население через телевидение, продукты питания или питьевую воду. Они ненавидят либеральные идеи, считают себя консерваторами и патриотами, обожают агрессию и насилие, со страстью поддерживают любую войну, веря лишь в грубую силу как аргумент в споре. Они четко знают, что лекарство от рака давно изобретено, равно как и вечная лампочка, а на долларовой купюре нанесены тайные масонские символы, что дьявол уже родился и живет среди нас и что второе пришествие Христа состоится в ближайшие лет семь-восемь.

Зина засмеялась, я улыбнулся в ответ и продолжил:

— Для здорового общества двадцать семь процентов идиотов — не такая большая беда. При отлаженной системе демократии они никогда не получат права решающего голоса. Именно поэтому голосование в здоровом обществе считается не нудной обязанностью, а долгом каждого гражданина.

Она недоверчиво глянула на меня, прикидывая, говорю ли я серьезно.

— Молодости свойственна романтическая наивность. Звучит банально, но остается истиной. Я родился в умирающей советской империи, и мне не забыть духоты последних ее лет с клоунским Политбюро, похожим на богадельню для престарелых, с убогими вождями, что правили страной, не выходя из тумана старческого маразма. Они постоянно умирали, одни похороны плавно перетекали в другие. По радио крутили Шопена, заводы гудели, страна застывала в минуте молчания, кого-то опять затыкали в Кремлевскую стену.

— Как сейчас... — усмехнулась она. — И снова вы угодили прямо на похороны.

— Интересная мысль. — В ее ироничной реплике я увидел некий скрытый смысл. — Короче, когда империя рухнула, событие это стало не только радостным, но и вполне логичным. Людоедская история нашей страны, о которой все догадывались, вылезала наружу и оказывалась куда более кровавой и бессмысленной. Мне эксгумация родины и копание в ее останках виделись в большей степени актом дидактического, нежели исторического свойства. Я весьма наивно полагал, что компартию отдадут под суд, а КГБ объявят преступной организацией. Что любому человеку, имевшему связь с этими организациями, будет запрещено заниматься политикой или занимать руководящие посты в госучреждениях. Такой ход событий мне представлялся вполне логичным. Так поступили в Германии после объединения.

Зина удивилась, я кивнул.

— Но русский — не немец. Немец, считая себя исключением из общих правил, тоже не учится на чужих ошибках. Зато учится на своих. Русский не хочет учиться вовсе.

Он двоечник, он сидит на задней парте, он ждет звонка, ждет перемены, когда можно будет покурить за школой, с кем-нибудь подраться, отобрать мелочь у мелюзги и пойти к соседней пивнушке, где гоношится местная шпана. Там, хохоча и матерясь, он будет задирать прохожих, оскорблять девиц. Он обожает, когда его боятся. Он труслив, но отсутствие храбрости он научился компенсировать нахрапистым хамством. Прохожие иногда принимают его за настоящего бандита, и это ему очень льстит.

— Вы русофоб! — засмеялась Зина.

— Нет, я реалист. К тому же профессор макросоциологии. Кстати, мы ведь вроде на «ты» были?

— Извини... Ты просто такой умный. — Она состроила глупую физиономию.

— Попрошу без хамства!

Она покорно кивнула.

— Когда мой народ разочаровался в демократии, которая, к слову говоря, в стране только зарождалась, и в едином порыве проголосовал за столь им любимую «сильную руку», мне стало горько. Но когда я увидел, кого они выбрали, мне стало страшно. Я бы еще понял, если бы они посадили на трон настоящего тирана, зловещего деспота с замашками Люцифера, демонического гения вроде Наполеона или Юлия Цезаря, Ивана Грозного или Петра Великого. Нет, они короновали блоху. Ничтожество. Недотыкомку. Худосочную шпану с лицом хворой дворняги. По сравнению с ним покойные генсеки выглядели настоящими лордами.

— Ох, не любите вы писюрыгу! — засмеялась Зина.

— Впрочем, ты права: о покойных либо хорошо, либо...

19

В моем университетском кабинете, больше похожем на келью монаха, чем на офис профессора, на стене висит предвыборный плакат почти столетней давности: «Он вернул Германии честь и свободу. Твой голос — благодарность ему». Речь идет о Гитлере. Для меня этот плакат — напоминание о том, что общество всегда имеет того правителя, которого заслуживает.

Немецкий народ в своем большинстве согласился пожертвовать личной свободой, их не очень беспокоило разрушение вековых культурных традиций Германии и их замены на балаганный эрзац, впопыхах состряпанный из тевтонских сказок и варварских обрядов. Немцы охотно стали винтиками одной машины, они добровольно доверили рычаги управления одному человеку — фюреру. Они согласились с тем, что его власть будет безгранична. Что он станет их повелителем, диктатором и тираном.

Немцев не смутило уничтожение всех оппозиционных партий и групп — да и то верно: сколько можно трепать языком! Служба безопасности, получившая неограниченную свободу, рыскала, вынюхивая врагов рейха — либералов, коммунистов, пацифистов, евреев. Их расстреливали, отправляли в концлагеря — но тебе какое дело, если ты не один из них? Ведь фюрер обещал править железной рукой, обещал быть беспощадным к врагам родины?

Получив власть, Гитлер первым делом начал разбираться с прошлым Германии — там, в недавней истории, были унизительные нюансы и неприятные моменты. Уверенно, шаг за шагом, он разделался с позорным Версальским пактом, пообещав врагам скорое возвращение по счетам, начал наращивать военную мощь страны. Немцы с энтузиазмом

затянули пояса: «Сначала пушки, потом масло!» — если ты
патриот, какие могут быть тут вопросы?

Начался экономический подъем, исчезла безработица,
рабочие шутили: не очень тоскую по потерянным свободам,
особенно по свободе голодать! Полным ходом шла рекон-
струкция страны: прокладывались скоростные автоба-
ны, проектировались новые модели автомобилей — фюрер
лично курировал проект «народного автомобиля» фирмы
«Фольксваген».

Берлинская Олимпиада 1936 года дала фюреру бле-
стящий шанс продемонстрировать остальному миру его
новую Германию, молодой и мускулистый Третий рейх. Через
пару лет, в тридцать восьмом, журнал «Таймс» объявил
Гитлера «Человеком года», под фотографией на обложке
стояла подпись: «Вождь немецкого народа, верховный глав-
нокомандующий армии и флота, канцлер Третьего рейха».
В редакционной статье была пророческая фраза: «Анали-
зируя последние события, можно с уверенностью сказать,
что человек этого года сделает грядущий год незабываемым».
Наступал 1939 год. Ровно через девять месяцев началась
Вторая мировая война.

Эта война стала самым крупным военным конфлик-
том за всю историю человечества. В ней сражались шесть-
десят два государства из семидесяти трех, существующих
на планете. В войне участвовало восемьдесят процентов
населения Земли, боевые действия велись на трех конти-
нентах и в водах четырех океанов. За шесть лет погибло
шестьдесят пять миллионов человек.

В последний день лета тридцать девятого года не-
мецкие газеты вышли с заголовком: «Бандитский захват
нашей радиостанции польскими солдатами». На самом
деле нападение на радиостанцию в приграничном Глейвице
было проведено группой СС, переодетой в польскую форму.

На следующий день, первого сентября, Гитлер, мрачный и строгий, поднялся на трибуну Рейхстага. На нем был военный мундир с ефрейторскими лычками (даже став верховным главнокомандующим, он решил остаться капралом). Фюрер, как обычно, хмуро помолчал перед микрофоном, перекладывая бумажки с записями, потом начал. О войне он не сказал ни слова. Он говорил о защите немцев, проживающих на территории варварской славянской страны, о вероломных поляках, о том, что исторически Польша как государство не имеет права на существование. Что миролюбивая Германия просто вынуждена применить военную силу.

Война началась вопреки мнению генерального штаба Третьего рейха, маршалы и генералы считали ее равносильной самоубийству, ближайшие соратники фюрера тоже были против, Вторая мировая война началась по воле одного человека. По воле Адольфа Гитлера.

20

Ее кожа матово сияла в вечернем луче, проникавшем сквозь жалюзи банного окна. Капли пота казались стеклянными, в каждой горел хрустальный зайчик. Я старательно не смотрел на нее, внимательно разглядывал узоры дерева на потолке; канадский кедр, сказала Зина, ни единого сучка. Действительно, сучков не было.

Она потянулась, томным кошачьим движением перевернулась на спину. Теперь серебристая полоска света пролегла по гладко выбритому лобку. За окном смеркалось. Я беззвучно сглотнул, не отрывая взгляда от канадского потолка. Никогда не подозревал, что мое боковое зрение столь хорошо развито.

— А ты не жалел, что уехал? — спросила она сонно.

— Нет, — сипло ответил я, прокашлялся и повторил. — Нет. Никогда.

— А вот, говорят, ностальгия... Березки...

— Ностальгию придумали белые офицеры, чтоб в парижских кабаках за водку не платить. А березы и в Вермонте растут. Нет. Никогда.

Она хмыкнула, повернула голову ко мне, провела ладонью по скользкому животу. В бане стало совсем темно, теперь ее тело казалось отлитым из тусклой меди.

— Человек всегда тоскует о чем-то... — Я чуть приподнял колено, целомудренно прикрывая гениталии — вот уж не ожидал от себя подобного пуританства. — О друзьях, родных, о местах, где был счастлив. О...

Я чуть было не сказал про молодость, но успел вовремя заткнуться, поняв, что говорю банальности, от которых меня самого тошнит.

Зина снова перевернулась на живот.

— Ты знаешь… — Она поправила под собой полотенце, выставив умирающему за окном серому закату свою крепкую попку. — Знаешь, почти все, что я делаю в этой жизни, я делаю назло кому-то. Учителям, родителям… Странно, да? Моя мать вечно опаздывает, так я всегда прихожу даже раньше. И каждый раз это как маленькая победа. Или мой папаша…

Она вдруг замолчала, точно ей стало лень говорить. Наверное, ей действительно стало скучно рассказывать о своих родителях.

Мы замолчали.

Потом, совсем не к месту, я вспомнил историю семилетней давности: я катался на велосипеде в парке. Стараясь не раздавить резвую болонку, бросившуюся мне под колеса, я влетел в дерево. Очнулся в больничной палате. Кусок жизни неопределенной протяженности отсутствовал полностью. Часы на стене показывали десять сорок пять, в приоткрытую дверь я видел коридор — горчичного цвета стену и бурый линолеум на полу. Звуков не было, только какой-то настырный зуд, точно рядом работал электромотор. Еще кто-то устало стонал, приглушенно, как сквозь подушку. Мне стало жутко…

— И? — спросила Зина, прервав долгую паузу.

— Мне стало жутко… До мурашек. Там, в этой чертовой палате, я понял, насколько мы все одиноки. Все! Все и каждый из нас! Если бы я отдал концы, то никто даже не обратил бы внимания. Никто! Лежа на больничной койке, я был уверен, что в этом здании, может, за соседней стенкой, кто-то испускает последний вздох. Кто-то умирает прямо сейчас, умирает рядом со мной. И я понял, как ему сейчас там страшно. Страшно и одиноко… Господи…

Я поперхнулся. Зина повернула голову, в потемках лица было не разглядеть, но мне показалось, что она плачет.

— Я встал, отодрал какие-то провода, приклеенные к моей груди. Вышел в коридор, там никого не было. Добрел до соседней палаты, открыл дверь. Одна кровать была пустая, на другой под капельницей лежала старая негритянка. «Мартин, это ты?» — спросила она. Я сел на край койки, взял ее руку в свою...

В горле снова стоял комок, я засмеялся, чтобы не всхлипнуть.

— Господи, сколько ужаса было в ее руке, сколько одиночества и страха! Господи...

Мне стало совсем тошно. Говорить я тоже не мог.

Уже не стесняясь, я неуклюже сполз с полки на пол.

— Жара дикая, — буркнул. — Я в душ.

До упора выкрутив оба крана, я подставил лицо колючим струям. Наверное, я плакал: я был изрядно пьян, мне до чертей стало жаль свою бестолковую жизнь, увы, почти прошедшую — остатки ее не вызывали особого любопытства даже у меня. Еще обиднее было за Зину, за сына. Сжав зубы, я кулаком двинул по кафелю, от боли у меня побелело в глазах. Из разбитых костяшек закапала кровь, розовые цветы распускались акварельными кляксами у моих ног, вспыхивали, линяли и уносились в сток.

21

Стреляли где-то совсем рядом. Я скатился с дивана и метнулся к окну, осторожно раздвинул занавеску. За стеклом чернела ночь, вдали желтел безобидный конус тусклого фонаря. Сердце гулко колотилось в ребра. Я, раскрыв рот, несколько раз глубоко вдохнул.

— Что? — шепотом прокричала Зина с дивана. — Что там?

Я, не оборачиваясь, махнул рукой — мол, не мешай. Тут же снова затрещал автомат, сухо и громко, точно за углом. Я присел, пялясь в чернильную тьму. Где-то зафырчал мотор, призрачный свет невидимых фар раскрываясь веером, разложил по траве длинные тени сосен, черные стволы уныло побрели куда-то.

Фары вынырнули справа, неожиданно близко. Свет уперся в крыльцо соседней избушки, черные ломаные тени быстро взбежали по ступеням. Кто-то заколотил в дверь. Зажглось окно, дверь открылась, в янтарном проеме появился мужской силуэт. Я разглядел бритую голову, мужчина провел рукой по макушке, точно приглаживая волосы. Тут же началась возня, бритого скрутили, стащили с крыльца. Бросили на траву. К нему подошел какой-то человек, наклонился, словно разглядывая лицо, потом вытянул руку. Один за другим хлопнули два выстрела.

Все случилось быстро и очень обыденно.

— Зина... — У меня мелко тряслась нижняя губа. — Зина...

— Я тут... — Она сидела на корточках рядом.

— Зина, — повторил я, стараясь отделаться от мерзкой дрожи. — Надо отсюда выбираться...

— Погоди. — Пригнувшись, она добралась до стола.

Я оглянулся, но крикнуть не успел — сизый свет от компьютерного экрана растекся по потолку.

— Ты что?!

Я беспомощно задернул занавеску — дырявый тюль был прозрачен, как папиросная бумага.

— Извини, извини! — Судорожно колотя по клавише, она пригасила экран. — Извини...

— Извини... — проворчал я. — Ну что там?

Зина, уткнувшись в экран, что-то невнятно буркнула.

Я отодвинул занавеску. В соседнем доме зажглись все окна, там торопливо сновали люди, на убитого никто не обращал внимания. В дверном проеме на крыльце появился некто с автоматом, крикнул в сторону машины:

— Тут все чисто.

За моей спиной Зина изумленно выругалась матом.

— Что? — нетерпеливо спросил я.

— Полный... — повторила она почти с восторгом и начала зачитывать куски из новостей. — Маршал Каракозов арестован... так... так... генпрокурор представил неопровержимые доказательства его участия в мятеже и организации покушения... В заговоре принимали участие министры и чиновники из ближайшего окружения... Вот! Заговором руководила Анна Гринева, одна из наиболее богатых и влиятельных... так, так... Сколотила капитал в период приватизации... банк «Бета», поставки никеля... Финансировала подготовку операции по устранению президента... тренировочная база на личном острове в Адриатике — во, тут даже фотографии! Отряд боевиков готовил Ник Саммерс, он же Николай Королев, офицер элитного спецподразделения морской пехоты США...

— Саммерс... — повторил я, имя мне показалось знакомым. — Ник Саммерс...

— Вот еще! Лидер росдемов депутат Глеб Сильвестров объявил себя временно исполняющим обязанности главы государства. На экстренном заседании Госдумы ему были предоставлены чрезвычайные полномочия.

— Потрясающе... — пробормотал я.

— Первым указом Сильвестров ввел чрезвычайное положение, приостановил действие Конституции и распустил Государственную думу. Указ вступает в силу...

— Тихо! — зашипел я. — Глуши комп!

Два черных силуэта направились в сторону нашей избы. У одного, повыше, на плече болтался автомат.

Экран погас. Я отодвинулся от окна, сквозь тюль занавески мне было видно, как второй, что поменьше ростом, на ходу вытянул из кармана сигарету, остановился и закурил. Потом подошвы забухали по ступеням, по доскам крыльца.

— Есть кто живой? — раздался глухой, точно простуженный, голос.

Кто-то саданул ботинком в дверь.

Я зачем-то зажмурился. Попытался вспомнить, какой там замок, какая дверь, легко ли ее выбить. Снаружи, похоже, подумали о том же: кто-то, крякнув, ухнул в дверь плечом. Дверь скрипнула, но устояла.

— Да пусто тут, Гога, раз тачки нет, значит, пусто. Пошли! — сказал другой, высокий мальчишеский голос.

Настырный Гога еще раз двинул плечом, выругался. Шаги загремели по ступеням, захрустели по гравию. Я не решался открыть глаза, боялся, что эти двое тут же вернутся и накроют нас.

— Ушли? — шепотом спросила Зина из-под стола.

— Кажется... — тихо ответил я.

Она беззвучно прошмыгнула ко мне.

— Что это? — Она кивнула в сторону окна.

— Это? — Я хотел сказать: «Это «Ночь длинных ножей», детка, вот что это», — но умничать не было сил и просто спросил: — Что ты знаешь про Сильвио... про Сильвестрова?

Она хмыкнула, пожала плечом, пожала по-детски трогательно. В полутьме я видел ее глазищи, теперь испуганные и тоже по-детски трогательные.

— Он из сиваков, кажется...

— Сиваков?

— Ну, патриотов. Которые в каждой фразе про Россию трындят...

— Это понятно из названия его партии, вообще-то, — съязвил я.

— Да они все из одной коробки, — вспылила Зина. — Клоуны. Мне они абсолютно перпендикулярны, эти политики. Вот найдешь своего Димона, будешь с ним про политику тереть, он это обожает.

Последнее слово она произнесла, словно развернула веер. В первый момент я не понял, кто такой Димон, когда дошло, у меня отчего-то перехватило горло.

— С этим, — я тихо откашлялся, — с этим... сиваком я учился в университете, мы с ним, с Сильвио, были лучшие друзья.

— С Сильвестровым? — спросила она с брезгливым недоверием, точно я признался в тайном и нехорошем пороке.

Я кивнул.

— Жесть... — выдохнула Зина.

22

Нас взяли почти сразу. Мне даже показалось, что они нас ждали. Впрочем, вся территория пансионата кишела ими, шансов просочиться незаметно у нас просто не было. В административном корпусе нас допрашивал небритый мужик в черном комбинезоне вроде танкистского. Те, кто нас арестовал, были в таких же комбинезонах.

— Какое отношение вы имеете к Яковлеву? — Небритый танкист повертел в руках паспорт и без особой симпатии уставился на меня.

Я понятия не имел, о ком идет речь. Мне почему-то ни к месту пришел в голову актер Яковлев, кажется, Юрий, когда-то игравший князя Мышкина — «Инок Пафнутий руку приложил». Танкист явно спрашивал не про артиста.

— Его сын — мой знакомый, — неожиданно звонко сказала Зина. — Сын Яковлева — мой знакомый. Он дал мне ключ.

Танкист удивленно к ней повернулся. Потом посмотрел на меня. Мы с ним были примерно одного возраста, по его лицу — смесь гадливости с завистью — стало ясно, что он думает на мой счет. Я попытался улыбнуться.

Цена человеческой жизни в этой стране мне известна. Особенно в моменты катаклизмов, из череды которых, собственно, и состоит история страны. Когда в кураже режут глотки, рвут плоть зубами, когда хлещет бессмысленная кровь, когда, мешаясь с землей, она превращается в грязь. И цена этой крови есть цена грязи.

Девчонку они, скорее всего, отпустят. Мне очень хотелось, чтоб ее отпустили... Отпустят — ну не звери же. Мои собственные шансы выглядели гораздо сомнительней: или прямо во дворе поставят к стенке, или отправят в какую-нибудь тюрьму, сборный пункт, лагерь. Впрочем, судя по суматохе, никаких сборных пунктов они не подготовили. Мне стало страшно не от мысли о смерти, а от того, с каким спокойствием, почти безразличием я рассуждал.

Нас допрашивали в бухгалтерии. Дверь была нараспашку, и я прочел табличку на двери. Четыре стола, дерматиновые кресла, на стене календарь, застрявший на июле: вылинявшая в голубое Пизанская башня, тосканское небо с вздорными, почти бутафорскими, облаками. Двадцать второе, четверг, было обведено красным фломастером. Я попытался вспомнить, что происходило со мной двадцать второго в четверг и не смог — тот июль покоился где-то на самом дне моей памяти, та жизнь казалась чистым вымыслом, не слишком правдоподобным из-за своей беспечной легкости.

— Эй! — Танкист высунулся в коридор. — Глухов! Ко мне!

Появился Глухов, тоже небритый, но с «калашниковым».

— Этого... — кивнул не глядя танкист. — Этого уведи!

Ну вот и все, с непонятным злорадством подумал я, сейчас этот неопрятный Глухов выведет меня во двор... Дорисовать картину расстрела я не успел.

— Кто тут главный? — Зина подскочила к танкисту. — Кто? Кто тут командует? Вы?

— Ну, я... — Танкист растерянно отступил; эта пигалица его ничуть не боялась. — В чем, собственно...

— Ни в чем! — грубо оборвала его она. — Он человек Сильвестрова! Если с ним что-то случится, Сильвестров вам тут всем яйца оторвет. Понятно объясняю?

Я подумал, что теперь шансы Зины сравнялись с моими. Я видел, как на лбу у танкиста вздулась серая жила.

— Курить есть? — грубо спросила она, не давая танкисту опомниться. — Сигареты есть, говорю?

Я был уверен, что он ее сейчас прихлопнет как муху. Вопреки моим ожиданиям танкист опасливо поглядел на меня, потом на нее, глупо ответил:

— Извините, бросил. Глухов, курево есть?

Глухов протянул Зине мятую пачку, вежливо поднес зажигалку.

— Свяжитесь немедленно с Сильвестровым! — Зина затянулась и выпустила неимоверное количество дыма в грудь танкисту. — Как фамилия?

— Капитан Одноразов... — морщась, ответил танкист из дымного облака. — У меня нет прямой связи с господином Сильвестровым... мы докладываем Шестопалу, его заместителю...

— Капитан... — Зина хмыкнула, зло сплюнула табачную крошку. — Одноразов. На хера нам ваш Шестопал? Нам нужен Сильвестров!

Эта девчонка нравилась мне все больше и больше. С такими детьми, может, и вправду рано ставить крест на России? Если, конечно, моя ласковая родина в очередной раз не прополет и это поколение, укротив одних, посадив других и выдавив третьих в эмиграцию. Ну, хоть надежда есть.

Капитан с забавной фамилией мучительно пытался выбраться из дурацкой ситуации. Просто шлепнуть меня момент был упущен — тут эта вздорная девчонка, да еще и Глухов, не говоря о том, что я и вправду могу оказаться «человеком Сильвестрова». Хотя, если честно, я не был даже уверен, что Сильвио меня вспомнит. Судя по всему, у него за последние семнадцать лет здорово расширился круг общения.

— Глухов! — Капитан, очевидно, что-то решил. — Когда следующий транспорт в город?

— Только ушел. — Глухов сверился с часами. — Пять минут назад как отправили.

— Погляди, может, не ушел? — Капитан махнул рукой. — Быстро! Быстро!

23

Капитан оказался прав — транспорт отправить не успели. Это был военный «ЗИЛ» с крытым верхом и ироничной надписью «люди» на борту. Глухов, легко приподняв, подсадил Зину в кузов, я забрался сам — пыхтя и без особой грации. В темноте я разглядел лавки, на них — каких-то людей. Воняло солдатской кирзой и тухлыми бананами. Глухов ловко запрыгнул за нами, кто-то захлопнул борт, клацнул засовами.

— Готово! — крикнул Глухов шоферу. — Ехай!

«ЗИЛ» рыкнул мотором, и мы поехали.

— Ты действительно этого пепса знаешь? — прошептала мне в ухо Зина. — Ну, этого, Сильвестрова?

Я неуверенно пожал плечами.

— Ну ты даешь... — разочарованно протянула она. — Тогда рвем при первой возможности.

Я кивнул на Глухова; его контур с торчащим стволом автомата воинственно чернел на фоне линяющей ночи. Второй охранник сидел напротив.

— Все будет вудиален, — бодро прошептала Зина, локтем ткнула мне в ребра и томно обратилась к Глухову: — Господин полковник, не угостите даму сигареткой?

На дальнем конце моей лавки, в сумрачном углу, шептались две тени. Я вытянул ноги, прислонил затылок к брезенту, прислушался.

— ...самим надо было, самим, — частил нервный тенорок, почти бабий. — Самим мочить урода! Ядом там или снайпера нанять, ну, я не знаю... Ну ведь ясно было, куда, бляха-муха, катимся...

— Борисыч, не гоношись, а? — мрачно перебил его бас. — И без тебя тошно.

— Все эти закидоны его — потомок Романовых, мать
его! Тишка Пилепин — царь всея Руси! Шапку Мономаха
ему... Шавка безродная! Потрох сучий!

— Негоже так о покойнике...

— Да пошел ты на хер! Негоже! Ты ж сам выступал — православная церковь, мол, поддержит: на Руси
без царя никак нельзя! Нашли царя, вашу мать! Обмылок
склизкий!

Тенор зло сплюнул на пол.

— Сильвестров живо порядок наведет, — злорадно
прошипел он. — Живо! Вон гляди, как жарит — думу на хер,
правительство на хер... Будем на соседних столбах качаться,
ваше преосвященство!

Он захихикал, а бас серьезно возразил:

— Это ты на столбе будешь качаться, Борисыч. Я же, —
он сделал паузу, — лицо духовное, в сане. К мирской суете
вашей касательства не имею. А ты б не ярился попусту,
а о душе лучше подумал...

— В жопу иди со своей душой! — взвизгнул тенор. —
Понял?!

— Эй! — лениво крикнул Глухов. — Кончай базар,
бакланы!

Двое в углу притихли. Зина курила, задумчиво пуская сизый дым в потолок. Рубиновый огонек сигареты
освещал кончик ее носа. Мотор упрямо рычал на одной
мощной ноте, машина неслась по шоссе, неожиданно
гладкому — я подумал, что с одной из двух российских
бед наконец удалось разобраться. Осталось решить, как
быть с дураками.

Я закрыл глаза. Что же происходит, что творится
в стране? Хотя нет, страна, как обычно, дрыхнет, народ,
как ему и положено, безмолвствует. Драка ограничивается
столицей и ближайшими окрестностями.

Банальные истины скучны, но от этого они не перестают быть истинами. Если люди готовы пожертвовать свободой ради безопасности, то они не заслуживают ни того ни другого. Или вот еще: каждый народ имеет того правителя, которого он достоин. Что еще? Черчилль: «Демократия — худшая форма правления, за исключением всех остальных, которые пробовались время от времени». У Черчилля еще был забавный диалог с одной дамой, она сказала ему: «Если бы вы были моим мужем, я бы подсыпала яду в ваш чай». На что Черчилль ответил: «Мадам, если бы вы были моей женой, я бы этот чай с удовольствием выпил». Впрочем, последняя цитата к делу не относится, так, лирическое отступление.

Из осколков информации я попытался сложить мозаику ситуации. Крупные фрагменты отсутствовали, но картина уже угадывалась. Шла банальная драка за власть. Очевидно, президент Пилепин угодил в ту же коробку, куда Клио складывала свою коллекцию сверженных русских правителей — начиная от Василия Шуйского и Павла Первого до Хрущева с Горбачевым.

Судя по всему, Анна Гринева организовала попытку государственного мятежа. Дамочка из олигархов первого призыва; покойный президент методично скармливал этих господ (и их капиталы) новым соратникам, жадным и нищим — по сравнению с олигархами, разумеется. Гринева понимала: скоро пробьет и ее час. Не сегодня, так завтра. Ей удалось вовлечь в заговор маршала авиации, наверное, еще ряд военных и штатских.

Операция удалась, мятежники смогли убрать президента. Маршал Каракозов встал у руля и тут же обвинил Запад в убийстве главы государства с целью дестабилизации, дезинтеграции и деструктуризации России. Убийцы устраивают своей жертве царские похороны, очевидно, ни о каких изменениях во внутренней и внешней политике речь не идет. Каракозов будет вести страну курсом, указанным великим кормчим, который и теперь живее всех живых.

Именно тут, похоже, и случился сбой. Именно тут что-то пошло наперекосяк.

Сильвестров — продолжаем гадать на кофейной гуще — получил информацию о мятеже, о роли Каракозова и Гриневой. Вполне возможно, он знал о заговоре и раньше, вполне возможно, Гринева пыталась и его рекрутировать в мятежники.

Люди не меняются, я в это не верю. По крайней мере, люди со стержнем. А у Сильвио был стержень, у Сильвио был характер. Сильвио был личностью. Мы так часто принимаем за характер другие качества — талант, ум, старательность, доброту, даже обаяние и красоту. Увы, ни одно из этих качеств не превращает человека в личность. К чертям добродетели, к лешему смирение! Личность — это сплав стали и ртути, огня и гранита, острого ума и железной силы воли, дьявольского обаяния и вселенских амбиций. Именно амбиций! Амбиции — это топливо, горючее — без которого даже самая совершенная ракета не оторвется от земли и на дюйм, так и останется кучей красивого металла. Мертвого металла.

Мой старый друг Сильвио... прошу прощения, господин Сильвестров — самый амбициозный сукин сын из всех мне лично известных. Что я о нем знал? Что я знал о лучшем друге своей юности? Да почти все! Он родился на советской базе под Дрезденом в семье военного летчика и учительницы. Из-за постоянных переездов Сильвио сменил дюжину школ — десятый класс он оканчивал в Питере, где отцу дали генерал-майора и какую-то штабную должность.

На первом курсе Сильвио выбрали старостой группы, половина девиц курса тут же в него влюбилась. Он был чертовски обаятелен, даже красив. Красив той шершаво-грубой красотой, которая особенно пленяет зрелых женщин. Впрочем, не только их. Лично мне он напоминал раскаявшегося разбойника, который постригся в монахи. Он был балагур, запросто мог подраться, как-то на спор прошел по карнизу девятого этажа (потом мне признался, что под карнизом был балкон, так что риск был минимальный). Он никогда не хвастался, никогда не выпячивал свое «я» — от этого эффект только усиливался.

Почему я хотел быть его другом, думаю, объяснять не надо. Почему Сильвио решил дружить именно со мной — на этот вопрос я не отвечу и сегодня. Впрочем, дружба, на мой взгляд, — самое странное чувство: в отличие от любви, где непременно присутствует элемент эгоизма, настоящая дружба абсолютно бескорыстна. В ней нет никаких выгод ни для кого. Полный альтруизм с обеих сторон.

После диплома я угодил по распределению в психушку в Мытищах — к счастью, врачом, Сильвио чудесным образом укатил в Португалию, получив некую полумифическую должность в советском посольстве. Родина продолжала строить коммунизм, границы по-прежнему находились на замке, и любая загранкомандировка считалась сказочной удачей.

Во время апрельского наводнения в Лиссабоне Сильвио спас двух милых школьниц лет десяти. Благодарные португальцы растрогались, наградили его каким-то красивым орденом на алой ленте, газеты принялись брать интервью, телевизионщики наперебой стали приглашать на утренние программы между спортом и кулинарными советами. Сильвио стал местной знаменитостью. Тогдашний посол Антон Замолотчиков позвонил в Москву, через день в Лиссабон прилетела группа из «Останкино» — а еще через неделю пятиминутный репортаж о простом русском парне из португальского посольства прошел во «Времени».

Телевизионное начальство оценило фактуру скромного героя — Сильвио пригласили на Первый канал вести новую аналитическую программу «Факты». Времена наступали невнятные, надвигались неизбежные перемены, никто не знал, что делать, но все понимали, что что-то делать надо. Сильвио, чуть мятый, с хрипловатым баритоном, идеально вписался в эпоху советского Апокалипсиса.

В девяностом году за серию репортажей о советской экономической блокаде Литвы его с треском уволили. Сильвио сам объявил об этом в прямом эфире — встал и покинул студию, оставив перед камерой пустой стул. Вся страна видела этот пустой стул, вся страна запомнила имя храбреца.

Через несколько месяцев он появился на новорожденном российском канале уже в статусе звезды. Он стал синонимом успеха, синонимом скандала, эдаким русским Хемингуэем времен Испанской войны, впрочем, без особого писательского дара: до шедевров типа «Продаются детские ботиночки. Неношеные» Сильвио явно недотягивал. Что не мешало мужикам ему зверски завидовать, а домохозяйкам включать телевизор ровно в восемь и глядеть влажным взором на брутальное, усталое, но бесконечно честное лицо. Обычно за его плечами пылал Грозный, дымилось Приднестровье, строились баррикады у Белого дома. Его даже где-то ранили, то ли в Грузии, то ли в Осетии, впрочем, несерьезно, кажется, в бедро. Сам Ельцин повесил ему на грудь медаль с бестолковым названием «Защитнику свободной России».

Политические взгляды тогдашнего Сильвио были весьма туманны. По крайней мере он их не афишировал,

сделав лейтмотивом своей жизни борьбу за правду и справедливость. Понятия крайне расплывчатые, но неизменно
популярные в русском обществе, из века в век.

Наша дружба после института не испарилась; я бы
сказал, что дружба перешла из острой формы в хрони-
ческую. Виделись мы редко — один-два раза в год, причем звонил всегда Сильвио. Звонил и приезжал, шумный,
с водкой, с историями. Он по-прежнему не хвастал, всегда
рассказывал в третьем лице, точно прочел о случившемся
в газете. Единственный раз, когда я сам позвонил ему, был
перед моим отъездом. Мы пили всю ночь, вспоминали
институт, военные лагеря. Оказалось, у нас была потряса-
ющая молодость. Он уехал под утро, а еще через несколько
часов на пороге моей квартиры появилась Шурочка. Она
тоже заехала попрощаться.

24

Событие, вошедшее в историю как «Ночь длинных ножей», на самом деле именовалось нежно: «операция «Колибри»; нужно признать, с кодовыми названиями у фюрера не всегда получалось складно.

В самом начале тридцать третьего года президент Гинденбург назначил Гитлера рейхсканцлером Германии, его партия вошла в рейхстаг конституционным путем, путем демократических выборов. Штурмовые отряды (СА), этот боевой кулак нацистской партии, созданный десять лет назад для решения политических вопросов с позиции силы, стали представлять угрозу единству партии.

Они — эти три миллиона вооруженных головорезов — подчинялись не фюреру, они подчинялись Эрнсту Рёму, бывшему соратнику Гитлера по Пивному путчу, амбициозному авантюристу и простоватому политику, замешанному в гомосексуальных скандалах — он раздавал должности в аппарате СА своим любовникам.

Рём заявил, что, получив пост рейхсканцлера, Гитлер вступил в сговор с политическими противниками и тем самым предал идею национальной революции. Фюрер попытался утихомирить бывшего приятеля обещаниями и заверениями в верности делу национальной борьбы. Чувствуя, что его авторитет в партии стремительно тает и на первые роли вместо штурмовиков теперь выходят люди из СС, отчаявшийся Рём пошел ва-банк. На собрании офицерского состава штурмовиков он решил припугнуть своего старого приятеля Адольфа:

— То, о чем объявил этот ефрейтор, нас не касается. Гитлер вероломен и должен отправиться по крайней мере

в отпуск. Если он трусит, то мы сделаем свое дело и без Гитлера.

Так Рём подписал смертный приговор себе и тысяче других штурмовиков. Фюрер поручил подготовку операции по устранению верхушки штурмовиков рейхсфюреру СС Генриху Гиммлеру. Немцы — народ аккуратный: начался кропотливый сбор компромата и составление расстрельных списков. Заместителю Гиммлера, будущему шефу гестапо Рейнхарду Гейдриху, пришла в голову блестящая идея: вместе с руководством штурмовиков под шумок разделаться и с противниками нового режима.

К концу июня все было готово, наступило тридцатое число. В три часа ночи на аэродроме Визенфельд под Мюнхеном приземлился правительственный «Юнкерс».

— Это самый черный день в моей жизни, — провозгласил Гитлер, сходя по трапу. — Но я не дрогну, я учиню суровый суд!

Он подал знак Геббельсу. По радио прозвучал код «Колибри», в штабах СС по всей Германии вскрыли секретные конверты с расстрельными списками.

Рёма арестовывал сам Гитлер. Дом был окружен, фюрер поднялся в спальню и закрыл дверь. О чем они там говорили, эти два человека, более чем кто-либо виновные в рождении чудовища по имени Третий рейх, так и осталось тайной. Гитлер никогда не вспоминал об этом, в своих дневниках он не написал ни строчки.

Через пять минут фюрер вышел, он оставил бывшему другу пистолет с одним патроном. Однако Рём стреляться не стал.

— Сделай это сам, Адольф! — крикнул он в спину уходящему Гитлеру.

Рёма отвезли в тюрьму и там застрелили прямо в камере. Других убивали дома, тех, кто пытался бежать,

*добивали на улице. Речь идет о десятках, о сотнях нацист-
ских вельмож, о старейших партийцах. Многие из них знали
Гитлера лично, знали еще со времен путча. Это они привели
его к власти. Жертвы просто не понимали, что происходит,
они требовали связаться с фюрером, кричали «Хайль Гитлер!», клялись в верности рейху.*

*Обергруппенфюрер Шнайдхубер, стоя у стенки, крик-
нул палачам:*

*— Господа, я не имею ни малейшего представления,
что творится, но убедительно прошу вас стрелять метко.*

*По личному приказу фюрера был убит престарелый
Отто фон Кар. Пенсионер, отошедший от политики, он
в двадцать третьем году находился в правительстве Бава-
рии и не поддержал Пивной путч. У Гитлера была хорошая
память, он никого не забыл, никого не простил. Тело фон
Кара нашли в болотистом лесу под Дахау, труп был изруб-
лен топорами.*

*Священник Бернард Штемпфле, наставник Адольфа,
помогавший редактировать «Майн Кампф», но, увы, знав-
ший слишком много секретов, особенно о мрачной любовной
трагедии фюрера и его племянницы Гели Раубаль, застрелив-
шейся из пистолета дяди, был найден с переломанной шеей.*

*Та же участь постигла троих штурмовиков, участво-
вавших в поджоге Рейхстага. Не забыл Гитлер и Грегора
Штрассера, своего главного оппонента по партии (у Штрассера был партийный билет под номером девять). Штрассера
расстреляли во дворе юнкерских казарм.*

*По данным Геббельса, в результате подавления мяте-
жа (так официально назвали эту резню) погибло семьдесят
семь человек: расстрелян шестьдесят один мятежник, среди
них шестнадцать главарей штурмовиков, тринадцать
убито при сопротивлении аресту, еще трое покончили
с собой.*

На самом деле трупов было гораздо больше: мясники из СС убили тысячу сто семнадцать человек, тысячу сто семнадцать товарищей по партии. Забили, как скот, без следствия, без суда.

А что народ? Народ ликовал — Гитлер продемон-стрировал именно те качества, которых от него ждали, — тевтонскую решительность, железную волю, беспощадность к врагам родины. Наконец у руля Германии встал не ли-беральный зануда, не трусливый демократ, а настоящий мужчина. Настоящий немец.

Стоит вспомнить еще одну жертву — виолончелиста и музыкального критика Вильгельма Шмидта, которого по недоразумению арестовали вместо его соседа Людвига Шмидта, штурмовика и сторонника Штрассера. Шмидту удалось бежать и перейти границу, ему определенно повезло. Чего не скажешь о музыканте — его вдова через четыре дня получила заколоченный гроб с инструкцией не открывать его ни при каких обстоятельствах. Записка была из местного отделения гестапо.

25

Начало светать. Мы давно въехали в город, грузовик, не сбавляя скорости, гнал по Ленинградке. Зина уткнулась в мое плечо и, кажется, действительно заснула. Я тоже убедительно изображал спящего, подперев лоб рукой — а на самом деле из-под ладони разглядывал соседей. Тенор оказался женоподобным толстяком, бас — бородатым битюгом в рясе и с крестом. Кроме них, не считая охраны, в кузове было еще пять человек — четверо мужчин и одна женщина. Она, закрыв лицо ладонями, всю дорогу тихо всхлипывала, мужики, хмурые и бледные, сидели и молча курили. Неожиданно, точно о чем-то вспомнив, женщина отняла руки от лица и осторожно ткнула меня в колено, так брезгливые трогают снулую рыбу — указательным пальцем.

— Да? — имитируя пробуждение, я повернулся к ней. Ее лицо показалось мне смутно знакомым.

— Я вот что подумала, — подавшись ко мне, тихо проговорила она. — Вы помните тот самородок? Ну который нашли этой весной, помните?

Она произнесла фразу так, точно мы уже говорили на эту тему минут пять назад.

— Какой самородок? — Я чуть отодвинулся, от нее пахло копченой колбасой.

— Золотой… Нашли его, помните? — Женщина почесала голову, пшеничные волосы, завитые в кукольные локоны, сдвинулись набок — это был парик. — «Ухо дьявола»…

— Какого дьявола?

— Ну как какого… — растерялась она. — Обычного. Самородок — точь-в-точь ухо черта, а главное, он весил ровно шестьсот шестьдесят шесть грамм!

— Число зверя, — кивнул я. — Из Откровения Иоанна.

Мы проехали Белорусский, все светофоры нервно моргали желтым, на перекрестках стояли танки. Улицы были пусты.

— Из Апокалипсиса! — зловеще прошептала она, дыша колбасой мне в лицо. — Страшный суд, конец света... Я тогда Вольдемара попросила гороскоп построить, и вы знаете, что там вышло? В гороскопе — знаете?

Она сделала испуганное лицо, и я неожиданно вспомнил, узнал ее — киношная актриса, фамилия, конечно, безнадежно стерлась, названия фильмов тоже. Она играла симпатичных простушек, милых, порой глуповатых до идиотизма, деревенских или городских, как правило, на вторых ролях. Все это было лет двадцать назад, в конце эпохи развитого соцреализма в советском кинематографе.

Проехали Пушкинскую. Сквер перед памятником был забит солдатами. Низкое небо чуть посветлело, грязное подбрюшье туч осветилось болезненной желтизной. Снова потянуло сырой гарью — утро начиналось совсем невесело.

— И примет зверь обличье агнца, и явится миру в небесном сиянии... — Актриса торопливо перекрестилась и продолжила зловещим шепотом: — И смутит он души людские, и посеет...

— Вас как звать? — перебил я ее.

Она запнулась, нормальным голосом ответила:

— Нина...

— Вы знаете, Нина, был такой философ Константин Леонтьев? Не слышали? Он служил по дипломатическому ведомству...

— Это что, при царе? — спросила она.

Гаганова — я вспомнил ее фамилию, Нина Гаганова. У меня пропало желание рассказывать — очевидно, в реальной жизни она мало чем отличалась от тех дур, которых изображала на экране. Еще я вспомнил, что президент лет десять назад засунул ее в Думу, а потом она руководила Министерством культуры. Все это я знал исключительно из-за скандала, связанного с пропажей экспонатов из запасников «Эрмитажа» — офорты Рембрандта, рисунки Дюрера, кажется, эскизы Гварди, потом они всплыли в частных коллекциях на Западе. Питерский искусствовед, обвинявший Гаганову, во время следствия выпрыгнул из окна. Пятый этаж прокуратуры. Разумеется, дело кончилось ничем, перед Гагановой извинились, Гаганова осталась министром.

— Ну и что этот, как его, философ? — Она моргнула белесыми ресницами.

— Он начинал с либеральных идей, — без особой охоты продолжил я. — В середине девятнадцатого века либерализм был в моде. Потом стал убежденным консерватором. Когда служил в посольстве Греции, ударил хлыстом французского дипломата за оскорбительное замечание о России.

— Ух! — Она заулыбалась, ей явно это понравилось.

— Его перевели в какую-то греческую дыру, там он подцепил холеру. Когда ему стало совсем худо, он попросил принести икону Божьей Матери, что подарили ему афонские монахи. Умирая, Леонтьев дал обет Богородице, что если случится чудо и он останется в живых, то непременно примет постриг и уйдет в монастырь. Болезнь отступила, через два часа он почувствовал облегчение, на следующий день он уже встал.

Гаганова посмотрела на меня с тихим восторгом, точно это я излечил больного дипломата.

— Ну так вот, он, Леонтьев, — сказал я, — утверждал, что антихрист должен появиться именно в России.

— И Нострадамус, он тоже!

— Этот не по моей части. — Я чуть пожал плечом, на другом тихо сопела Зина. — После революции, когда громили церкви и жгли иконы, многие решили, что Ленин и есть антихрист. Потом то же говорили про Сталина.

— Ну и?

— Что ну и? Похоже, ни тот ни другой.

— Так кто ж тогда? Не этот же... — Она тихо назвала нецензурное прозвище недавно почившего президента. — А?

— У меня есть на этот счет мысль... — начал я, но тут пробудившаяся Зина сипло шепнула мне в ухо: — Это что за корова? Дмитрий, вы стремительно теряете авторитет в моих глазах.

26

Бежать (или «рвануть», как выразилась Зина) нам не удалось. Грузовик, сделав широкий круг, остановился у служебного входа в Манеж. Здание было оцеплено военными и ребятами в черных комбинезонах. У театральных касс стояли бронетранспортеры. Проход в Александровский сад перегораживал танк.

Глухов спрыгнул на асфальт, с грохотом распахнул борт. В кузов, щурясь, заглянул капитан в полевой форме и с каким-то орденом на груди.

— Из «Хорошего»! — доложил Глухов.

— Да я уж вижу, что не из плохого, — с неприятной улыбкой сострил капитан. — Давай всех в загон!

— Эй, послушайте! — крикнула Гаганова противным голосом. — Я министр и депутат, я председатель комиссии...

— Тут все министры! И все депутаты! — перебил ее капитан, повернулся к Глухову: — Всех в загон!

Загоном оказался центральный зал, отгороженный от остальной части Манежа колючей проволокой. Внутри были люди, некоторые сидели на полу, кто-то громко ругался по телефону. Было душно, воняло, как в плацкартном вагоне поезда дальнего следования — носками, потом и сортиром.

Зина сжала мою руку, ее ладонь была горячей. Сухой и очень горячей.

— Все будет о'кей, — прошептал я, наклонившись к ней.

— Я знаю, — тихо ответила она.

Нас втолкнули за колючую проволоку. Жирный мужик в нательной майке, бледный и дряблый, как сырое тесто, взглянул на Зину, зло пробормотал:

— Оборзел совсем, детей хватает, сука...

— Не посмеет, гад, — отозвался его сосед, мрачный, похожий на монаха, старик. — Не посмеет...

Некоторые лица казались мне знакомыми. Я признал крикливого депутата от какой-то патриотической партии — этот, я помню, призывал вернуть в состав России Финляндию, выдвинув ей ультиматум ядерного удара. Узнал я и некогда знаменитого (и вполне приличного) режиссера, трансформировавшегося в политика, тоже знаменитого, но, увы, совсем неприличного. Рядом с ним стоял телевизионный начальник, с вертевшейся на языке немецкой фамилией, то ли Шульц, то ли Фальк. Этот вконец обрюзг и напоминал спившегося купидона.

Последний раз я был в Манеже лет сто назад, в той, прошлой, жизни. Выставляли Глазунова. Помню большие полотна с плоскими лицами и кукольными глазами, все — Пушкин и князь Игорь, Индира Ганди и Раскольников — все были похожи друг на друга, как родня в глухой деревне, склонной к инцесту. Беспомощный рисунок и дрянная живопись грязноватого колорита выдавались за «возврат к традициям русской иконописи». Гвоздем выставки стала здоровенная картина, похожая на увеличенную стократ школьную фотографию. Фотографию класса. На переднем плане в несколько рядов стояли картонные персонажи — святые, срисованные с икон, князья, тоже плоские, как иконы. За ними толпились знаменитости: робкой кучкой жались писатели, их вел хмурый Достоевский, по неясной причине к литераторам прибился расстрелянный комиссарами юный царевич в непременной матроске и со свечой в руке. Дальше пер винегрет из композиторов, царей и цариц. Шаляпин и Сомов, срисованные с известных портретов, оказались рядом и одинаковым наклоном головы напоминали дуэт лукавых куплетистов.

Гигантский и синий, как утопленник, Лев Толстой вылезал сбоку и грозил кому-то пальцем, на шее писателя висела табличка «Непротивление». Горизонт художник Глазунов одолжил у Иеронима Босха — на горизонте в адском огне пылал Кремль, Василий Блаженный, какие-то еще соборы и церкви. Оттуда, из багрового пламени, в удалых санях, запряженных тройкой худосочных палехских коней, выезжали лихие большевики: развеселый усач — должно быть Сталин, злой Троцкий и неизвестный гармонист. Центром композиции было распятие, а в левом углу рыдала голая женщина, розовая, как ветчина, рыхлая и скверно нарисованная.

— Это Россия... — шептали ошарашенные зрители. — Вон, плачет голая...

Картина называлась «Вечная Россия». Эстетически она была просто оскорбительна, уродство полотна вызвало почти физическую боль. Картина напоминала коллаж не очень аккуратной школьницы, наспех наклеившей на лист кое-как вырезанные из журнала картинки, подкрасившей там и сям карандашами, не сильно заботясь о сочетании цветов. Чтобы попасть на выставку, люди ждали в очереди по пять-шесть часов. Нам с Шурочкой билеты принес ее отец.

27

Неожиданно по толпе прокатился встревоженный говорок — «что-кто-где» — словно ветер зашуршал по камышам. Я покрутил головой и увидел, как на подиум в конце зала поднялся какой-то человек в черном военном комбинезоне. Он провел ладонью по седому ежику, медленно поднял руку. Тут же наступила тишина.

— Господа сенаторы! Господа министры, господа депутаты... — он сделал паузу, — и прочая сволочь!

— Сильвио... — пробормотал я. — Мать твою, Сильвио...

— Это он? — спросила Зина.

Я кивнул.

— Судя по вони в этом зале, — он приложил руку к носу, — рыба действительно гниет с головы. Я неоднократно...

— Кто вам дал право? — сердито прокричал кто-то из толпы. — Кто вы такой?

Сильвио подошел к краю подиума.

— Кто спрашивает? — крикнул он. — Рамазанов? Это ты?

Сильвио что-то приказал охране, солдаты вытащили из толпы плотного мужика, похожего на отставного циркового борца. Сильвио ловко соскочил с подиума на пол, быстро подошел к мужику и резким ударом в челюсть сбил его с ног. В толпе кто-то вскрикнул. Сильвио, не глядя на поверженного Рамазанова, запрыгнул обратно на подиум, потер костяшки кулака, выпрямился. Мой старый приятель явно находился в отличной спортивной форме.

— У меня нет времени, поэтому буду краток. Попрошу не перебивать, это в ваших же интересах.

Он сделал знак охране, два молодца подхватили Рамазанова и куда-то поволокли. Сильвио выпятил грудь, вдохнул — он был похож на птицу, готовую взлететь. Стало тихо.

— Вы — мразь! — Он ткнул пальцем поверх голов. — Все! Вы — преступники! Государственные преступники...

Он прошелся взад и вперед; в ватной тишине было слышно, как скрипят его сапоги.

— Гринева и Каракозов признались. Их ждет смертная казнь. Они дают показания. В заговоре участвовали люди из ближайшего окружения президента, из кабинета министров. Генералы войск и госбезопасности. Сенаторы и депутаты. Сотни человек... — Сильвио усмехнулся. — Называю их людьми лишь с точки зрения биологии. Система государственного управления России поражена смертельным недугом. Это рак! И он неоперабельный! Метастазы! Метастазы, метастазы...

Он зло сжал кулаки.

— Тут меня спросили, кто дал мне право. — Он обвел глазами толпу. — Отвечаю: право не дают, право берут! Хватают! Вам, зажравшаяся сволочь, этого не понять. Вы и при покойном Тихоне жили, как свиньи в хлеву — главное, чтоб от кормушки не отлучили. Ведь видели... — Сильвио погрозил кулаком, — все видели, куда этот маразматик страну тащит! Все! И министры, и парламент, и партия власти — лизоблюды поганые! И попы — продажная дрянь, чекистские ублюдки! Все! Все знали, что на краю пропасти танцуем! Знали, но молчали! А то ведь от кормушки поганой метлой погонят... А как же вы без кормушки, а?

Он недобро засмеялся, погладил кулак.

— И ведь вам один черт — что Пилепин, что Каракозов, что Гринева, вам ведь главное, чтоб воровать не мешали! Бюджет дербанить да взятки брать. Ведь так?

— А ты-то, Сильвестров, чем лучше? — Голосок осекся.

Толпа заволновалась, подалась и отступила. В пустом круге, как прокаженный, стоял невысокий мужчина, загорелый и похожий на цыгана.

— А-а, Барышников... — Сильвио сунул руки в карманы. — Ты спрашиваешь, чем Сильвестров лучше вас?

Он подошел к краю подиума.

— А Сильвестров, он не лучше, — тихо сказал Сильвио. — Он сильнее.

Толпа молчала, Сильвио обвел взглядом лица.

— И смелее.

Пауза затянулась, снаружи завыла сирена. Низкий унылый звук на секунду прерывался, потом возникал снова.

Сильвио словно забыл о толпе. Он смотрел поверх их голов, смотрел куда-то вдаль — там ничего не было, пустая белая стена. Вдруг, точно вспомнив, он быстро сказал:

— В столице и регионах работают полевые трибуналы. Участники заговора будут казнены. Я подписал декрет о люстрации — никто из функционеров и чиновников прошлого режима не будет занимать постов в структуре государственного управления, госбезопасности и правоохранительных органах. Всех и каждого допросят...

— Это инквизиция! — крикнул кто-то.

Сильвио засмеялся.

— Это хуже. Мы не отпускаем грехов! Отправляем мерзавцев прямиком в ад.

Он спустился с подиума, энергично направился к выходу. Толпа недовольно зароптала.

— Ну! — Зина дернула меня за рукав. — Он же уходит!

— Сильвио! — неуверенно позвал я.

Голос мой утонул в людском гомоне, Зина недовольно махнула рукой, поднялась на цыпочки и звонко крикнула:

— Эй! Сильвио!

Наверное, так его не звал никто с университетских времен. Он оглянулся, я поднял руку над головой. Сильвио пошел к нам. На ходу узнавая меня, он удивленно заулыбался, потом рассмеялся. Пошел быстрее. Я приблизился к колючей проволоке.

28

От него пахло тем же одеколоном — хвойные иголки с лимонной коркой, горький и пряный дух. Я еще раз убедился, что запахи имеют волшебное свойство воскрешать память до болезненной пронзительности.

— Ну, Незлобин... — Он снова обнял меня, хлопнул ладонью по спине. — Ну сукин сын...

Я сам чуть не прослезился: внезапно эта почти забытая дружба, наивная и полудетская, повернулась ко мне новым боком — мне вдруг стало кристально ясно, что Сильвио тогда в меру сил залатал в душе прореху моей безотцовщины.

— Это твоя? — Он кивнул на Зину. — Похожа, похожа... Ты ж в Америке, нет? Пошли, по дороге расскажешь. Тут такие дела, брат! Делища!

Сильвио потянул нас за собой к выходу. За нами засеменила свита. Здоровенный бородач, похожий на людоеда из сказки про кота в сапогах, протиснулся, что-то шепнул Сильвио на ухо. Сильвио отмахнулся.

— Патриарх, твою мать! — весело крикнул он бородачу. — Вздернем вместе со всеми! — Повернулся ко мне: — Сколько лет, сколько лет! Погоди, когда мы последний раз виделись? Это когда... Это ж семнадцать, нет, восемнадцать лет... Восемнадцать лет... Ну ты молодцом выглядишь, не то что я. Диета, спортзал поди? Ты как, женат?

Перед входом, у самых ступенек, стояли три здоровенных джипа с тонированными стеклами.

— Науку не бросил? Небось, уже академик, тайком на Нобелевку зуб точишь? — Сильвио засмеялся, пихнул меня в плечо. — Ведь точишь, сукин сын, точишь?

Он подтолкнул нас с Зиной к средней машине, охрана распахнула двери. Кресла в салоне стояли не в ряд, а лицом друг к другу, как в старом лондонском такси. Сильвио что-то коротко приказал бородачу-людоеду, тот кивнул и побежал к головной машине.

Мы сели, охранник захлопнул дверь, машина мягко тронулась.

Сильвио здорово изменился. Не постарел, а именно изменился. Раньше он напоминал портрет работы Перуджино — воздушный румянец полутени, изящный ракурс, живой блик в сером глазу. Теперь это был почти Роден, полновесный и внушительный, никаких нюансов — тяжелый подбородок, крупный, почти крестьянский, нос, массивные надбровные дуги. Глаза посветлели, точно полиняли в молочную синеву, от волос, некогда густых и темных, остался серебристый ежик. На лбу появился косой шрам, белая полоска вроде полумесяца. Этот шрам делал его похожим на римского легата, ветерана славных походов времен какого-нибудь Гая Юлия Цезаря или Марка Антония Каракаллы.

— Мы сейчас в «Гнездо»...

— Куда? — не понял я.

— В Кремль. — Сильвио, смеясь, прищурился. — Тут, брат, везде жаргон, сленг и ненормативная лексика. За двадцать лет царства Тихона, гори он в аду, — Сильвио мелко перекрестился и сплюнул через плечо, — в бардак страну превратили. В зону! Тихон — пахан, остальные братки шестерят по понятиям. Я сам, как каторжный, ботаю по фене. Перед девчонками стыдно.

Я не понял, он хлопнул меня по колену.

— У меня ж две дочки! Ты ж не знал, близняшки Жанна и Анна...

— Ты что, женат? — удивился я.

— Да нет! — Он фыркнул и махнул рукой, точно я спросил его, продолжает ли он коллекционировать марки. — Ты ж меня знаешь...

Я засмеялся — Сильвио был единственный человек, которого я действительно знал. Не считая Шурочки, которая, впрочем, всегда была полна сюрпризов.

— Господи, Сильвио... — Я, глупо улыбаясь, вытер глаза.

— Ну-ну... — Он ткнул меня в плечо.

— До сих пор не могу поверить... — Я потряс головой, точно спросонья. — Весь этот бред... Похороны, голограмма, повешенные — знаешь, они там вешали людей на мосту, на Устьинском?

Он кивнул. Взглянул на Зину; та тихо сидела в углу, улыбнулась в ответ смиренно, по-монашески. Я давно заметил: женщины в отличие от мужиков интуитивно выбирают безошибочную линию поведения в любой жизненной ситуации.

— Я тут кое-что понял, — неожиданно серьезным тоном начал Сильвио. — Сорок лет водить народ по пустыне — не такая уж глупая идея. Помнишь, мы с тобой рассуждали, что сменится два поколения и весь дух совдеповский из народа выветрится? С новыми людьми можно будет строить новую страну. Помнишь?

Я кивнул.

— Да мы сами себя считали уже новыми людьми, — продолжил Сильвио. — Нам была очевидна дикость идеи «научного коммунизма», абсурдность их мантр — «Учение коммунизма всесильно, ибо оно верно», помнишь? Как мы потешались над их наукообразными концепциями и терминами: диктатура пролетариата, интернациональное единство, борьба классов, социалистическая революция... А помнишь этот перл: в конце двадцатого века коммунистическая партия с гордостью объявила о появлении нового «социалистического человека»? Это позабористей старика Ницше будет! Коммунизм построить не получилось, а вот вывести нового человека — будьте любезны, пара пустяков. Прошу любить и жаловать — гомункулус советикус!

За тонированными до чернильной черноты стеклами, призрачно, как во сне, проплывала Лубянская площадь.

— А что с «Детским миром»? — Я ткнул в сторону забора, наскоро сколоченного вокруг горы мусора и битого кирпича. — Кому понадобилось бомбить магазин?

— То асы Каракозова... — усмехнулся Сильвио. — Промазали. В чека метили...

— А этот, — я показал на памятник, — давно вернулся?

— Феликс? Года четыре. Тихон после Прибалтики вконец чокнулся, поставил на Поклонной горе Сталина — не видел? Повыше вашей статуи Свободы будет. Колосс! Тогда, после тех войн, Тихон начал полномасштабную реставрацию совтского строя. Как это в рекламе пишут — вкус, знакомый с детства.

— Дичь полная, — буркнул я.

— Именно. Тогда, в совдепии, была идеология. При полной бредовости цели идеологическая база была вполне логичной, и что главное — неимоверно привлекательной. Свобода, равенство, братство, как тебе? Хитрый Энгельс долго голову не ломал, весь его «Манифест» — это ж сплошной плагиат. Иисус Христос, пункт за пунктом.

— Вкус, знакомый с детства, — повторил я невесело. — Улучшенный и в новой упаковке.

— Да-а. Не мы одни попались, полмира экспериментировало...

— Ну да, только у нас эксперимент чуть затянулся.

— Затянулся? Тебе ж, Незлобин, как профессионалу, лучше всех должно быть ясно, что проблема тут не в порочной идее. И не в скверном лидере. Или глупом царе. Ты помнишь, что Бисмарк сказал про социализм? Идея, говорит, очень заманчивая, но слишком рискованная, хорошо бы попробовать на народе, которого не жалко.

— Я как раз пишу работу одну, мне заказали книгу. На примере истории Третьего рейха...

— Да погоди ты с Третьим рейхом! Давай уж мы с Россией закончим! — Сильвио сердито махнул рукой. — В чем суть России? Ну, быстро! Одним словом!

Я растерялся. Я забыл, как Сильвио умеет спорить — это почти бокс, испанская драка на ножах.

— Суть России? Православие? — не очень уверенно предположил я. — Христианство?

— Христианство? Православие? — демонически захохотал он. — Правда? Никто и никогда за последние две тысячи лет не покушался на христианство. Даже Гитлер не осмелился, а у него дико свербило прихлопнуть церковь. Но он таки не решился. Струсил. А вот Ленин не струсил! Большевики не струсили. Объявили попов врагами народа, религию — опиумом. И что наш русский православный люд? Восстал? Поднял смуту? Бунт? Бессмысленный и беспощадный? Выкинул богохульников из Кремля, поднял на вилы чекистов и комиссаров?

Сильвио выдержал паузу. Мы как раз катили по брусчатке Красной площади.

— Нет, — ласково выдохнул он. — Наш народ с радостью начал громить храмы, жечь иконы, переплавлять колокола. Как же так? Ведь нам говорили про русского мужика, богобоязненного, смиренного, разве нет? А если так, то что для русского есть Бог? Кто он, этот русский Бог?

Машина чуть притормозила, мы въезжали в ворота Спасской башни. К своему разочарованию, я ничего не почувствовал — с таким же успехом я мог въехать в любые другие ворота.

— А я тебе отвечу! Русский Бог — это хозяин с плеткой. А религия наша — это узда. Чтоб сдерживать стадо! Потому так по сердцу и пришлись нам большевики. Ленин, Троцкий, Луначарский — какие душевные товарищи! А как говорят! Ребята, все дозволено! Все? Все! А боженька не накажет? А боженьки нету! Нету! Поэтому режь и жги, грабь, убивай! Пущай кровянку во имя мировой революции и пролетарского интернационала.

— Ну это уже достоевщина! Прямо «право на бесчестие»...

— Вот именно! Вот именно, Митя! — Он снова хлопнул меня по колену, и от этого «Мити» у меня в горле застрял ком — так меня звал только Сильвио, и последний раз это было лет сто тому назад.

— Я всегда говорил: чтобы полюбить Россию — читай Толстого, чтобы понять — Достоевского! — Сильвио хохотнул и ткнул указательным пальцем в потолок машины. — Именно «отрицание чести»! Легче всего русского человека увлечь можно именно правом на бесчестие. Все за нами побегут, никого там не останется — вот золотые слова! Достоевский за пятьдесят лет до большевистского переворота все предугадал, все предвидел — и мошенничество революционных мерзавцев, и дурь русского народа, и подлость правителей, и глупость аристократии. Все! А главное — отрицание чести, отрицание морали.

Машина мягко притормозила и остановилась. Охранник распахнул дверь, приглашая выходить.

— Закрой дверь! — рявкнул Сильвио.

Дверь закрылась.

— Помнишь, я тебя спрашивал, — продолжил Сильвио, — спрашивал про суть России? Про ее сущность?

Я кивнул; я тогда сказал «православие».

Сильвио выдержал паузу и тихо произнес:

— Рабство. Вот суть России. Ее квинтэссенция и стержень. — Он внимательно посмотрел мне в глаза. — Ты думаешь, раб — это человек, лишенный свободы?

Я молчал, вопрос был явно риторический.

— Нет, мой дорогой Митя. Раб — это человек, лишенный достоинства. Это человек без самоуважения. Вот кто такой раб. И вот что такое Россия. Чехов говорил: «Выдавливай из себя раба». Все знают фразу, но никто не понимает ее истинного смысла. А речь идет именно о достоинстве, о человеческом достоинстве.

— Ну, ты знаешь, с нашей историей… — усмехнулся я. — Триста лет татарского ига — не фунт изюма. Когда твой князь на брюхе ползает перед косоглазым дикарем…

— Да что вы с этим игом, честное слово! — перебил Сильвио. — Давай теперь все на Мамая спишем! На него и Чингисхана! Да, еще на Гитлера! На Адольфа всех собак можно вешать… У нас вечно какой-то дядя в наших бедах виноват! То татары, то немцы, то хохлы, то пиндосы! Кто еще? Поляки и латыши. Англичане, как же без них! Француз тоже подлянку из века в век точит. Про китайцев я уж и не говорю… Впрочем, японцы не лучше.

Сильвио покраснел. Он шумно выдохнул и зло добавил:

— А мы, русские — румяные ангелочки с пушистыми крылышками.

— Беленькими... — неожиданно подала голос Зина; мы с Сильвио забыли о ее существовании.

— Извините. — Зина, подняла ладошку как в школе. — Можно я выйду? Очень писать хочется...

29

Принято считать, что план «Барбаросса» был подготовлен кое-как. Наспех, без деталей и нюансов. Что Гитлер, «этот австрийский ефрейтор» (как фюрера называли надменные пруссаки-аристократы из его генштаба), недоучка и психопат, не интересовался историей России и имел весьма общее представление о неудачном походе на Восток Карла XII и о крахе русской кампании Наполеона Бонапарта. Не было у Гитлера (по их мнению) и четкого представления о вооруженных силах противника.

Факты утверждают обратное. Архив Генерального штаба, дневники Кейтеля, Геббельса, Геринга, других руководителей рейха и верховного командования Вермахта свидетельствуют о том, что план захвата Советского Союза был разработан добросовестно и в мельчайших подробностях. Русский поход Наполеона изучался скрупулезно, немецкое командование имело четкое представление о погодных условиях на территории театра военных действий в зимний период.

Миф о коварстве фюрера тоже весьма убог. В «Майн Кампф», написанной почти за двадцать лет до войны, судьбе России посвящается целая глава. Там ясным немецким языком говорится, что рейх будет расширяться на восток, территория Советского Союза до Урала станет сырьевой базой, половина населения будет использована в качестве рабочей силы, вторая половина должна мигрировать в Сибирь или умереть от голода и болезней. Полезные ископаемые и продукты сельского хозяйства будут транспортироваться в рейх, существование крупных городов на территории России представляется нецелесообразным, города будут разрушены.

О каком вероломстве идет речь? Гитлер вовсе не скрывал своих планов. А что до пакта между СССР и Германией, то Сталин должен был знать, что фюрер почти традиционно заключал мирный договор перед тем, как напасть на страну, — так было с Голландией, Бельгией, Данией. Сам пакт Молотова — Риббентропа должен был послужить для Кремля сигналом неминуемой угрозы. Не говоря уже о сотне агентурных донесений, включая бесценную информацию из ставки Гитлера. Сталин поступил как капризный карапуз: он закрыл глаза ладошками и сказал, что страшной буки вовсе нет. Очень неортодоксальный прием решения внешнеполитических проблем — полное отрицание их существования.

Впрочем, оставим нюансы политологам и историческим спекулянтам. Меня интересует более глобальный вопрос: каким образом одна из наиболее цивилизованных и культурных наций, когда-либо существовавших на земле, отбросив мораль, гуманизм и христианские ценности, превратилась в хладнокровных убийц? Именно хладнокровных, ибо можно было бы понять отсутствие теплых чувств к британцу или французу — эти ободрали Германию репарациями, Версальский договор был намеренно оскорбительным и унизительным документом. Но русские?

Можно было бы объяснить желание фюрера уничтожить большевистский режим Совдепии: у нацистов с самого начала не сложились отношения с коммунистами — слишком уж сходными были методы и цели. Но фюрер не ограничивался комиссарами, он планировал полномасштабный геноцид. В циркуляре для генштаба он подчеркивал важность понимания, что война на Востоке будет «войной другого типа». Каждый генерал, офицер и солдат должен забыть о воинской чести, придушить химеру сострадания, отбросить жалость. Война с Россией будет войной на полное уничтожение противника, физическое уничтожение. Нас интересует территория, нас не интересует население. Русские — дикари, с дикарями нет смысла сражаться по цивилизованным правилам, нелепо соблюдать нормы рыцарского этикета, сражаясь с питекантропом.

— Война с Россией не будет вестись на рыцарский манер, — заявил Гитлер в марте 1941 года. — Это битва идеологий — расовых и политических, и она будет беспощадной. Все офицеры должны отбросить старые принципы морали. Я понимаю, что необходимость этих жесточайших мер для вас, господа генералы и фельдмаршалы, может быть не совсем понятна, но я настаиваю на абсолютном и беспрекословном выполнении всех моих приказов. Солдаты Вермахта, нарушившие международное право, наказаны не будут. Россия не подписала Гаагской конвенции, и поэтому международные нормы на нее не распространяются.

И никто, ни один офицер Генерального штаба не возмутился, ни один генерал не воскликнул спесиво: «Мой фюрер, я солдат, а не палач!» А ведь речь идет о юнкерском сословии, прусской военной аристократии, белой кости Германии. Людях высшей касты, из поколения в поколение, служивших кайзерам, курфюрстам, кронпринцам. На их родовых гербах в обрамлении клинков, арбалетов и стрел, клыкастых львов и когтистых орлов слово «честь» было вписано колючими готическими буквами между слов «храбрость» и «верность». И у слова «честь» на протяжении столетий был вполне конкретный смысл.

Хотя нет, спустя четыре года на Нюрнбергском процессе фельдмаршал Манштейн припомнил, что испытал моральный дискомфорт:

— После речи фюрера у меня возник внутренний конфликт между моим солдатским долгом и честью. С одной стороны, как солдат, я вынужден выполнять приказ.

С другой — этот приказ противоречил чести солдата. Тогда я твердо решил, что не стану выполнять такие приказы.

Разумеется, это решение фельдмаршала осталось всего лишь благим намерением.

Вот еще один приказ под грифом «Совершенно секретно» за подписью Гитлера:

«На оккупированных территориях любое проявление недовольства среди местного населения должно подавляться с показательной жестокостью. Не правосудие, а именно террор должен держать местное население в повиновении и предотвратить любую попытку вооруженного сопротивления».

Этот приказ был адресован Вермахту. Армии, не войскам СС.

Что касается СС, то Гиммлер получил от фюрера карт-бланш: все действия войск СС на оккупированной территории России проходили как карательные «спецоперации», армейское командование не имело права вмешиваться — то есть даже фельдмаршал Вермахта не мог приказать эсэсовскому унтер-офицеру. Суть спецопераций была простой — уничтожение мирного населения.

Еще до начала войны Гитлер назначил старого приятеля и главного идеолога партии Альфреда Розенберга на пост «Управляющего делами Восточноевропейского региона». Розенберг был из балтийских немцев, получил образование в России, он считался экспертом по «русскому вопросу». За два месяца до нападения на СССР он выступил перед гауляйтерами, которые уже получили свои регионы в России:

— Главная задача нашей миссии на Востоке — обеспечить продовольствием немецкий народ и Вермахт. У нас нет намерения кормить русских. Кормить русских — это *значит отнимать хлеб у немцев. У меня нет сомнения, что многие миллионы русских умрут от голода. Это не только суровая реальность, это жизненно важная необходимость. Я хочу особо подчеркнуть этот факт, поскольку речь идет об успехе всей войны в целом, речь идет о судьбе рейха.*

Как бы хотелось утешить себя мыслью о нескольких садистах-психопатах по недосмотру пробравшихся во власть! Этих гитлерах, гиммлерах, розенбергах с их маниакальными идеями мирового господства. Ах как хотелось бы успокоить себя теорией одной паршивой овцы, одного гнилого яблока! Увы, увы — план «Барбаросса» разрабатывался сотнями офицеров Генштаба. Сотни клерков ведомства Розенберга планировали порядок переброски продовольствия из России, Белоруссии и Украины на запад, обрекая миллионы жителей на голодную смерть. В первые дни марта в кабинетах штаба СС на Принц-Альбрехтштрассе началась подготовка карательных спецопераций по уничтожению мирного населения на территории СССР. Весна в Берлине в сорок первом году выдалась ранняя, звонкая, и Гиммлер просил не отвлекаться, а обратить особое внимание на небывалый масштаб грядущих акций.

30

— Людей не хватает катастрофически! — Сильвио зло рубанул рукой воздух. — Катастрофически! К власти липнет всякая шушера. Дрянь... Лезет, льнет... А нормального человека днем с огнем не сыщешь.

Он подмигнул мне.

— Так что тебя, Незлобин, мне сам... — он усмехнулся, подняв глаза к потолку, — сам знаешь кто прислал.

— Послал, — поправил его я.

Лично я не очень был уверен, что меня прислал именно Тот, кого имел в виду Сильвио, но на всякий случай вежливо улыбнулся. Последняя неделя чуть поколебала мою уверенность, что у Него там, наверху, действительно все находится под контролем.

— Ты ветчину попробуй, что ты все салат, как кролик, честное слово... Ветчину давай, вон, с хреном. — Сильвио ткнул вилкой в блюдо с аппетитными ломтями розовой ветчины. — Такой в твоей Америке нет.

Ветчина действительно оказалась отменной, такой в моей Америке я точно не ел. Мы сидело в гулком зале, пустом и без окон, похожем на роскошную столовую для членов Политбюро. Пару раз появилась ядреная официантка, смахивающая на учительницу иностранного языка, принесла две бутылки «Боржоми», унесла что-то на подносе. Я непроизвольно проводил взглядом ее упругий круп, затянутый в тугую черную юбку.

— Славная у тебя дочурка. — Сильвио уронил салфетку на пол, нагнулся. — Взрослая совсем...

Я скромно кивнул, вдаваться в подробности не совсем родственных отношений с «дочуркой» не хотелось.

Зина уехала час назад.

Она нацарапала номер телефона на клочке бумаги, я спрятал его в бумажник. Наклонился к ней, тронул за плечо. Она подняла глаза, черные, как вишни.

— Вот что... — неопределенно начал я. — Ты меня прости... я себя как дурак вел...

— Ну не всегда, — великодушно улыбнулась она. — Полный норм, папа. Не буксуй.

— Ты думаешь, что с моим... с Дмитрием все о'кей? — Мне по-прежнему не удавалось произнести имя сына без странных заиканий.

Она кивнула, серьезно посмотрела мне в глаза. Я неуклюже обнял ее, прижал. Зачем-то похлопал по спине.

— Осторожней там... — тихо сказал ей в ухо. — Сама видела, что в городе творится.

— Угу.

— И пропуск не потеряй.

— Угу.

Зине выдали карточку, запаянную в пластик, что-то вроде водительских прав, с двуглавым орлом, фиолетовой печатью и таинственной надписью «допуск Б».

— Кстати... — Зина запнулась. — Ты насчет Димки особо тут не распространяйся. Со своим этим другом.

— Почему?

— Не надо...

— Ты можешь...

— Потом.

31

Как всякий русский, латентно суеверный и ищущий логики в любом иррациональном проявлении жизни, я не верил в случайности подобного рода. Судьба не могла разыграть столь замысловатую комбинацию без конкретной цели. Просто не могла.

Мы шли коридором без окон, Сильвио напористо шагал, как сквозь ветер, изредка прихватывая и подталкивая мой локоть. Свита из семи-восьми человек, все мужчины, поспевала следом. Давешний здоровяк-людоед отрывистым шепотом говорил сразу по двум телефонам. Остановились у лифта. Разъехалась дверь, лифт был огромный, в кабину запросто мог войти средних размеров слон. Сильвио развернулся, коротко бросил своим:

— Я один. Все вопросы к Шестопалу.

Он кивнул на людоеда, тот выпятил диковатую бороду, властно зыркнул из-под бровей.

— Глеб Глебыч, а как же с... — ласково начал некто с бабьим лицом.

— К Шестопалу, я сказал! — рявкнул Сильвио, подтолкнув меня в лифт.

Дверь закрылась, кабина пошла вниз. Мы вместе, как по команде, посмотрели в тускло светящийся потолок, похожий на сырой лед.

— Есть страны, которыми лучше не управлять, — сказал Сильвио, глядя вверх, — которые, как камень с горы... толкнул, камень и покатился. И покатился, и покатился...

Дверь открылась. Нас ждали четыре охранника в одинаковых серых костюмах и один коротышка, тоже в штатском, но по повадке явно военный. Он вытянулся, выставил подбородок. Мне показалось, что он сейчас начнет что-то звонко рапортовать.

— Как она? — спросил Сильвио.

— Молчит, — неожиданно низким голосом ответил коротышка. — Зато Каракозова не остановить, поет. Жаворонком.

— Пусть поет, — мрачно сказал Сильвио. — Пошли к ней.

Я ожидал увидеть камеру — склизкие стены, выкрашенные тюремной краской, железную койку. Желтую лампочку под потолком в ржавой решетке. Комната оказалась почти уютной, с толстым ковром в орнаменте из персидских лопухов осенних расцветок и мягкой мебелью. Мне даже почудилось, что там пахло теплой карамелью. Точно рядом на кухне пекли печенье. Коротышка впустил нас, отрывисто кивнул и, чуть не прищелкнув каблуками, удалился.

В дальнем углу в разлапистом кресле, затянутом в белый музейный чехол, сидела женщина в изумрудно-зеленых сапогах. Увидев Сильвио, женщина непроизвольно выпрямила спину.

— Госпожа Гринева. — Сильвио дошел до середины и, словно в нерешительности, остановился. — Здравствуйте, Анна Кирилловна. Здравствуйте...

Произнес красивым баритоном и замолчал. Она зло вскинула голову.

— Только давайте без драмтеатра, Сильвестров. Что нужно?

— Мне? — удивился он. — Мне — ничего. Давайте лучше поговорим о вас.

Она не ответила. Закинув ногу на ногу, она закурила; ноги у нее были непомерно длинные и ломкие, как у цапли. Она нервно качала хищным носком сапога. Я огляделся;

стоять в дверях было глупо, и я тихо присел на край дивана. Диван тоже был затянут белым чехлом, как саваном. Гринева перестала качать ногой, застыла, будто у нее внутри кончился завод. Повисла бесконечная пауза.

— Странно... — рассеянно произнесла она. — Как все странно...

Проговорила растерянным тоном, как говорят спросонья, пытаясь припомнить ускользающий сон. На подлокотнике кресла стояла пепельница. Гринева с хрустом воткнула в нее сигарету, докуренную до половины. Она курила тонкие пижонские сигарки, коричневые и ароматные, это от них в комнате пахло карамелью.

— Никто не придет. Никто не включит свет. Никто не обнимет, не скажет, что все это просто приснилось. Никто...

Она произнесла это тихо и отчетливо, впрочем, не обращаясь ни к кому. Повернула голову, точно позировала для портрета, острый подбородок, хищный нос, бритый затылок — свет уронил на лицо случайные тени, и на мгновенье ее профиль напомнил мне Цезаря, вернее, его близнеца, хрупкого и нервного императора выдуманной империи. «Лучше умереть сразу, чем жить ожиданием смерти», — так, кажется, сказал пожизненный диктатор Римской республики. Я вдруг ни к месту вспомнил, что Цезарь отчаянно стеснялся своей лысины — зачесывал на нее волосы, прятал под лавровым венком. Великий Цезарь, покоритель Европы — и вдруг такая нелепость!

— Меня казнят? — Гринева повернулась к Сильвио.

Сильвио помедлил, сунул кулаки в карманы. Гринева устало кивнула, точно соглашаясь с кем-то.

— Зачем вы пришли? — спросила она тусклым голосом.

— Хотел посмотреть...

— Ну и? Посмотрели?

Сильвио не ответил, сделал шаг к ней, опустился на корточки.

— Я арестовал их всех, всю эту сволочь. Собрал в Манеже. Я дразнил их, как дразнят собак. Хотел увидеть злость, хотел увидеть ярость, поглядеть, на что они способны...

Он замолчал.

— Ну и? — спросила Гринева без интереса.

— Ничего. — Сильвио резко встал, почти крикнул: — Ничего! Ни злобы, ни ярости, ни даже страха! Ничего! Покорность, холуйская покорность. Ничего больше! Я хотел увидеть врагов — на меня смотрели рабы.

Он зло замотал головой.

— И это ведь лучшие! Самые пронырливые, самые энергичные. Те, которые по головам, по трупам пролезли в Думу, в сенат, в министерства. Элита! Сливки общества. Что ж тогда про народ, про массы, — усмехнулся он, — про движущую силу истории говорить? Про великий русский народ?

Гринева вдруг ожила, улыбнулась, будто расцвела.

— А-а, вот оно что...

Она медленно откинулась в кресле, мерно закачался маятник хищного сапога.

— Милый мальчик, — сахарным тоном произнесла она, — раньше надо было думать. Раньше. Ты, я вижу, растерялся, бедненький. Сдуру захватил власть, а что с ней делать...

Она развела руками.

— А что с ней делать, и не знаешь... — усмехнулась она. — Думаешь, мамочка подскажет? Выручит, да? Думаешь, у меня чертежи построения государства российского в лифчике спрятаны? Карты-схемы за голенищем сапога?

Я видел, как Сильвио сжал кулак. Гринева рывком поднялась из кресла; на своих высоченных каблуках она оказалась одного роста с Сильвио.

— Ты думаешь, мне власть нужна? — с пугающим спокойствием спросила она. — Быть мартышкой на троне, как Тихий был? Мразь! Гори он в аду, сучье семя!

Она сплюнула на ковер. Очевидно, ей тоже не очень нравился покойный.

— Ты спрашиваешь, где герои? — Она подалась вперед, Сильвио от неожиданности отпрянул. — Где люди, способные на поступок? Где настоящие мужики? С настоящими яйцами?

Она гадко засмеялась.

— Нету! Вывелись! Тихий всех и вывел... Да, ничтожество, да слизняк! А ведь удалось! Получилось!

Она звонко хлопнула в ладоши.

— Впрочем, никто особо и не сопротивлялся. Каждый урвал себе кусок пожирней, да с ним и в нору — буду тихо сидеть, авось не тронут. Бог не выдаст, свинья не съест! Еще как съест! Страх и глупость — даже не знаю, что гнуснее. Трусость, наверное... Он так всех по одному и передушил, кого здесь, кого там: Гошу Высоковского, Зураба, Макса Гусева, Мишку Лифшица... Господи, господи, сколько же трупов... Вся жизнь, как сказка Гофмана. Я Тихого так и окрестила поначалу — Крошка Цахес.

Она замолчала, потом продолжила тихим мрачным голосом:

— Я тоже поначалу думала: не тронет. За что меня? Какой смысл, какая логика? А потом поняла: не в логике дело. Это процесс, как в сказках: в конкретный день, на конкретную гору приводили одного жителя деревни, прилетал дракон, пожирал жертву и улетал. До следующего раза по расписанию. Все по расписанию: запланированные заклания олигархов, запланированные судилища над врагами Отчизны, запланированные войны-войнушки — все для поддержания патриотического духа.

Она перевела дух и почти крикнула:

— Мы в кольце врагов, победа или смерть, если враг не сдается... У этой инфузории даже лозунги все были ворованные!

Я слушал и рассматривал ковер. Неожиданно орнаментальные лопухи сложились в хищно оскаленную морду.

— Так что я гадину эту раздавила, считай, из трусости. — Она устало опустилась в кресло. — А что касается страны и, прости господи, народа... — Она уныло покачала головой. — Народа... Да и нет никакого народа... Так, людишки разные. Не может существовать государства, идеология которого основана на ненависти. Не может! И не должно.

— Так, значит, не было плана... — не то спросил, не то подтвердил Сильвио. — Не было.

— А что, бунтуют уже? — устало проговорила Гринева, чуть язвительно. — Чернь восстала? Ужель грядет бессмысленный и беспощадный?

— Помилуйте, Анна Кирилловна! Да у вас мания величия! Я вас, безусловно, уважаю, но неужто вы думаете, что из-за вас народ выйдет на улицы? Бунтовать? — Сильвио развел руками. — Увы! И потом, вы меня извините, но в вопросах о тонкостях русской души я все-таки отдаю предпочтение Федору Михайловичу. При всей моей любви к Александру Сергеевичу. Как там...

Сильвио потер подбородок, пытаясь вспомнить.

— Ну как там? — Он повернулся ко мне, прищелкнул пальцами. — Во всякое переходное время подымается эта сволочь, которая есть в каждом обществе... Как там дальше, ты ж помнишь, Незлобин.

Разумеется, я помнил. Я использовал эту цитату в качестве эпиграфа к своему реферату «Анатомия русской смуты: социологический портрет».

— ...эта сволочь, которая есть в каждом обществе, и не только безо всякой цели, но даже не имея и признака мысли, а лишь выражая собою беспокойство и нетерпение. Между тем эта сволочь, сама не зная того, почти всегда подпадает под команду той малой кучки «передовых», которые действуют с определенною целью, и та направляет весь этот сор куда ей угодно, если только сама не состоит из совершенных идиотов, что, впрочем, тоже случается.

Я замолчал, Сильвио умильно посмотрел на меня, точно это он собственноручно слепил меня из глины и вдохнул жизнь. Гринева первый раз за все время нашего пребывания в комнате взглянула на меня.

— Если только не состоит из совершенных идиотов, — повторила она с расстановкой. — Именно!

Затренькал телефон, Сильвио вытащил из кармана мобильник.

— Я же сказал! — заорал он в трубку и тут же осекся.

Такого раньше я не видел — за секунду его лицо стало не просто бледным, оно стало белым как мел. Он нажал отбой и медленно спрятал телефон.

— Моя дочь... — Он точно поперхнулся. — Мою дочь украли... Жанну украли...

Шаблонность трагедии и голливудская затасканность сюжета делали происходящее еще страшнее, поскольку ты видел, читал и слышал подобное так много раз, что даже, сам не желая того, мог предвидеть все последующие события шаг за шагом: звонок похитителей, фото жертвы с сегодняшней газетой в руках, еще звонок, угрозы, отрезанный мизинец в конверте, передача денег на каком-нибудь мосту или на вокзале в час пик.

Все произошло в школе: шел третий урок, география, Жанна подняла руку, попросилась выйти. Охранник по этажу видел, как она зашла в уборную. Через десять минут прогремел звонок, началась перемена. Девочки в уборной не оказалось. Одно из окон было распахнуто настежь, рядом с окном к стене крепилась пожарная лестница. Похититель наверняка был отменным атлетом или цирковым гимнастом, он преодолел почти полтора метра по узкому карнизу, дотянулся до лестницы и спустился с третьего этажа. И все это он проделал с заложницей под мышкой.

Через час появилась надежда: удалось запеленговать сигнал ее маяка — обе сестры носили на запястье браслеты с микрочипом.

— Садовое кольцо. Район планетария. — Генерал-майор МВД толстым пальцем елозил по экрану монитора. — Цель движется в сторону...

— Какая на хер цель! — перебил его Сильвио. — Это моя дочь!

— Простите, Глеб Глебыч, — испуганно вытянулся генерал. — Э-э... движется в сторону площади Восстания.

— Кто руководит операцией? Где Григорян? — Сильвио нервно стукнул кулаком в стол. — Где Григорян?

— Вы же сами его... — нерешительно сказал генерал.

— Черт!

— В районе четыре группы, на подходе вертолет с пятой группой...

— Никаких вертолетов! Вы еще танки пошлите! Действовать тихо, на цыпочках!

— Есть на цыпочках, есть никаких вертолетов! — Генерал повернулся, крикнул кому-то: — Отменить «вертушку»!

Сильвио приблизил лицо к экрану, не отрывая взгляда от пульсирующей зеленой точки, что ползла по крупномасштабной карте. Судя по скорости, это был автомобиль. Точка задержалась на углу у сквера перед высоткой на Восстания и неожиданно стремительным рывком пересекла площадь по диагонали.

— Что за черт... — пробормотал генерал, схватил микрофон, щелкнул выключателем. — Все мониторы наружки! Квадрат пятьдесят семь, пятьдесят девять! Всем! Повторяю пятьдесят семь, пятьдесят девять!

Из генеральского кабинета мы бегом спустились этажом ниже. В просторном помещении, похожем на спортзал, в четыре ряда стояли столы с мониторами, за каждым сидел оператор в наушниках, думаю, людей было не меньше сотни. От треска клавиш стоял гул, точно кто-то неутомимо пересыпал речную гальку. На дальней стене висел огромный экран, разделенный на квадраты. На центральном мониторе светилась карта с изумрудным огоньком. Теперь он двигался в сторону Смоленской. Комната, оборудование, операторы — все это напоминало космический центр управления.

— Вывести наружку на центральный! — приказал генерал в микрофон.

По бокам главного монитора включились экраны поменьше, я узнал площадь Восстания, Садовое кольцо. Машины ползли неспешным плотным потоком. Вспыхнул красный свет, машины остановились. На других экранах появился угол какого-то роскошного магазина, стоянка такси с дюжиной скучающих легковушек.

— Вон! — крикнул кто-то. — Белый мини-вэн!

Я увидел его в потоке машин; мини-вэн дополз до края экрана и пропал.

— Вести! Вести его! — заорал генерал. — Где следующая камера?

Включился другой монитор. Там тоже появился белый мини-вэн, обычный, ничего примечательного, у нас на таких ездят сантехники или развозят по магазинам булки из пекарни.

— Перекрыть движение! Включить «красный» на Смоленке! — отрывисто приказал генерал.

— Где ваши люди? — сипло спросил Сильвио. — Дайте мне командира!

— С Карцевым соедините! Немедленно! — Генерал поправил дужку микрофона. — Карцев! Ты где? Карцев?

Сильвио выругался, бесцеремонно стянул наушники с головы генерала.

— Карцев! Это Сильвестров! — Он запнулся, быстро вытер лицо ладонью, продолжил глухим голосом: — Слушай, брат, там моя девчонка, моя дочь... Постарайся, а? Я тебя очень прошу. Очень.

Он снял наушники, протянул генералу.

— Транспорт принадлежит сети «Маркет-гигант», — подскочил к нам паренек в больших очках. — Сеть

супермаркетов. Мы пробили по треку, шофер Халаилов...
Вроде чистый.

— Что значит «вроде»? — вспылил генерал. — Вроде,
ешкин кот! Набрали очкариков, не полиция, а фейсбук
какой-то!

— В информационной базе нашего ведомства на Ха-
лаилова ничего нет, — спокойно ответил очкарик, явно
не очень испугавшийся генеральского гнева.

Дальнейшее напоминало обычный фильм про
спецназ. Неважное качество картинки на мониторе делало
происходящее еще более заурядным. Среди застывших
в пробке машин заскользили люди, похожие на кинош-
ных ниндзя. Они окружили белый фургон, одновременно и совершенно беззвучно ринулись к нему. Беззвучно
распахнулись двери, шофера выдернули и припечатали
к капоту соседнего авто. Задние двери фургона раскрылись настежь, два человека нырнули внутрь. Я услышал,
как Сильвио тихо застонал, как от боли. Генерал прижал
руками наушники, приказал в микрофон:

— Повтори!

Сильвио, страшный и бледный, повернулся
к генералу.

— Никого, — генерал снял наушники. — Пусто.

Сильвио беспомощно раскрывал рот. Он пытался
выдавить из себя какое-то слово, я испугался, что его
сейчас хватит кондрашка. По залу вдруг прокатился удив-
ленный гомон.

— Что... — пробормотал генерал, повернувшись
к большому монитору. — Что за ешкин кот?..

На большом экране зеленая точка неожиданно дернулась и с нарастающей скоростью понеслась по диагонали через тротуары, сквозь дома и скверы в сторону
Москвы-реки.

33

Браслет с маяком был приклеен «скотчем» к лапе голубя, обычного московского сизаря. В конце концов, снайперам удалось подстрелить птицу где-то в районе Донского вокзала (я сообразил: бывший Киевский). Ни отпечатков, ни ДНК на браслете обнаружить не смогли.

Мы возвращались в Кремль.

Вечерний город бескорыстно раскрывал пыльную панораму сквозь бронированное стекло. Там и сям вспыхивали закатные маковки случайных церковок, звонко раскиданных по той стороне реки где-то в дальнем хаосе Замоскворечья. Тусклое солнце на ощупь продиралось к шпилю университета, тоже скорее угадываемому, чем видимому сквозь пелену смога и дыма. Мы летели, едва касаясь асфальта пустых мостовых. Перед нами неслись мотоциклисты — два по флангам, один на острие, вой сирен едва пробивался в салон. За пятнадцать минут дороги Сильвио не произнес ни слова; казалось, что в нем, там внутри, сломался какой-то важный винт.

Раздался звонок, Сильвио точно ждал — тут же нажал громкую связь.

— Что?

— Глеб Глебыч! — Я узнал голос Шестопала. — Пожар в государственной...

— Я тебе что, ноль-один?

— Может, это как-то связано с похищением...

— Как?

— Сразу на семи бензоколонках, все внутри Садового. Явно спланированная акция, все поджоги произошли в интервале пятнадцати минут. И тут же — пожар в Думе.

— Теракт? Жгут улики? Кто?

— Не знаю. Все бригады Центрального округа были на этих бензозаправках. Пока приехали в Думу...

— Черт с ней, — перебил Сильвио. — Что-нибудь еще есть?

— Пока нет. Я дал команду центру мониторинга следить. Весь штат подключил. Вдруг что мелькнет...

— Хорошо. — Сильвио нажал отбой.

— Что за центр мониторинга? — быстро спросил я, мне было страшно снова погружаться в гнетущую тишину.

— Сетевая перлюстрация. Десять тысяч бездельников вскрывают почту, копаются в серверах, просматривают фотографии, слушают скайп. У Тихона на этот счет пунктик был. Насчет сети.

Я хотел спросить еще что-то, но Сильвио меня опередил:

— Думаешь, совпадение? Или эти поджоги связаны с...

— Ты знаешь третий закон теории случайности?

— Третий?

— Да. Комплекс случайных событий предсказуем, даже если отдельные события — нет.

Не понял, какое отношение это...

— Самое прямое. В физике законы термодинамики основаны на предсказуемости большого количества случайностей. Эти законы непоколебимы именно потому, что случайность абсолютна и неизбежна.

— Это что, закон больших чисел?

— Да, типа того. Сумма большого количества случайных величин дает результат, близкий к норме. События, в данный момент кажущиеся нам хаотичными, лишенными следственно-причинных связей, нуждаются в долгосрочной перспективе.

— Ты меня вконец запутал, — Сильвио почти улыбнулся.

— Ничуть. Это вроде тех гигантских картинок, которые видны лишь с высоты птичьего полета. Помнишь? Которые пришельцы нам оставили? Паук, мужик с дубиной?

Он кивнул:

— Ну и что тебе, Митя, оттуда видно? С высоты птичьего полета?

Я посмотрел на свои руки, точно мне только что сделали маникюр. Потом спросил:

— Тебе научно или по-простому?

— Давай по-простому.

Наш кортеж выскочил на набережную. Мы сразу увидели дым — жирный черный столб рос в районе Павелецкой, поднимался почти перпендикулярно, точно кто-то воткнул в землю корявый черный посох. Чуть дальше клубились еще два пожара.

34

Меня определили в местную гостиницу. Отель в Кремле — звучит помпезно, реальность оказалась на редкость заурядной. Две смежные комнаты напоминали номер люкс профсоюзного санатория какого-нибудь неважного министерства. Корявая мебель из прессованных опилок, оклеенная коричневым пластиком, совершенно не похожим ни на какое дерево, тощий морковного цвета ковер (те, что назывались «палас») с большим подозрительным пятном посредине, дешевая люстра из фальшивого хрусталя. Холодильник, письменный стол, шкаф. Я заглянул в спальню — там стояли две узкие кровати. Все это могло располагаться при Брежневе где-нибудь в Геленджике или под Пицундой. Минус вид на море — два окна гостиной были забраны снаружи глухими ставнями. Между окнами в качестве издевки или компенсации (на выбор зрителя) висела полинявшая «Лунная ночь» Куинджи в отчаянно золотом багете.

Я поправил раму (картина висела вызывающе криво), разочарованно запахнул тяжелые гардины горчичного цвета — вид на Ивана Великого, Царь-пушку и Царь-колокол отменялся.

Холодильник работал и был набит снедью. Я раскрыл дверцу и присел на корточки. Ассортимент продуктов (точнее слов не найти) напомнил легендарный «праздничный заказ», даже этикетки на консервах были те же — банка крабов, печень трески, сиротских размеров жестянка красной икры, полпалки «сервелата». По духу я определил, что где-то скрываются апельсины, — и точно, рыжие прятались внизу, в контейнере для овощей. В отделении для напитков стояла водка, пять бутылок «столичной».

Я достал апельсин, зубами надкусил маковку, начал чистить. Липким мизинцем приоткрыл дверцу в сервант — там стояли посуда и рюмки. Я был готов спорить, что на тарелках будет синяя надпись «Общепит». Однако они оказались на разряд выше — по кайме шла золотая вязь «Ресторан». Апельсиновые корки я сунул в корзину для мусора под письменным столом, не включая света, вымыл руки в ванной.

Из таких рюмок — граммов на тридцать, на тонкой ножке и с золотым ободком — я пил последний раз в прошлом веке. Я достал бутылку, сел в дерматиновое кресло за письменный стол. Аккуратно налил тягучей водки по золотую метку. Тут же на блюдце исходил ароматом очищенный апельсин.

В дверь вкрадчиво постучали.

— Да! — с готовностью ответил я и по необъяснимой причине, словно боясь попасться с поличным, махом проглотил водку и зачем-то спрятал пустую рюмку в карман куртки. — Войдите!

На пороге стояла женщина средних лет, среднего возраста и неопределенной масти. В руках она держала пустой тряпичный мешок средних размеров.

— Добрый вечер, — с неопределенной интонацией, на полпути от официальной к доброжелательной, произнесла она.

Я привстал, улыбнулся.

— Вы можете воспользоваться услугами прачечной. — Она опустила мешок на ковер у двери. — Сложите вещи и повесьте на ручку. С той стороны.

Я снова привстал, снова улыбнулся.

— В шкафу — сменное белье, носки, свежие рубашки. Пижама, — она укоризненно взглянула на мой апельсин. — Консервный нож — в серванте. Там же — вилки и ложки.

— Мне нужен телефон.

Она скупым жестом полной руки указала на допотопный аппарат красного цвета на письменном столе. Вместо наборного диска там была одна кнопка.

— Мобильный телефон, — чуть язвительно уточнил я. — Знаете, без шнура такой...

— В шкафу, — она вышла и бесшумно закрыла дверь.

Я распахнул шифоньер (непонятно откуда само всплыло занятное слово). Там на полках лежали аккуратные стопки белья, полосатая пижама и телефон.

Мобильник, дешевый и легкий как игрушка, оказался заряжен. В ванной я до упора открутил горячий кран, заткнул пробку. Влил под грохочущую струю ядовито-зеленого шампуня — тут же резко пахнуло еловой химией, обильно поперла пена. Вернулся в гостиную, быстро разделся, сунул все тряпки, кроме куртки, в мешок. Приоткрыв дверь, повесил мешок на ручку.

Сунул куртку в шкаф, вспомнил про рюмку. Вытащил, поставил на стол, подумав, налил водки. С рюмкой и телефоном влез в ванну — комья пены уже сползали на кафельный пол.

Аккуратно отпив половину, пристроил рюмку в угол ванны. Комбинация ледяной водки (внутри) с горячей водой (снаружи) показалась любопытной, хотя явно мешала хвойная вонь. Я закрутил кран, сразу стало до неуютного тихо. Набрал номер — Шурочкин домашний телефон был одним из немногих, которые я помнил наизусть. Эта считалочка — девятка — пятерки — два нуля — тридцать пять, застрявшая в моем мозгу со школы — похоже, останется со мной до могилы. Впрочем, одно время это цифросочетание было и моим собственным.

Сигнал безразлично отгудел пять раз, потом включился автоответчик. Дослушав механический голос, я сбивчиво начал:

— Это я, привет. Попробую набрать позже, не знаю, который сейчас час...

На том конце подняли трубку.

— Ты где? — спросила она не очень приветливо.

— Я? — Ее тон застал меня врасплох. — Я? Мы с Зиной, тогда, после Красной площади...

— Все знаю, — перебила она. — Я с ней говорила. Где ты сейчас?

Сказать «я в Кремле» мне показалось глупо, я промямлил:

— У приятеля. — По необъяснимой причине каждый разговор с Шурочкой неизменно отводил мне роль защищающейся стороны.

— Мне казалось, все твои приятели, — она выцедила слово с пренебрежением, сделав его почти неприличным, — все в Америке. Приятели.

— Что случилось, Шур? — В мозгу запрыгали испуганные мысли про Зину, про баню, про старого козла.

— Не «шурь» меня! Что случилось? — передразнила она, потом холодно добавила: — Вообще очень сожалею, что позвонила тебе. Тогда. Очень сожалею.

— Слушай, ты в своем уме? И я приехал, кстати, не к тебе. И не из-за тебя. Я приехал...

— Замолчи! — крикнула она. — Прекрати мести как помелом! Как языком! Как помелом! И заткнись! Будь ты проклят! Как ты мне надоел! Господи, как же ты мне надоел!

Последние слова она проорала с каким-то остервенением.

— Шура, ты что... — пробормотал я, мне стало жутко: Шурочка, очевидно, сошла с ума.

Одна из моих американских жен — та, что не китайка (знаю, знаю — правильно «китаянка», просто «китайка» звучит в пятьдесят раз звонче), — в моменты наших нечастых ссор утверждала, что русские эмоционально напоминают ей взбалмошную истеричку в состоянии менопаузы. Тогда я считал данное утверждение обидным и несколько преувеличенным.

Шурочка дышала в трубку. Дышала зло и часто, как дышат во время драки.

— Знаешь что, Незлобин, — с угрозой сказала она, — уезжай-ка ты отсюда! Уезжай в свою Америку! И, очень прошу, очень прошу тебя, забыть и меня, и... — Она запнулась, тут до меня дошло, что она боялась упомянуть сына, думая о прослушке.

— Ты меня хорошо понял? — заключила она с наслаждением. — Хорошо понял?

— Знаешь что, милая моя. — Я начал злиться. — Позволь мне самому решать, в какую страну приезжать, сколько в ней находиться и когда уезжать домой!

Я нащупал рюмку, махом проглотил остатки водки. Выдохнув, добавил:

— И вообще за двадцать лет жизни на воле я как-то успел отвыкнуть от правил вашего лагерного распорядка.

Вот этого говорить явно не стоило.

— Вот и проваливай! — закричала она. — Убирайся в свой вольный Пиндостан, если наша Россия тебя не устраивает!

— Эта моя Россия! Моя! Она такая же моя, как и ваша! Я тут родился...

Она меня перебила: вот уж не ожидал, что у умной интеллигентной женщины, моей бывшей жены вдобавок, может неведомо откуда появиться столь гнусный базарный выговор.

— Не твоя! — заорала Шурочка. — Ты уехал! Ты сделал свой выбор!

— Я уехал именно потому, что видел куда движется моя страна. Мне стыдно и больно смотреть на несчастного урода, в которого превратилась Россия. Моя Россия! Вы посадили на трон ничтожество, двадцать лет вами правил пигмей с психологией и интеллектом дворового хулигана. Вы сами не заметили, как стали такими же — вы говорите, как урки, думаете, как урки! Вы...

Я кричал в пустоту, короткие гудки насмешливо пиликали в трубке.

Я выругался, зло вылез из ванны, оставляя на морковном ковре мокрые следы и клочья пены, протопал до шкафа. Из бумажника достал обрывок бумаги, набрал номер.

— Это кто? — сразу ответила Зина.

— Привет, — буркнул я в трубку. — Незлобин.

— Незлобин? Это, который беззастенчиво пользуется простодушием неопытных девушек? Это тот?

— Тот. — У меня не было настроения шутить. — Ты виделась с моим... — Неожиданно я тоже испугался упоминать сына. — Виделась?

— Не виделась, но говорила.

Она сказала быстро — то ли соврала, то ли не хотела об этом говорить.

— Как ты? — Я представления не имел, о чем с ней говорить. — Ну, вообще?

Зина фыркнула.

— Давайте побеседуем лучше о погоде. Как у вас, осадки в виде дождя не беспокоят?

— Беспокоят, — сгрубил я. — Заморозки на почве.

Я на самом деле почти окоченел. Мокрый и голый я продолжал стоять перед раскрытым шкафом. Второй разговор тоже шел наперекосяк, Зина валяла дурака и несла всякую чушь. Настроение упало ниже нуля. Я с досады достал из холодильника початую бутылку, отвинтил пробку. Сделал большой глоток.

— Ты про взрывы слышал? — неожиданно серьезным тоном спросила она.

Я поперхнулся.

— Какие взрывы? На бензоколонках?

— Нет. В Останкино. Телецентр взорвали.

— Кто?

— Американцы!

— Что?!

— Спецслужбы Соединенных Штатов Америки. Вы знаете такую страну?

— Что за дичь? На кой черт ЦРУ взрывать ваш дебильный телецентр?

— Чтобы дестабилизировать положение в стране, — Зина говорила с издевательской серьезностью. — Вы убили нашего любимого президента, теперь вы хотите лишить русский народ правдивой информации. Вы нас ненавидите за то, что мы лучше вас. Мы гораздо культурнее, у нас лучший в мире балет, мы запустили в космос первый спутник и Юрия Гагарина. Поэтому вы нам страшно завидуете. Вы хотите поработить наш народ и варварски эксплуатировать несметные богатства наших недр: нефть, газ и прочие полезные ископаемые.

Я сделал еще глоток.

— Очень смешно. — Я сунул бутылку обратно в холодильник.

— Не очень. По всей Москве демонстрации.

— И чего хотят?

— Войны.

35

Видео появилось рано утром. В восемь пятнадцать видео загрузили на «Ютьюб» с мобильного устройства: некто воспользовался бесплатным вай-фай забегаловки «Дзэн-кофе» в Камергерском. Личность установить не удалось.

Ролик длился меньше минуты. Жанна Сильвестрова выглядела старше своих лет. Она смотрела в камеру, изредка моргая. Один раз поправила рукой волосы — быстрым жестом заправила светлую прядь за ухо. Потом она подняла глаза и что-то сказала. Потом кивнула. На пятьдесят пятой секунде видео обрывалось. Звук в видео был отключен.

— Чего они хотят? — Сильвио включил ролик с начала. — Кто они?

Сначала мне показалось, что сходства с отцом у Жанны нет вовсе, зато я отчетливо представил ее мать — спокойную и породистую, чуть рыжеватой масти, обитающую в плавной вселенной, где жизнь ленива, где лень непроизвольно переходит в грацию, а звук — в мелодию. Но постепенно, точно невидимый гример ловкими штрихами расставил на лице едва уловимые акценты, сквозь полудетские черты проступила намеком жесткость подбородка, знакомая пристальность взгляда. Причем черты эти были не сегодняшнего Сильвио, а того, которого я знал полжизни назад.

Тут же начались звонки. Непрерывно звонили какие-то аналитики и специалисты: через двадцать минут мы знали, что Жанна на сорок второй секунде спросила: «Мне нужно что-нибудь сказать?» Нам сообщили, что видео было выложено на канале, зарегистрированном вчера, что канал был зарегистрирован под именем «Регинлейв» и связан с пустым адресом электронной почты сервера «джимейл». Что вместо аватара пользователя стоит некий знак, символ — две скрещенные стрелы в виде «Х», в верхней четверти изображена звезда, а в нижней — молния.

Тут же на нас хлынул поток информации с толкованием скрещенных стрел, молний и звезд.

— Ты что думаешь? — спросил меня Сильвио.

— Про знак? Субстанциальное равенство идеи и вещи.

— Что?

— Символ работает лишь внутри контекста. Визуальная и смысловая составляющие неразделимы, но они не тождественны...

— По делу можешь?! — вспылил Сильвио.

— А если по делу, то нужно искать, был ли использован этот знак где-то еще раньше. В сети. Может, как граффити. Или на каких-нибудь лозунгах, на маршах протеста.

— У нас нет маршей протеста, — угрюмо вставил Шестопал, сидевший за моей спиной.

— А Регинлейв? — Сильвио не обратил внимания на замечание адъютанта. — Какие мысли?

— Что-то скандинавское, — буркнул Шестопал. — Неужто шведы?

— Из германо-скандинавской мифологии, — сказал я. — Это, кажется, имя одной из валькирий. Их там около дюжины.

— Дает профессор стране угля! — мрачно восхитился Шестопал, он уже залез в «Википедию» на своем ноутбуке. — Мифические девы-воительницы, реющие над полем битвы на крылатых конях и подбирающие павших героев. Воины отправляются в Валгаллу, где в небесных чертогах идет вечный пир. По поверью северное сияние на небе является отблеском доспехов валькирий... Ага, вот тут весь список этих девушек...

Он, спотыкаясь, начал читать:

— Гей...р...скегуль, Гейрахед, Ранд...грид, Регинлейв. Точно, Регинлейв. В переводе — «Всадница бури». Валькирия, значит.

— Что значит?! — Сильвио хрястнул кулаком по клавиатуре.

Клавиши и осколки пластмассы зацокали по полу. Сильвио схватил клавиатуру и швырнул ее в стену. На дисплее компьютера видео запустилось с начала. Мы молча досмотрели ролик до конца.

— Что значит? — тихо повторил Сильвио.

— Они не будут требовать выкуп, — так же тихо сказал я. — Ты знаешь про операцию «Валькирия»?

— Это кино. — Сильвио потер кулак, неслышно выматерился. — С этим, как его, Томом Крузом? Он там одноглазого фашиста играет, который хотел Гитлера убить, ты про это?

36

Полковник Клаус фон Штауффенберг погиб в возрасте тридцати шести лет. Он был расстрелян во дворе штаба резерва сухопутных войск, где служил с позапрошлого марта. Перед смертью он успел крикнуть: «Да здравствует священная Германия!» Это был человек, которому почти удалось убить Адольфа Гитлера. Почти.

Красавец-кавалерист, аристократ — его семья принадлежала к одному из древнейших баварских родов, сам Клаус носил титул графа, к тому же писал неплохие стихи и входил в литературный круг знаменитого поэта Стефана Георге (куда, кстати, не пустили юного графомана по имени Йозеф Геббельс), фон Штауффенберг проделал путь от убежденного национал-социалиста до мятежника-героя. Или мятежника-предателя в зависимости от точки зрения.

В тридцать девятом году он участвовал в Польской кампании в чине обер-лейтенанта. Домой граф писал, что «население тут — полный сброд, много евреев и полукровок. Такие понимают только кнут, впрочем, они послушны, трудолюбивы и примитивны. Идеальная рабочая сила для рейха».

Породистый Клаус фон Штауффенберг, мускулистый атлет с чеканным профилем языческого бога, в отличие от Гитлера, Геббельса или Гиммлера, невзрачных, на грани уродства, дворняжек, запросто мог послужить убедительным доказательством превосходства арийской расы. Похоже, граф и сам придерживался этих взглядов, но, как ревностный католик, он не мог принять столь радикальных способов утверждения германского господства над другими народами — геноцид целой нации для него был явным перебором. Некомпетентность Гитлера как верховного главнокомандующего после Сталинграда стала очевидной, это разочарование совпало с личной драмой: во время военной операции по спасению танковой армии Роммеля в Африке фон Штауффенберг был тяжело ранен, потерял глаз, кисть правой руки и два пальца на левой.

Заговор возглавил генерал-майор Хеннинг фон Тресков. Генерал, аристократ с юридическим образованием, любитель поэзии Рильке, он воевал на Восточном фронте в группе армий «Центр» и своими глазами видел, как решается славянский вопрос.

— Германия окончательно потеряет честь, а это будет давать о себе знать на протяжении сотен лет. Вину за это возложат не на одного Гитлера, а на вас и на меня, на вашу жену и на мою, на ваших детей и на моих.

Генерал фон Тресков считал, что Гитлер должен быть устранен физически. Это первое и главное условие переворота. Начиная с сорок второго года генерал начал готовить покушение на фюрера. В марте сорок третьего в багажное отделение личного самолета Гитлера была заложена бомба, замаскированная под посылку. Из-за низкой температуры во время полета химический взрыватель не сработал.

План «Валькирия» был одним из самых остроумных и элегантных заговоров в истории человечества. Дело в том, что Гитлер утвердил его сам. Еще в самом начале войны адмирал Канарис убедил мнительного фюрера в необходимости создания резервной армии на случай внутренних беспорядков. Вооруженных формирований, которые могли бы уничтожить мятежников и поддержать порядок в столице и провинциях. Тогда, в тридцать девятом, сама идея какого-то восстания в Берлине выглядела фантазией. Теперь, когда все армейские силы были брошены на фронт, а количество пленных, работавших внутри рейха, постоянно возрастало, Гитлер вспомнил о «Валькирии». Приказ с его подписью был отправлен в штаб сухопутных войск *на Бендлерштрассе, скучное серое здание на западе столицы. Бумага прошла по инстанциям и легла на стол полковника Клауса фон Штауффенберга. К тому времени тот уже был знаком с генералом фон Тресковым и полностью разделял его взгляды.*

Суть официального плана формулировалась так: в случае беспорядков и нарушения связи со ставкой Верховного главнокомандующего управление страной и армией временно переходит к штабу резерва сухопутных войск. То есть заговорщики получили от самого фюрера разрешение на абсолютно легальное создание структур, дублирующих все органы власти. К тому же фон Штауффенберг получил возможность лично докладывать Гитлеру о прогрессе в подготовке плана. Было решено, что именно Штауффенберг возьмет на себя миссию палача. За день до покушения он сказал своему брату Бертольду:

— Тот, кто найдет в себе мужество сделать это, войдет в историю как предатель. Отказавшись от этого, он предаст свою совесть.

20 июля 1944 года полковник фон Штауффенберг был вызван в полевую ставку Верховного главнокомандования в Восточной Пруссии «Вольфшанце». Он должен был сделать доклад о формировании резервных частей. Для убийства Гитлера были подготовлены два взрывных устройства, упакованные в портфель полковника. Активировать детонатор предстояло самому Штауффенбергу непосредственно перед покушением. Взрыв двух килограммов тротила в закрытом бункере не оставлял фюреру ни малейшего шанса уцелеть.

Неурядицы начались сразу по прибытии в ставку: время доклада перенесли на час раньше, из-за ремонта помещения бункера заседание решили проводить в деревянном флигеле. Из-за нехватки времени и орудуя тремя пальцами искалеченной руки, Штауффенберг не успел вставить взрыватель во вторую бомбу.

Заседание началось. Полковнику повезло — ему удалось пристроить портфель в метре от Гитлера и за пять минут до взрыва под благовидным предлогом выйти из комнаты. Улыбка фортуны оказалась кривой ухмылкой — буквально за несколько секунд до взрыва некий полковник Хайнц Брандт по непонятной причине переставил портфель, засунув его под дубовый стол.

Порой судьба напоминает незатейливого сценариста мыльных опер: помните историю про бомбу в багажном отделении самолета фюрера? Ту бомбу, замаскированную под посылку, пронес на борт, сам того не ведая, все тот же Хайнц Брандт. Тогда не сработал взрыватель, на этот раз бомба взорвалась.

Во флигеле находились двадцать четыре человека. Семнадцать получили ранения разной степени тяжести, четверо погибли, незадачливому Брандту оторвало ногу, и он скончался на следующий день в госпитале. Гитлер отделался царапинами и легкой контузией.

Операция «Валькирия» не удалась. Заговор провалился. Тысячи человек были арестованы и казнены. Казнь снимали на пленку для специального показа Гитлеру.

37

— Я был в Берлине прошлой осенью, на Бендлер-штрассе, в штабе резервных войск. Там теперь музей Сопротивления. — Я продолжал говорить, хотя сказал уже все; я просто боялся, что Сильвио снова уставится в монитор, снова запустит это жуткое видео. Снова навалятся боль и ярость, а главное — чудовищная беспомощность.

— Ты проходишь через арку и оказываешься в глухом дворе, с четырех сторон беленые стены, узкие окна. Казарма, обычная казарма. На одной из стен — стальной венок и мраморная доска. Там расстреляли Штауффенберга.

Сильвио, с серым постаревшим лицом — он явно не спал этой ночью, в каком-то оцепенении смотрел на меня, но смотрел не в глаза, а на губы. Точно слова мои по мере произнесения обретали видимость, и он завороженно следил за их материализацией.

— Когда сработала бомба, Штауффенберг уже выехал из ставки. Он видел взрыв из машины. Добравшись до Растенбурга, он тут же вылетел в Берлин. Связался с участниками заговора, объявил, что Гитлер мертв и операция «Валькирия» вступает во вторую фазу — фазу захвата власти на местах. По плану армейские командиры должны были арестовать офицеров СС и гестапо. Штауффенберг сам обзванивал командиров частей Вермахта в Германии и на оккупированных территориях, убеждал немедленно выполнить приказ нового командования. Кое-где аресты начались, но большинство армейцев решило дождаться официального сообщения о гибели фюрера. Вместо траурной вести по радио объявили, что Гитлер жив.

Дьявольская магия сработала и на этот раз, бес и вправду был неуязвим. В рядах мятежников началась паника. Кто-то пытался бежать, другие предпочли выстрел в висок. Генерал резервного штаба Фромм, смекалистый малый, пытаясь замести следы своего участия в заговоре, тут же объявил заседание военно-полевого суда. Арестованных расстреливали немедленно. Фон Штауффенберг при аресте был ранен в плечо, его выволокли во двор и поставили к стенке. Он успел крикнуть: «Да здравствует священная Германия!»

Сильвио задумчиво провел ладонью по щеке и подбородку — проклюнулась щетина, седая, точно соль. За моей спиной тяжко сопел Шестопал, изредка я слышал, как он с мышиной осторожностью возится со своими телефонами.

— Когда я там был, в музее, народу не оказалось. Я один поднялся на третий этаж. В коридоре сидела обычная музейная старушка, она указала мне на дверь. Я вошел в кабинет Штауффенберга. Немцы щепетильны в вопросах аутентичности — в кабинете даже побелка на потолке была той же, что и при Штауффенберге.

Я прошел к окну. По стеклу шелестел дождь, внизу блестела мокрая брусчатка двора. Я увидел парадную дверь, рядом — стальной венок и доску: неожиданно смысл выражения «довести до ближайшей стенки» пронзил меня — Штауффенберга действительно расстреляли у самой ближней стены.

Я подошел к письменному столу, провел рукой по дереву — обычный сосновый стол, никакого аристократизма, за таким запросто мог проверять тетради деревенский учитель. Рядом с входной дверью находилась другая, поменьше, крашенная белой масляной краской. За ней туалет — спартанский кафель, унитаз, фаянсовая раковина, над ней зеркало. Я зачем-то повернул стальной кран и пустил воду, подставил руки. Вода оказалась холодной, почти ледяной. Я поднял глаза и посмотрел в зеркало;

в это желтоватое стекло много лет назад смотрел Клаус фон Штауффенберг, человек, который почти убил Гитлера. Меня передернуло, как в ознобе, я отпрянул от зеркала, закрутил кран и выскочил из ванной.

— Почему? — глухо спросил Сильвио.

— Не знаю... Как-то жутко стало. — Я попытался воскресить то ощущение. — Вдруг показалось, что времени нет... Что нет прошлого, вернее, что прошлое не исчезает. Все происходит одновременно, и ты можешь оказаться...

Я не договорил: моргнул экран компьютера, и там появилось новое видео.

38

На этот раз звук был. Жанна держала в руках листок бумаги и читала по нему, изредка поглядывая в камеру. Меня поразило даже не ее спокойствие, а какая-то обыденность поведения; было ощущение, что милая и не очень способная актриса без особой надежды на успех пробуется на эпизодическую роль в кино.

— Немедленно прекратите все попытки найти нас, — произнесла она с ровной интонацией. — При малейшей угрозе обнаружения мы примем меры. Фатальные и необратимые. Меры, которых бы хотелось избежать и нам, и тем более вам.

Она подняла глаза, облизнула губы. Она, безусловно, понимала, о чем идет речь, но страха в лице я не увидел.

— Мы следим за каждым шагом. Наши люди среди вас, они гораздо ближе, чем вы можете себе вообразить.

— Блеф, чистый блеф... — зло проворчал Шестопал.

— Немедленно остановите казни и репрессии. Верните солдат в казармы, уберите танки из города.

Жанна снова посмотрела в камеру, Сильвио, застонав, подался к экрану. После паузы она опустила глаза и прочла:

— Не делайте глупостей. — Потом, посмотрев в верхний угол экрана, спросила: — Все?

Видео кончилось. Мы с Сильвио, застыв, смотрели в монитор. Шестопал, уткнувшись в угол, бубнил в телефон.

— Видео загружено с мобильного устройства через вай-фай в ГУМе, — Шестопал вполголоса выматерился и добавил: — Обнаглели, сволочи... Прямо под носом... Я приказал прослушать аудио, фоновые шумы, может, там что-то надыбают.

Он замолчал. Сильвио тихо, словно в раздумье, произнес:

— А вдруг не блеф? Вдруг кто-то из своих?

— Я не очень себе представляю, кого в такой ситуации можно считать своим? — осторожно спросил я.

— ...И в школе так чисто сработали. — Сильвио устало закрыл глаза. — Так чисто.

— Нужно понять, чего они хотят, — проворчал Шестопал. — Тогда будет ясно...

Его телефон загудел, как сердитый шмель. Шестопал приложил аппарат к уху, мрачно буркнул:

— Ну!

— Чего они хотят? — тем же полусонным голосом произнес Сильвио. — Чего хотят?

— Глеб Глебыч, сообщает Харитонов! — Шестопал стал говорить быстро, нервно. — Из провинции прибывают поезда с какими-то рабочими, какие-то шахтеры, похоже на организованную акцию, судя по всему, и железнодорожники заодно. С трех вокзалов огромная толпа выдвигается на кольцо. Движение парализовано.

— Огромная? — Сильвио спросил тихо и снизу посмотрел на Шестопала. — Это сколько? Тридцать человек? Или триста? Или три тысячи?

Шестопал отступил. В это время зажужжал другой телефон, но он не решился ответить. Сильвио вскочил.

— Или триста тысяч? — заорал он. — Или, может, миллион?

Его шея побагровела, под кожей вздулась серая жила.

— Расстрелять триста человек, — тяжело дыша выплюнул он слова, — можно. Можно и тысячу. Можно остановить три тысячи. Можно пять. Но больше... больше... Просто физически невозможно. Физически, понимаешь? Если такая толпа двинет на Кремль...

Сильвио замолчал, потом строгим спокойным голосом приказал:

— Кабинет министров освободить. Немедленно. Всех собрать. Заседание через час.

— Глеб Глебыч, как освободить? Они же... — Шестопал растерянно держал в каждой руке по зудящему телефону. — Они ж нас схарчат... После того, что мы с ними...

— Знаю, знаю! — раздраженно махнул рукой Сильвио. — Нам время главное, время выиграть нужно!

Он застыл, точно что-то припоминая, потом повернулся к Шестопалу:

— Схарчат, говоришь? — усмехнулся он и покачал головой. — Не успеют.

Шестопал, грузный, как бизон, стремительно затопал к двери.

— Эй! — крикнул ему в спину Сильвио. — С Харитоновым свяжись! Чтоб дров не наломал! Не стрелять ни в коем случае! Ни в коем!

Сильвио наклонился, ткнул в селектор:

— Юра, всю информацию по Жанне немедленно ко мне! Как только — так сразу!

— Так точно, Глеб Глебыч!

— И все, связанное с этим... С этим тайным союзом «Звезды и молнии», мать его...

Он произнес это, и я оторопел — меня вдруг захлестнула волна ужаса, словно ангел открыл какую-то чудовищную тайну.

— Звезды и молнии... — пробормотал я. — Сильвио...

— Что?

— Мне нужно... — Я задохнулся, сердце подпрыгнуло к горлу, я махнул рукой куда-то в сторону. — Мне нужно... Туда, в город. Срочно.

39

Гитлер был дрянным художником, но оказался отличным дизайнером — это две совершенно разные профессии, что не совсем очевидно в сегодняшнем компьютерно-фотошопном мире, когда любой недоучка, кое-как на бумаге рисующий фигуру человека из кривых палочек и огуречков, но способный смастерить из клипарта корявый коллаж на мониторе, гордо зовется «график-дизайнер». С тем же успехом любая барышня, рифмующая слова в своем дневнике или блоге, может звать себя поэтом. Что она, разумеется, и делает. Я уверен, что если бы вместо политики Гитлер занялся рекламой, то его агентство ждал бы сокрушительный успех. У него было чутье, зоркий глаз, хваткий ум. Он понимал смысл и значение визуальной коммуникации и корпоративной идентификации, нутром чуял великую силу бренда. Не он придумал свастику, не он изобрел непобедимое сочетание цветов красный — черный — белый, не он первый использовал рунический орнамент как символ. Но он сумел талантливо объединить все элементы. В истории военного костюма вряд ли найдется что-то более убедительное, чем униформа офицера СС. Черная с серебряным шитьем, с красным акцентом, словно звонкая капля крови. А как вам дизайн немецкой каски?

Гитлер не просто принимал участие, он руководил визуальной частью оформления парадов, шествий, митингов. Разрабатывал рисунки знамен и штандартов, знаков и символов, все эти орлы и венки, скрещенные мечи и копья прошли через его руки, часто эскизы были начерканы его собственным карандашом.

Эстетика визуального ряда Третьего рейха почти полностью заимствована у Римской империи. Плагиат?

Нет, продолжение традиции. Дело в том, что в самом на-
звании государства подчеркивалась эта связь: Священная
Римская империя была Первым рейхом, а вторым — империя
Бисмарка, после победы Пруссии над Францией в 1871 году.
На одном из предвыборных плакатов национал-социалистов
были изображены в ряд четыре портрета — Фридрих Ве-
ликий, Бисмарк, Гинденбург и Гитлер с весьма талантли-
вым слоганом внизу: «Король завоевал, принц объединил,
фельдмаршал защитил, солдат сохранил и приумножил!»
Немец, любящий свою историю, испытывал чувство гор-
дости и причастности, он видел в новом фюрере мудрого
преемника, стоящего на защите традиций великой империи.
Веймарская республика, пораженная либеральной немо-
щью и демократической нерешительностью, поставила
Германию на колени, покрыла позором славные боевые
знамена, предала армию и народ. Всадила нож в спину — как
с излишней драматичностью утверждала пропаганда на-
цистской партии. А Гитлер (как и обещал) вернул стране
былое величие и славу. Ну и, разумеется, поднял Германию
с колен.

Слухи о тайном кремлевском метро, которые ходили еще в нашей школе, оказались абсолютной правдой.
Стандартный вагон доставил меня на станцию, двери
раскрылись, я вышел на пустую платформу. Рельсы были
проложены только с одной стороны, с другой белела глухая
стена из сизого мрамора, похожего на дешевое мыло. Ко мне
подошел офицер, я показал новенький пропуск, получен-
ный от Шестопала. Ксива была на порядок выше той, что
выдали Зине; мое фото, вделанное в голограмму, казалось
трехмерным, а в углу был впаян микрочип, как в кредитных
картах пятого поколения. Офицер проводил меня до эска-
латора, повернул тумблер, и лестница беззвучно поехала
вверх. Эскалатор тоже был всего один. Наверху меня ждал

некто в гражданском, я и ему показал пропуск. Он кивнул, жестом позвал за собой. Мы молча шли по узкому коридору, похожему на переход в нью-йоркском саббее, только чище. Остановились у внушительной стальной двери с кодовым замком. Мой провожатый (или как написали бы в старом романе «мой таинственный проводник») набрал комбинацию; зашипел гидропривод, лязгнул засов и массивная дверь плавно раскрылась. Два молодца в спортивных костюмах с десантными «калашниковыми» проводили меня до следующей двери.

— Открыто? — спросил я.

Парень кивнул и указал тупорылым автоматом на дверь.

— Спасибо.

Я повернул ручку, толкнул дверь и очутился в вестибюле нормального московского метро. Рядом с дверью на дрянном алюминиевом стуле сидел мент. Он поднял на меня сонный взгляд.

— А как назад? — спросил я. — К вам?

— Пропуск есть? — вяло спросил он.

Я показал.

— Все тип-топ. Ко мне.

— Что за станция?

— «Китай-город».

Народу было много, начинался час пик, откуда-то разило чебуреками. Я прошел мимо касс, оглянулся — мент снова задремал, сложив под животом уютные ладони. В длинном переходе под площадью пестрели те же ларьки, что и двадцать лет назад: торговали разноцветным мусором журналов, женскими колготками и очками, у аптечного ларька с рекламой, гарантирующей излечение от моего гастрита, две толстые тетки провинциального пошиба в ярких платках (рыжем и отчаянно-розовом) аппетитно закусывали чем-то жирным, капавшим из промасленной бумаги на замусоренный пол.

Меня постоянно толкали. Я отошел к стене, достал мобильник — кремлевский подарок. Включил дисплей, нашел в памяти номер Зины. Очень хотелось позвонить прямо сейчас, но я решил не рисковать. Выключил телефон и сунул обратно в карман.

После цветочной витрины, тесно забитой до потолка целлофановыми свертками с розами, хризантемами и тигровыми лилиями, шла лавка электронного хлама. Я подошел, стукнул пальцем в стекло. Молодая торговка подняла голову от планшета, без симпатии посмотрела на меня.

— Что? — Ее лицо было сильно накрашено, точно она собиралась выступать в кабаре.

— Телефон, мобильный. — Меня вдруг заклинило, я не мог сообразить, как перевести на русский простую американскую формулу «фон ту-го». — Телефон... с предоплатой, готовый к употреблению... есть?

— Не русский, что ль? — Она презрительно выпятила залакированную малиновым губу. — «Сонико», три тыщи семьсот.

Она выставила в окно коробку, похожую на упаковку детских карандашей. Цена меня чуть напугала — я понятия не имел, сколько это в долларах, цвет аппарата тоже слегка озадачил.

— Он же розовый.

— Ну и? — Торговка нагло уставилась на меня. — Да, розовый.

Я с христианской покорностью отсчитал купюры, забрал покупку. Девица напоследок взглянула — жалость пополам с ненавистью — и снова уткнулась в свой планшет. Я огляделся, нашел указатель «Выход к Славянской площади». На ходу растерзав упаковку, бросил картонку и целлофан в урну.

Телефон оказался не только розовым, он вдобавок был разукрашен сияющими стразами вроде фальшивых алмазов. Но главное, батарею нужно было заряжать от сети минимум два часа. Я выругался, сунул розового уродца в карман и вышел на улицу.

На площади, перед памятником изобретателям русских букв Кириллу и Мефодию, толпился народ. Это были казаки. Ряженные в овечьи папахи и бурнусы, перетянутые кожаными портупеями, с саблями и аксельбантами, казаки выглядели весьма живописно и напоминали цирковых зазывал. Один, в ультрамариновых галифе с алыми лампасами, вскарабкался на пьедестал и пытался прицепить к Мефодию (или Кириллу, не уверен, кто из них кто) какой-то транспарант. Тряпка развернулась и я прочел: «За веру, царя и отечество!»

Ни на лозунг, ни на самих казаков прохожие не обращали внимания. Москвичи спешили домой после работы, уже было около шести. Я пошел по Солянке. Тут ничего не изменилось: дома подкрасили, на углу появилась булочная с веселой вывеской «Пышка». Я свернул, знакомый городской пейзаж с почти родным островерхим силуэтом высотки чуть не вышиб у меня слезу. Я перешел на другую сторону, перешел автоматически — я так делал всегда в те годы.

Шурочка открыла сразу, молча впустила меня в прихожую.

Поджатые губы, чужой взгляд — она, видимо, только вернулась, на ней был строгий костюм, отвратительно коричневый, с золотыми пуговицами. Я уловил настроение и понял, что надо действовать решительно. Во-первых, зарядить телефон. Я быстро прошел на кухню, воткнул телефон в розетку.

— Я не хочу тебя видеть. — Шурочка остановилась в дверях, точно находиться в одном пространстве со мной ей было неприятно. — Уходи.

Привычным жестом я вытащил из-под стола табуретку. Шурочка брезгливо поджала губы. Я сел, внимательно посмотрел ей в лицо. Господи, что я там увидел! Я рывком расстегнул воротник рубашки, мне не хватало воздуха. Это напоминало сердечный приступ: кухня накренилась, серый линолеум кухни стал медленно уползать из под моих ног.

Нет, даже не слова! Не их смысл или тон, которым они были произнесены, имели значение. Нет, тут дело было в чем-то другом. Мы собачились и до этого и каких только слов друг другу не наговорили за эти годы! Но ведь любая добрая ссора — это страсть, пламя, это тот же огонь неравнодушия, от которого вспыхивает не только ярость. Сейчас меня поразило безразличие, ледяное и бесповоротное равнодушие. Смертельная индифферентность.

В ее глазах не было ничего, что имело хоть отдаленное отношение ко мне. Чужая — самое верное слово. Затасканное, оно вдруг наполнилось полновесным смыслом: мучительная обида, отчаяние, обморочная жалость к себе. К нашей разбитой вдребезги вселенной. Так нежнейший фарфор упавшей вазы, разлетаясь на тысячи осколков, моментально переходит из ранга ценности в разряд мусора.

Она заплакала. Беззвучно, с теми же поджатыми губами. Без эмоций, точно кукла. В глазах блеснула влага, потом из правого сползла капля, оставив на щеке серый след. Она (странно, ее имя стало чужим, даже мысленно я не мог его произнести) смотрела прямо на меня, но я знал, чувствовал, что слезы эти не имеют лично ко мне никакого отношения. Да и я сам, и весь гербарий моих пестрых чувств *к ней перешел в тот самый разряд мусора. И это случилось именно здесь и именно сейчас.*

Она плакала о себе. Она плакала о своей любви. Любви сугубо личной, необъяснимо ловким хирургическим приемом отсеченной от этого неплохо сохранившегося, в меру обаятельного, интеллигентного и порой даже остроумного мужика, возникшего и назойливо обосновавшегося у нее на кухне.

Надо мной распахнулась пустота — черные крылья безмолвной птицы. Подо мной раскрылась бездна в тысячу дантовых адов глубиной. Время застыло и потеряло смысл. Все потеряло смысл, без любви смысла нет, точка. Моя бедная душа сжалась в булавочную головку — вся она теперь состояла из мучительной обиды и жалости — да, жалости. Жалости к себе.

Где-то за стеной орал соседский младенец, орал надрывно, будто назло. Я замер в нерешительности: с одинаковым успехом я бы мог сползти на пол, забиться в угол и рыдать там до изнеможения или кинуться на хозяйку, зубами и когтями изорвать ее в клочья, после чего мощным и изящным броском выбить раму и вместе с брызгами оконного стекла рухнуть на пыльную мостовую набережной. Жизнь утратила смысл.

Балансируя на грани безумия — краткий миг, впитавший в себя целую жизнь: прозрачную тень румянца на ее щеке, упругий жар в моей восторженной ладони, точно я сжимал волшебный ключ от райских врат, долгий поцелуй, переходящий в тихий смех — она всегда смеялась после этого, горячий запах ее влажной кожи — кленовый лист с миндальной горчинкой, когда даже на груди выступали мурашки, а сосок твердел, как пуля, в моих пальцах, — я внезапно понял, что и моя коллекция воспоминаний абсолютно отстранена от этой неинтересной женщины в жутком костюме коричневого цвета. И даже сама мысль о каких-то притязаниях с ее стороны на причастность показалась мне возмутительно оскорбительной.

Память, сделав затейливый вираж, вернула меня в Мадрид, где я очутился пять лет назад почти случайно, почти проездом. В один из трех дней меня занесло на Пласа де Торос. Жара спала, вязкое солнце, потемнев, уже цеплялось за шпили собора. От дневного зноя, гомона крикливой толпы, от смуглых глазастых женщин и молодого красного вина из терракотовых кувшинов я сам казался себе почти испанцем. Душа идальго жаждала зрелищ, звонкие слова «бандерильеро», «дескабелло», «коррида» сулили сказку. На трибунах, на их солнечной стороне, было полно туристов; местные покупали билеты со штампом «сомбре» — в тени.

Многие из нас, туристов, забыли, а может, никогда и не знали, что слово «матадор» по-испански означает «убивающий». Что бандерильи, украшенные кладбищенскими цветами из пестрой бумаги, — это пики со стальным острием и крючком на манер гарпуна. Что за красным плащом, мулетой, в заключительной, третьей терции прячется шпага.

К концу первого боя я делал вид, что прикрываю глаза от солнца, так поступали многие, другие просто бежали. Какую-то толстуху вырвало прямо на трибуне.

В первом поединке участвовал белый бык. Кровь стекала черным вязким лаком по его бокам и спине, лилась на песок арены, превращаясь в грязь. Я не мог вообразить такого количества крови. Она все лилась и лилась, а проворные бандерильерос продолжали втыкать в него свои веселые копья. На моих глазах совершалось убийство. Медленное, мучительное убийство.

Когда матадор (это был один из «новельерос» — новичков) повернулся лицом к быку и, взмахнув плащом, выставил шпагу, я опустил голову. Лишь по реву толпы я понял, что все кончилось. Не глядя на арену, я вырвался на волю; душа моя, глупая романтическая душа, стонала от боли, от предательства, от лжи. Все оказалось враньем — я не увидел ни мужества, ни грации, ни благородства. Там не было ничего — лишь смерть, грязь и стыд.

40

На какой-то момент — секунду-час-век — я утратил связь с реальным миром, вернувшись, не обнаружил, впрочем, особых изменений — лишь небо за окном перекрасилось из тухло-желтого в пыльно-фиолетовый, да дверной проем стал пуст. В груди появилась тяжесть, точно меня заставили проглотить гирю, я проглотил, но она, зараза, застряла где-то на полпути.

Я поднялся, пару раз глухо стукнул кулаком в грудную клетку, вышел в коридор. Из гостиной доносился бубнеж телевизора, в приоткрытую дверь я увидел бок кресла и ногу в войлочном тапке, освещенную сизым светом экрана. Стараясь не скрипеть паркетом, я пошел дальше, тихо толкнул соседнюю дверь. Сквозь глухую штору едва пробивался свет, я скорее угадал, чем увидел, письменный стол в углу. Ощупав настольную лампу, нашел выключатель.

Рисунки аккуратной стопкой лежали на столе. На верхнем был изображен какой-то мускулистый боец с невероятно длинными когтями и головой тигра. В том, что я делал, было что-то мерзкое; я вытер потную ладонь о джинсы и осторожно, точно опасаясь оставить отпечатки пальцев, начал перекладывать листы. Рисунок, что я искал, нашелся, сложив его пополам, потом еще раз, я спрятал бумагу в карман.

Выключив лампу, вышел в коридор. По неясной причине, наверное, по той же, что злодей напоследок хочет взглянуть на труп, я зашел в гостиную. Телевизор продолжал бубнить. В трех метрах от экрана в кособоком кресле сидела женщина. Женщина даже не посмотрела на меня. Ее волосы, стянутые в тугой пучок на затылке, придавали

лицу что-то египетское, оно лоснилось от какой-то белой
мази. Застиранный ветхий халат разошелся, я отвел глаза
от вялой, мучнистого цвета груди. В комнате стоял душный
и сладковатый старческий дух. Только сейчас я почувствовал, насколько устал.

Выйдя на улицу, я быстро, почти бегом, направился
к арке. Не знаю почему, мне нестерпимо хотелось оказаться
как можно дальше от этого подъезда, от этого дома. В арке
я чуть на налетел на смутно знакомого старика с рыжей
таксой, такса тоже показалась почти знакомой, хотя, нет —
это вряд ли, таксы так долго не живут. Дед испуганно по-
сторонился, натягивая поводок, я что-то пробормотал, он
странно посмотрел на меня. Я еще раз извинился — и тут
до меня дошло, что, помимо всего прочего, в руке я сжимал
розовый телефон со стразами.

Выскочив из арки, я рванулся в сторону «Иллюзи-
она», но, добежав до угловой булочной, вдруг передумал.
У Астахова моста пересек дорогу. Может, чуть рискованно — взвыли тормоза, какой-то идиот нервно вдавил сигнал. Я тяжело дыша остановился, облокотился на парапет.
В висках упруго стучали тугис колотушки, пульс зашкаливал
под двести, никак я не ожидал, что часы, убитые в спорт-
зале, оказались в пользу бедных. Внизу темнела Яуза, вода
казалась пыльной. Она никуда не текла. Я зачем-то плюнул
вниз. Плевок получился неважный, во рту была страшная
сушь. Я несколько раз мучительно вдохнул, поднес телефон
к глазам и набрал номер. После пяти гудков включился
автоответчик.

— Зина, это… это я, — запнувшись, начал я. — Пожалуйста, перезвони мне. Немедленно. Это очень, очень
важно.

Второе слово «очень» я произнес со страстным нажимом. Страсть была, явно не хватало аргументов.

— Я один, звоню с улицы. Да! Телефон этот чистый, я его купил в переходе.

От последнего довода я с досады топнул ногой — ну кретин! — купил в переходе! — надо было срочно закругляться, пока не наговорил еще какой-нибудь дичи.

— Все! — выдохнул я. — Жду!

Нажал отбой и стал ждать.

Вдруг вспомнил: старик с таксой — это ж знаменитый актер, кажется, из Ленкома, он и при мне жил в центральном подъезде; фамилия выпала напрочь, но лицо, то, молодое лицо, вспомнилось ясно. Он обычно играл рефлексирующих комиссаров с честным взглядом, приносящих себя в жертву.

Колокольчиками забренчал Моцарт — я не сразу понял, что это мой телефон. Голос у Зины был серьезный, она сразу согласилась встретиться. Неожиданно она обращалась ко мне на «вы».

— Неважно где, — торопил я. — Главное — немедленно!

— Хорошо, хорошо. Только в людном месте, в центре где-нибудь.

— В центре ГУМа, — брякнул я, — у фонтана.

— Хорошо, там. Сорок минут, успеете?

Я там был через полчаса. Магазин почти не изменился, затейливые завитушки псевдорусского интерьера были свежепокрашены пастельными цветами, каменные шишечки и резные оконца кокетливо отражались в череде бесконечных зеркал. Там же, в зеркалах, выныривало и мое мятое лицо, как случайный и ненужный элемент, нарушающий сказочную гармонию почти дягилевского размаха. Вывески «Тиффани», «Картье» и «Ролекс» тоже вносили эклектичный диссонанс, впрочем, добавляя легкий привкус постмодернистского декаданса.

Вокруг фонтана стояли хлипкие столики с венскими стульями, над ними бумажным цветом цвела фальшивая сакура. В соседнем нефе сиял белый рояль, за которым некто во фраке негромко упражнялся в Шопене. Ко мне подкралась мелкая официантка, чернявая, парижского пошиба. Интимно пригласила присесть. Я взглянул на часы и присел. Заказал коньяк.

Время шло, Зины не было, она опаздывала уже минут на десять. Мимо бродили провинциальные зеваки, фотографировались на фоне оскорбительно роскошных витрин. Я допил остатки коньяка и попросил счет. Тут из моего внутреннего кармана запиликал «Турецкий марш», и я быстро вынул розового урода.

— Ну и где ты? — строго спросил я.

То, что это была Зина, я не сомневался, она была единственным человеком во вселенной, кто знал этот номер. Даже я его не знал.

— Снаружи. Выходите, я сама вас найду.

41

Вечер плавно перетекал в ночь, душную, сентябрьскую, пропахшую бензином и теплой пылью. Небо еще не погасло, на западе умирало пунцовое зарево, на котором с театральной условностью чернел силуэт угловой башни Кремля (кажется, Водовзводной) и зубчатой стены. На Лобном месте кипела какая-то веселая суета: там, в больничном свете ртутных ламп, сновали рабочие, звенел металл, стучали молотки — там что-то сооружали, похожее на сцену. Вокруг толпились зеваки, непрерывно мигали вспышки камер. Какая-то девица истерично хохотала, точно ее пытались защекотать до смерти.

— Привет! — Кто-то тронул меня за локоть.

Я повернулся. На Зине был тугой темный платок, из которого выглядывало почти монашеское лицо.

— Тебя не узнать, — сказал я. — Куда ты меня тянешь?

Мы влезли в самую толпу. Я не очень понимал зачем, но вопросов решил не задавать.

— Телефон? — Она притянула меня, негромко спросила: — Что вы сказали про телефон?

— Мне там, — я кивнул на Спасскую башню, — дали мобильник. Думаю, он прослушивается. Или в нем маяк... Поэтому я купил в переходе...

— Дайте мне тот. Их.

Я вынул из кармана телефон, протянул Зине. Она взяла мобильник, неожиданно ткнула стоявшего перед ней мужика с рюкзаком. Тот повернулся, оказался парнем лет двадцати.

— Не знаешь, что там мастерят? — спросила она.

— Концерт, говорят, будет.

— Супер! Сам откуда?

— С-под Питера.

— Супер! — повторила Зина и задорно оскалилась. — Добро пожаловать в столицу!

— Спасибо... — растерянно ответил парень и отвернулся.

Зина приоткрыла карман его рюкзака и аккуратно опустила туда мой мобильник.

— Пошли.

Она торопливо шагала мимо витрин, иногда быстро озираясь. Я едва поспевал за ней. Свернули на Никольскую, там тоже было людно.

— Погоди... — попытался я остановить ее. — Надо поговорить.

— Говорите, — не сбавляя шага и не глядя на меня, коротко бросила она.

— Я все знаю! — грозно объявил я, Зина даже не обернулась.

— Что все? — спросила она на ходу.

— Все! Я знаю, что мой сын связан с этими... — Я запнулся, мой голос вдруг стал по-учительски гнусным. — Вы не представляете себе, в какую мерзкую, в какую опасную историю вы вляпались! Вы думаете, это прятки, казаки-разбойники? Игра в индейцев — стрелы и молнии! Не знаю, какой подлец втянул вас, детей, в эту преступную затею...

На ходу я стал вытаскивать из кармана рисунок, расправлять бумагу. Зина остановилась, я с разгона налетел на нее. Она мельком посмотрела на рисунок. Сбоку открылась дверь, оттуда пахнуло жаркой свежей сдобой. Зина закусила губу, она что-то быстро обдумывала, глядя мне в подбородок.

— Что им известно?

— Не знаю, — пожал я плечами. — С утра многое могло измениться. Ты себе не представляешь, какие силы брошены на...

— Конкретно! Что им конкретно, — она зло посмотрела мне в глаза, — известно?

— Пока ничего. Но повторяю...

— Что они собираются делать?

— Делать? Что делать? — Я взмахнул руками. — Он отец! Это его дочь! Он сделает все, чтобы ее спасти! Господи! Что они собираются делать?! Вас сотрут в порошок и развеют по ветру — вот что они собираются делать!

Проходящая пара, пожилая, московского интеллигентского пошиба, одинаково укоризненно поглядела на меня. Они синхронно покачали головами. Я давно обратил внимание, что муж с женой к концу жизни становятся неумолимо похожи друг на друга, причем не только повадками, но и внешне. Некоторые вообще напоминают близнецов. Зина ледяным тоном спросила:

— А что вам нужно? Лично вам?

— Мне?! — Я задохнулся, потом заорал: — Что нужно мне?

Пара приостановилась. Жена, явно бывшая вузовская профессорша, проникновенно обратилась к Зине:

— Будьте осторожны, милочка. Таким, — она презрительно скользнула по мне взглядом, — таким только одно нужно.

Поджав губы, профессорша потянула мужа дальше в сторону Красной площади. Мне жутко хотелось что-то крикнуть старой стерве, но я не нашелся и набросился на Зину:

— Что мне нужно?! И это ты спрашиваешь меня? Ты в своем уме? Что происходит с вашим чертовым поколением? Я думал, думал — это только в Америке, из-за этих ублюдочных компьютеров молодежь превратилась в стадо бесчувственных идиотов. Душевных импотентов! Айпады-айфоны! Чмоки-чмоки, смайлики, бубочки!

— Конкретней можно? — перебила меня Зина; на ее лице появилось выражение, которое возникает у женщин прямо перед тем, как они собираются влепить тебе пощечину.

— Конкретней? — заорал я. — Можно! Не уверен только, что ты поймешь.

— А ты попробуй!

Кажется, мы снова перешли на «ты», но я не стал язвить, а постарался говорить спокойно и вразумительно.

— Я узнал, что у меня есть сын, всего неделю назад. Мой отец погиб, когда мне не было и четырнадцати, матери я вообще не помню. Я рос один, я знаю, что такое одиночество. Прекрати ухмыляться! Что ты об этом знаешь? Что ты знаешь о боли? Когда... когда тебе так скверно, так больно тут, — я кулаком стукнул себя в грудь, — что хочется просто сдохнуть. Сдохнуть! Для тебя это сладкие слюни, щенячьи нежности — пусть, пусть... да и не дай тебе бог узнать этой боли! Не дай бог...

Я запнулся; со стороны Лубянки донесся истошный вопль, какой-то звериный и от того еще более жуткий, что было ясно: это кричит человек. Вопль оборвался, и тут же вслед за ним раздался рев толпы — так в тысячу глоток орут болельщики на стадионе после забитого гола. Вместе с ревом долетел бой барабанов. «Така-така-така-так», — дробно гремели барабаны. Звук нарастал, ширился. Мимо нас в сторону Красной площади побежали люди с испуганными лицами.

— Что там? — крикнул я, пытаясь остановить хоть кого-то. — Что?

Люди бежали, какая-то женщина хотела что-то сказать, но махнула рукой и кособоко побежала дальше. На одной туфле у нее был сломан каблук. Барабаны гремели все ближе и ближе. Я ухватился за водосточную трубу, подтянулся, встал на раму витрины.

— Ну? Что там? — Зина дернула меня за штанину.

Вся Лубянская площадь была забита народом. Плотная толпа, точно густая лава, втекала на Никольскую и неспешно ползла к Кремлю. Неспешно и неукротимо. Я вспомнил слова Сильвио — неужели он прикажет стрелять?

— Толпа! — Я спрыгнул на асфальт. — Прет толпа.

— Надо бежать! — Зина схватила меня за рукав. — Что ты стоишь, как...

Она не нашла сравнения, а я подумал о пулеметах на Кремлевской стене.

— Туда нельзя. — Я распахнул дверь в булочную. — Давай сюда! Наверняка есть выход во двор.

42

Мы вылезли в окно. Пробирались дворами, потом через какую-то стройку. Неожиданно вышли к пустырю, обнесенному забором.

— «Площадь Революции»... — Задыхаясь, я вытер лицо рукавом. — Метро.

На станции «Охотный Ряд» было людно и шумно, в испуганном гуле голосов то и дело повторялось одно слово: «Шахтеры». Подошел поезд, мы втиснулись в вагон. Какая-то тетка (лица я не видел, лишь всклокоченный затылок) громко пересказывала события. Вспыхнула неизбежная русская склока, страстная и абсолютно бессмысленная.

— А вам говорю, мильон! А может, и больше!

— Вы, гражданка, представляете себе миллион человек? — язвительно вопрошал высокий мужской голос.

— Вас там не было! — парировала тетка.

— А я вам говорю, что на всей Лубянской площади может от силы тысяч пять поместиться. Ну семь. Ну уж никак не миллион!

— Ну, так они с других улиц перли! Вот ведь голова садовая!

— Не смейте меня оскорблять! — взвился голос до фальцета.

— Да нужно мне очень! Оскорблять его...

На середине перегона включилась трансляция в вагоне:

— Граждане пассажиры! — Мрачный голос машиниста прорвался сквозь треск динамиков. — На станции «Лубянка» высадка и посадка пассажиров производиться не будет. Поезд проследует без остановки. Повторяю...

Вагон притих, колеса настырно долбили один и тот же нервный ритм. Внезапно взвыла сирена локомотива, с этим жутким воем, усиленным и умноженным подземным эхом, мы вырвались из тьмы и понеслись мимо ярко освещенной платформы. Платформа была забита, эти люди стояли стеной.

Не сбавляя скорости, мы неслись мимо них; на платформе поднялся страшный гвалт, люди орали, размахивали руками, кто-то саданул бутылкой в окно. По стеклу паутиной расползлась трещина, с той стороны потекла какая-то пузырчатая гадость.

Мы летели мимо яростных лиц, мимо безумных глаз, мимо орущих ртов — я был уверен, если бы им удалось ворваться в вагон, нас бы просто растерзали. Сирена наконец заткнулась, состав нырнул в туннель. Вагон болтало, я дотянулся до стального поручня, мерзко теплого от чьей-то ладони. Машинист выжимал на всю железку, казалось, он тоже побаивался, что нас догонят те, со станции. Стальной перестук слился в могучий утробный гул, от вибрации пола зудели пятки; мы уже неслись, почти не касаясь рельсов — такое ощущение по крайней мере было у меня. Впрочем, похоже, не только у меня — Зина намертво вцепилась мне в руку, ее ногти все сильнее и сильнее впивались в мою ладонь. Прижав ее плотней, я зачем-то поцеловал ее в макушку, в черный монашеский платок.

Неожиданно поезд начал тормозить. Хрипло завизжала сталь, точно точили гигантскую саблю. Пассажиров кинуло вперед. Народ испуганно заохал, кто-то во весь голос коротко выматерился. Потом наступила жутковатая тишина. За окном чернел туннель в толстых щупальцах пыльных проводов. Люди начали перешептываться. Некий балагур, непременный персонаж любой группы людей, строгим баритоном произнес:

— Поезд дальше не пойдет. Просьба освободить вагоны!

Никто не засмеялся. Ожили динамики, раздался хруст, словно кто-то мял яичную скорлупу у микрофона. Машинист кхекнул и хмуро произнес:

— Поезд возобновит движение через несколько минут. Ждем сигнала.

Он прокашлялся и выключил трансляцию. Снова стало тихо. Было что-то необъяснимо гнетущее в этой тишине: люди молчали, казалось, старались не дышать, точно малые дети, что прячутся под кроватью от Бабы-яги. Впрочем, я сам был не лучше. Беззвучно сделав глубокий вдох, я прикрыл глаза и начал медленно считать от ста в обратном порядке.

Минуты через три в вагоне снова возник голос машиниста:

— Ждем зеленого сигнала. Прошу всех пассажиров сохранять спокойствие. Поезд возобновит движение, как только...

Внезапно трансляция оборвалась. И тут же, буквально через секунду, лампы в вагоне нервно заморгали и погасли. Стало темно, абсолютно темно. В этой кромешной черноте какая-то женщина рядом скорбно выдохнула:

— Приехали...

Зина притянула меня, испуганно прошептала в самое ухо:

— Мне кажется... я задыхаюсь.

— Дыши. — Я взял ее за плечи, постарался локтями отодвинуть стоявших рядом. — Глубже дыши.

В другом конце вагона мужской голос нервно потребовал:

— Ну не напирайте же вы в конце концов, честное слово! Напирает и напирает!

Кто-то крикнул:

— Тут женщине плохо!

— Господи! — заорал кто-то. — Ну сделайте что-нибудь! Она ж падает!

Поднялся гвалт, казалось, что орут все, причем все одновременно.

— Ах ты, сука! — Я услышал звон хорошей оплеухи. Вокруг меня матерились, визжали. — Отпусти меня, гад! — истошно вопил сиплый фальцет справа.

Толпа заходила, кто-то лягнул меня в голень. Я сгорбился, прижав Зину, выставил локти, пытаясь ее защитить. Там и сям включились сизые экраны мобильников, тусклые, как могильные огни, они не освещали ничего.

— Сигнал пропал! — истерично крикнул кто-то. — Был, а теперь нету!

Странным образом эта новость тут же остановила драку. Возня прекратилась, по толпе тревожно зашелестело — и у меня нет, и у меня, у меня тоже нет.

— Ты слышишь? — испуганно прошептала Зина.

— Что?

— Пол...

Я не услышал, я почувствовал. Пол едва уловимо вибрировал.

— Что это? — прошептала она.

Я рассеянно пожал плечами, вспомнив про темноту, буркнул что-то неопределенное. Решил не говорить, что мне это напоминает приближающийся поезд. Вибрация определенно усилилась, мужик рядом испуганно спросил:

— Что там зудит? Вы слышите?

— Где? Что? — раздалось со всех сторон. — Что?

Среди гомона кто-то ясно произнес слово «поезд» — и тут же все подхватили и затараторили: это поезд, поезд, другой поезд, с той станции поезд...

— Он нас не увидит! У нас же огней нет! Там, сзади, красные...

— Ему по рации передадут! У них тут везде рация!

— Какая, на хер, рация! Все сломалось к ядреной матери! Рация! Во козел!

Неожиданно ор перекрыл властный голос:

— Кончай базар! Это генератор.

— Какой? Где? Что? — заголосили вокруг.

— Аварийный генератор. Он автоматом врубается через пять минут, если движку каюк. На нем кондей и освещение...

Точно в цирковом фокусе, тут же включился свет. Человек не успел договорить, и лампы зажглись — вполнакала, мутно, но все-таки это был свет.

— Ну вот... — спокойно сказал тот же голос.

Я вытянул шею, пытаясь разглядеть фокусника — им оказался плешивый мужичонка с лицом дворового доминошника. Загудел кондиционер, через минуту состав тронулся.

— Господи, — прошептала мне куда-то в ключицу Зина. — Я так перетрусила.

43

Мы вошли в здание Савеловского вокзала ровно в полночь — минутная стрелка на больших часах дернулась и, слившись с короткой, уткнулась в двенадцать. Я ни о чем не спрашивал.

— Черт, только ушел! — Зина недовольно разглядывала табло пригородных поездов. — Следующий в ноль двадцать. У тебя деньги есть?

С билетами до четвертой зоны мы вышли на перрон, нашли нашу электричку. Она шла до станции «Калязин Пост». Я совершенно не знал Савеловского направления, понятия не имел, где этот Пост, очень расплывчато представлял, куда вообще с этого вокзала можно доехать.

Мы шагали вдоль состава, шагали мимо пыльных окон, за которыми редкие пассажиры читали или дремали, нахохлившись, как хворые куры. Зашли то ли в четвертый, то ли в пятый вагон, прошли в середину. Сели у окна напротив друг друга. Зина закрыла глаза и сложила ладони, точно собиралась молиться.

Я прислонился к жесткой спинке, повернулся к окну. Глядя сквозь муть своего отражения на пустой перрон, на фонарь с конусом размытой желтизны, тускло освещавший массивную урну, похожую на античную вазу, я не мог поверить, что все случившееся сегодня могло уместиться в один день. Могло влезть в каких-то десять часов обычного земного времени.

В вагон вошел мужчина в пролетарской кепке, небритый и, похоже, нетрезвый. Он без симпатии взглянул на меня, шумно уселся в конце вагона. Я снова уставился в окно. По перрону пробежал военный; он на ходу отчаянно с кем-то собачился по телефону, очевидно, с подругой, называя ее то «курвой», то «шмарой» и обещая отодрать как сидорову козу.

Двери внезапно зашипели и с грохотом закрылись. Непонятно зачем я взглянул на часы — все точно, ноль двадцать, Зина не шелохнулась, даже не приоткрыла глаз. Состав дернуло, надрывно, с тяжелым лязгом. Перрон, фонарь, урна поплыли назад, перрон побежал, побежал как-то вдруг и быстро оборвался, и окно заполнила скучная чернота.

Я наклонился к Зине, тронул пальцем ее руку.

— Расскажи про моего сына.

Она приоткрыла глаза. Она не удивилась, начала рассказывать про Новый год, как они ездили в Питер, как там все время шел дождь, но все равно было весело и хорошо. Что Русский музей почему-то был закрыт, зато по Эрмитажу они бродили весь день.

— Он рассказывал, что Леонардо на самом деле был весьма заносчивым мужиком, при этом чистюлей и модником, сам придумывал себе костюмы — Версаче отдыхает: с золотым шитьем, всякими кружевами, — хипстер, короче. А Микеланджело, тот был брутальный, он мрамор рубил, сам грязный, потный — скульптор. Тем более ему в детстве нос сломали. И очень его этот красавчик Леонардо выбешивал...

Поезд на полном ходу проскочил мимо пустого перрона, пролетело невразумительное название станции — «Окружная».

— Но вот они наконец столкнулись: там какой-то тендер устроили, в Венеции, что ли...

— Во Флоренции, — не удержался я. — Синьория решила заказать фреску для Дворца дожей.

— Так ты знаешь?

— Говори, говори.

Она подозрительно взглянула на меня и продолжила:

— Ну да, во Флоренции. Венеция — там гондолы.

Я вспомнил, как первый раз приехал во Флоренцию, приехал из Рима ранним поездом, невыспавшийся и злой вышел на привокзальную площадь. Мокрая площадь сияла, точно стальная. Ливень только закончился, на запад уползала мохнатая чернильная туча, из-за зеленых гор еще торчала ее взлохмаченная макушка. Я сел в такси, водитель обернулся узнать адрес — водителем оказалась молодая женщина с рыжей жесткой шевелюрой и невероятно светлыми глазами, такие бывают у собак-хаски — серо-голубые, с каким-то внутренним свечением. Через два часа точно такие же глаза я увидел в Уффици (гостиница оказалась буквально за углом) у женщин Боттичелли — у гордо шагающей лукавой Флоры и у белолицей, чуть рассеянной Венеры.

— Эй! Ты спишь?

Я вздрогнул и проснулся.

— Нет, — зачем-то соврал я. — Просто глаза прикрыл. Говори, говори.

44

Микеланджело, серый от мраморной пыли, вышел из мастерской перевести дух. Сел на тупеньки, щурясь, подставил лицо осеннему солнцу. По теневой стороне улицы шагала шумная компания: полдюжины щеголей крутились вокруг важного красавца в малиновом берете с орлиным пером. Микеланджело узнал Леонардо. Тот остановился, указал спутникам на скульптора.

— Перед вами великий творец Пьеты! Шапки долой — вот он, гениальный Буонаротти! — Леонардо первым сорвал с головы берет, склонился, прочертив пером дугу по мостовой.

Вся компания в предвкушении какой-то забавной выходки стала раскланиваться.

— Многие считают его, — Леонардо ткнул пальцем в сторону Микеланджело, — лучшим мастером Италии. Многие считают его даже талантливей меня!

Спутники Леонардо протестующе загалдели.

— Вопрос, безусловно, спорный. — Леонардо засмеялся. — Но есть кое-что более очевидное: я творю свое искусство легкой кистью, подобно Орфею, что ткал свои мелодии из воздуха. Взгляните на меня — вот миланские кружева, а вот тосканское шитье, от меня пахнет лавандой и розовым маслом, мои руки чисты, а пальцы тонки, как у лютниста.

Леонардо неспешной походкой пересек улицу, подошел к скульптору, за ним потянулась его компания.

— Теперь взгляни на себя, Буонаротти! — трагичным голосом продолжил да Винчи. — Ты одет в рубище, точно нищий, ты грязен, тебя можно принять за обычного каменотеса, что рубят мрамор в Каррарских горах. Ты больше похож на жалкого раба, чем на вдохновенного служителя Аполлона. Мне жаль тебя, Буонаротти!

Леонардо снова поклонился. Все засмеялись.

— Не трать своей жалости напрасно. — Микеланджело, не вставая со ступенек, закатал рукав. — Взгляни на мою руку, да Винчи. Да, она грязна и некрасива, но так выглядит рука настоящего мужчины, который занимается мужским искусством. Искусство, что творится из камня, творится резцом и молотом, потом и болью. Твое же искусство, не спорю, прелестно, но это красота шитья бисером, ремесло, которое больше к лицу девице. Впрочем, в одном ты прав — руки твои, безусловно, красивы. Как руки белошвейки.

Свита Леонардо заулюлюкала, отдавая должное остроумию скульптора. Леонардо тоже усмехнулся. Он огляделся, поднял с мостовой подкову.

— Ты говоришь, что руки мои не отличить от рук белошвейки?

Все притихли.

Леонардо сжал концы подковы и медленно разогнул ее. Бросил железку к ногам Микеланджело.

— А теперь попробуй согнуть ее обратно своими мужскими руками, каменотес!

С показным равнодушием Леонардо тщательно вытер ладони батистовым платком, сунул его обратно в рукав. Да, это был триумф — свита восторженно заорала, от крика ленивые сизари, бродившие по мостовой, испуганно взвились в синее флорентийское небо, а я, открыв глаза, очутился в тусклом вагоне подмосковной электрички Савеловского направления. Наш поезд, гася скорость, подходил к какой-то станции.

— Где мы? — рассеянно спросил я.

— Катуар, — насмешливо ответила Зина. — Опять не спал?

Появился контролер, мрачный, как кладбищенский сторож. Он без слов пробил наши билеты стальными клещами, потопал дальше. Пока я путешествовал во Флоренцию, пролетарий, сидевший в углу, исчез, и мы остались одни в вагоне. Поезд плавно тронулся, таинственный Катуар сонно поплыл за окном пустой платформой, забором, призрачной вывеской продмага и желтым мигающим светофором на безлюдном перекрестке.

Я хотел спросить, долго ли еще, но не успел: в тамбуре кто-то завопил, визгливо, по-бабьи, потом со звоном жахнули бутылкой о металл, со звоном стекла донесся гогот. Я оглянулся — в наш вагон ввалились двое парней и одна девчонка. На вид им не было и двадцати. Зина взглянула на них и быстро отвела глаза. Я пересел, положил руку ей на плечо.

Девчонка (моя тетя таких называла «лахудрами») продолжала смеяться, истерично закидывая голову, на шее у нее была какая-то татуировка, издали похожая на кляксу. Один из парней, бритый под ноль битюг, старался поднять девчонку, обхватив за бедра. Лахудра визжала и отбивалась, впрочем, скорее для виду. Третий, вертлявый и черный, как цыган, пил из литровой пластиковой бутыли какую-то гадость. Наверное, пиво. Я почувствовал, как Зина напряглась и выпрямила спину.

Цыган, приметив нас, крикнул приятелям:

— Гля, лохозавр с манеркой! — Он сделал большой глоток, пойло полилось по подбородку на спортивную фуфайку.

Парень встал в проходе, скаля мелкие, какие-то рыбьи, зубы.

— Обаце! — Бритый битюг, уставившись на меня, продолжал мять лахудру.

Лахудра сипло хихикала, дурашливо похрюкивая. Ее майка задралась, белый, как тесто, живот вывалился, татуировка на шее оказалась ласточкой с красным сердечком в клюве.

Все складывалось очень скверно. Я прикинул, что мог бы отправить цыгана в нокаут. Справиться с битюгом было бы сложнее, плюс со мной была Зина — я не мог просто ударить и убежать.

— Послушайте, ребята... — начал я непринужденно, точно беседовать с хулиганами мне приходилось каждый день.

— Ребята! — Лахудра завизжала, будто ничего смешней в жизни не слыхала. — Ой, не могу...

Цыган тоже зашелся, битюг залез лахудре под майку, ухватил за грудь.

— Ой, не могу! — повторяла она в изнеможении, не обращая внимания на ласки поклонника.

Цыган приблизился и загородил проход.

— Послушайте... — сказал я строже, приподнимаясь со скамьи. — К вам по-человечески...

— Тебе, что, терпило, зубы жмут? — подавшись ко мне, вспылил цыган. — Ща, мухой поправлю.

Зина потянула меня за рукав, я снова сел.

Дальнейшие события раскручивались с мучительной предсказуемостью ночного кошмара, когда все твои худшие опасения тут же реализуются одно за другим. Цыган поставил на лавку бутыль, быстрым движением достал из заднего кармана бритву, ловко выкинул узкое лезвие.

— Лопату покажь, — он отвел руку, точно собирался полоснуть меня по лицу. — Пыро!

Я достал бумажник, цыган вырвал его из моих рук, хотел передать битюгу. Лахудра цепко перехватила.

— Ептыть! — заорала она. — Бабла вагон! Зелень, без бэ в натуре!

Она загоготала и вытащила пачку долларов. Битюг сграбастал валюту своей клешней, отнял у нее бумажник, стал рыться, выворачивая бумажник наизнанку.

— Мобилу давай! — весело приказал цыган. — И бикса тоже! Еще какая ботва есть?

Я достал свой розовый телефон, протянул ему.

— Ну, Вася, ты жжешь! — Он схватил мобильник, показал битюгу. — Гля, Слоня, какой педрильник, ну не могу!

Битюг тоже заржал. Захохотала и лахудра. Зина громко прошептала мне в ухо:

— Сиди смирно!

Дальше началось кино. Реальность распалась на фрагменты, похожие на стоп-кадры из рекламного ролика, где брызги неожиданно застывают в воздухе, время становится тягучим, как смола, а луч света раскладывается на хрустальные составляющие, радужные, как на обложке альбома «Пинк Флойд».

Я не видел, как Зина поднялась с лавки, — я смотрел на цыгана: на его лице появилось странное выражение, что-то вроде прелюдии к удивлению. И почти одновременно Зина ударила его ногой в пах — это я видел точно. Цыган беззвучно разинул рот, пытаясь то ли крикнуть, то ли вдохнуть. В тот же момент Зина, пружинисто подскочив на месте, влепила пяткой ему в подбородок. На ней были мотоциклетные башмаки на толстой подметке, высокие, на шнуровке — башмаки я заметил раньше, в них она дюйма на три выше. Цыган, раскинув руки, отлетел к противоположному окну, гулко стукнувшись затылком в стекло. Где-то звякнула упавшая брита.

Все это заняло секунды две. Думаю, спутники цыгана просто не поняли, что произошло: лахудра еще продолжала хихикать, а битюг — потрошить мой бумажник. Цыган выглядел неважно: он был без сознания, челюсть выбита, из носа на тренировочную фуфайку текла темная кровь. Меня удивило обилие крови.

Зина скользнула в проход, упруго приняла стойку, выставив вперед левую руку.

— Быдло-гоп-спортивные-штаны, — сказала она, медленно наступая на битюга с подругой. — Рамсы попутал, братюня.

Лахудра завизжала — до нее наконец дошло. Битюг — смесь недоверия с изумлением — как завороженный, смотрел на неподвижного приятеля.

— Быстро бабки в лопатник! — коротко приказала Зина. — Эй ты, жоханый олень, кому говорю! Бабки в лопатник!

Битюг неуклюже пытался впихнуть купюры обратно в бумажник.

— Справился? Положи на скамейку!

Тот не справился, но тут же положил бумажник на лавку.

— А теперь... — Зина сделала к ним шаг. — На цырлах отсюда — бегом марш!

И они действительно побежали. В проходе валялся мой розовый телефон, я поднял. Поглядел на неподвижного цыгана.

— Пошли отсюда. — Зина быстро протянула мне бумажник, и я увидел, как у нее тряслись руки. Просто ходили ходуном.

45

Мы выскочили на следующей станции с унылым названием «Трудовая». Квадратные часы на столбе показывали несуразные без пяти девять, на платформе было пусто. Спустились по железной лестнице, внизу Зина неожиданно рванулась к кустам, я услышал, как ее вырвало. Бумажник во внутреннем кармане топорщился, но достать и сложить деньги как следует у меня не хватило духу — после рук битюга дотрагиваться до него было противно.

Пересекли куцую площадь, пустую и темную, в чахлом пристанционном скверике притаился на постаменте гипсовый Ленин, мелкий, не крупней ребенка. Тут пахло пылью и жасмином, за кустами угадывались какие-то невзрачные дома, на высоком столбе сиял бесполезный фонарь, освещавший кусок бурого неба.

На ощупь выбрались на кривую улицу. Из-за поворота выпячивала оштукатуренный бок церковь, слишком белый даже в ночи. На паперти в неудобной позе спали нищий и пара собак.

— А когда жасмин цветет? — неожиданно спросила Зина.

Она шагала чуть впереди и спросила не останавливаясь.

— Весной, — нерешительно ответил я. — Наверное. А что?

Улица пошла круто вверх, асфальт кончился, под каблуками захрустел гравий — у меня на секунду появилось чувство, что там, за холмом, должно быть море. Моря не оказалось; с холма открывались какие-то сумрачные поля, тускло сияла река, на юге грязным заревом тлела

Москва. Этот отсвет дополз до середины неба, окрашивая все вокруг густой сепией. Возникло жутковатое ощущение, что мы стоим на дне какого-то гигантского озера, заполненного темной болотной водой. Воняло влажной сажей, очевидно, болота продолжали гореть.

— Что за река? — спросил я, хоть мне было совершенно плевать на это.

— Водохранилище. Пошли.

Мы топали уже не меньше часа по проселку, иногда попадались фонарные столбы, дорожные указатели каких-то деревень. Мы не встретили ни одного человека, мимо не проехала ни одна машина. Прошли через населенный пункт со странным названием Явь, деревня кончилась, не успев начаться. Из-за кривого забора нас облаял пес; на краю деревни в брезгливом отдалении от лачуг за кирпичной оградой громоздилась недостроенная вилла с почти рыцарской башенкой и флюгером в виде птицы.

Потом бесконечно потянулись чахлые огороды. За березовой рощей свернули, каким-то образом я почувствовал, что мы почти пришли.

— Рядом? — спросил я.

— Да.

Мы пошли по тропе, узкая полоса белела впереди, точно отсвет луны. Никакой луны не было, над нами темнели неподвижные деревья. Пахло осенью. Пахло сухим дубовым листом и дымом. Я шагал за Зиной, тихий стук наших башмаков о битую глину тропы сплетался в деревянный ритм, казалось, вот-вот и вступит какая-нибудь грустная флейта, выведет нежную мелодию о бренности этого мира. Корни деревьев в руку толщиной пересекали тропу, похожие на спящих удавов. Я знал, что это корни, но все равно старался на них не наступать. В просвете между деревьев показалась стена, за ней — какая-то башня вроде заводской трубы.

— Что там? — почему-то шепотом спросил я.

— Монастырь.

— Женский, надеюсь?

Зина не ответила.

Монастырь напоминал крепость, коренастую, с высокой стеной и сторожевыми башнями по углам. Заводская труба оказалась звонницей с луковкой и крестом. Мы подошли к массивным, обитым ржавым железом воротам. Зина достала из кармана мобильник, позвонила. Долго никто не подходил, мне казалось, нудные гудки разносились на всю округу. Наконец ответили, Зина тихо сказала:

— Я тут.

Ждали минут пять. Зина села на корточки, прислонилась к стене. Я начал ходить взад и вперед, пару раз начинал что-то говорить, но сам себя обрывал и умолкал. Наконец с той стороны послышались шаги и негромкий шум — кто-то возился с засовом. В ворота была вделана узкая дверь, она приоткрылась, некто направил луч фонарика мне в лицо, потом осветил Зину.

— Пошли. — Зина подтолкнула меня, я наклонился и шагнул внутрь.

Не знаю, почему я решил, что ворота откроет мой сын, что именно он будет первым, кого я тут встречу, — не знаю. Но это точно был не он, это был старик.

Мы шли за ним через большой внутренний двор к двухэтажному особняку скучного московского фасона, такими купеческими халабудами была застроена Покровка и Сретенка моего детства. Чуть дальше виднелась неказистая церковь, двуглавая и приземистая, не очень удачное подражание баженовской псевдоготике, типичный нарышкинский «восьмерик на четверике». К церкви сбоку прислонилась колокольня.

Дошли до подъезда, старик что-то негромко сказал Зине, та быстро поймала мою руку, пожала пальцы.

— Тебе туда, — кивнула она в сторону церкви.

Я ответил «спасибо», сам не знаю почему, Зина закрыла за собой дверь. Поплелся за дедом. Прошли мимо каких-то грядок, пахнуло прелыми розами, я вспомнил, что сад при храме символизирует райские кущи. От этого кладбищенского духа мне вдруг стало пронзительно тоскливо, а главное, меня осенила страшная догадка: его отпевают! Он там в гробу! Поэтому он не вышел, не встретил! Крик этот из темного закоулка мозга был хил, но пронзителен до визга — у меня вспотели ладони, я даже остановился.

46

Вошел я один, слышал, как старик затворил за мной дверь. Разумеется, никакого гроба не было. Я на ощупь прошел через темный притвор. Центральный неф был освещен зыбким светом — четыре толстых свечи в массивных подсвечниках горели у входа в алтарь, по стенам тлели рубиновые огоньки лампад.

От чадящего качающегося света все вокруг казалось неустойчивым: каменные плиты пола, черные тени по углам, да и я сам ступал точно пьяный. Страшно хотелось сесть, прямо тут, прямо на плиты — клянусь, я в жизни так не уставал.

Добрел до алтаря. Там на оштукатуренной стене висел распятый Христос, деревянный, в натуральную величину, он был покрашен розовой, какой-то по-младенчески звонкой краской. Я подошел ближе и увидел, что бог прибит к кресту настоящими коваными гвоздями в палец толщиной. Для пущего эффекта художник пририсовал струйки ярко-красной крови, вытекающие из ран и заканчивающиеся круглыми каплями, похожими на сочные ягоды.

У меня появилось странное ощущение какой-то неловкости — точно кто-то за мной наблюдал. Я небрежно откашлялся, сунул руки в карманы, притворяясь, что разглядываю ноги приколоченного Христа.

— Доброй ночи, — раздалось негромко, и я повернулся на голос.

Понятия не имею, каким образом она (да, это была женщина) очутилась в трех метрах от меня без единого звука, точно в цирковом трюке. В любом случае я постарался скрыть удивление.

— Здравствуйте, — ответил я и по дурацкой американской привычке протянул руку.

Она, похоже, не удивилась и пожала.

— Устали? — спросила она, спросила с душевной простотой, как спросила бы сестра или хорошая жена.

Я пожал плечами — вроде так, не очень.

— Сын на вас похож, — улыбнулась она. — Очень.

Я улыбнулся в ответ, наверное, глупой улыбкой — от ее слов стало приятно, точно ангел погладил меня по шевелюре. Мне тоже захотелось сказать ей что-нибудь ласковое, но из коллекции стандартно милых фраз ни одна не подошла к ситуации — поэтому я продолжал улыбаться.

— Вы ведь социолог? — Не вопрос, скорее подтверждение, будто мы накануне уже говорили об этом.

По идее, тут можно было бы скромно рассыпать мелкий бисер титулов и званий, козырнуть тузами университетов, где довелось преподавать (одна Сорбонна чего стоит), звякнуть парой звонких имен или сплести интеллектуальное кружево из заумных терминов, — ничего этого не хотелось.

— Да, — просто ответил я.

Ее лицо, простое и на редкость симметричное, напоминало янтарные лики древних фотографий, спокойные лица из того доброго, умного, счастливого мира, мира почти мифического и уж точно потерянного навсегда. Высокая, почти одного роста со мной (статная, вот верное слово), она показалась мне красивой, но какой-то исчезнувшей забытой красотой. В лице ее не было той татарской скуластости, что досталась нам вместе с ярмом неизбывного холуйства в крови, не было в ней той степной дикости, что обожают в русских девицах глянцевые редакторы Парижа и Лондона. Наверное, так выглядела вдова Игоря Рюриковича, правившая Русью тысячу лет назад, первая принявшая христианство еще до крещения всей земли русской. Великая Ольга. «Она ведь сияла, как луна в ночи; так и светилась она среди язычников, как жемчуг в грязи».

— Я читала вашу «Модернизацию и революцию». Интересный угол зрения.

— Польщен. Не самая развлекательная книжица.

— Вы по-прежнему согласны с теорией изменения системы ценностей личности по мере развития общества? — Кивнув, она пригласила меня следовать за ней.

— Постматериализм Инглхарта? — В свое время я придерживался этой теории. — Впрочем, я и сейчас считаю, что по мере удовлетворения низших потребностей человека определяющим для его поведения становятся потребности высшие. А именно получение знаний и связанные с этим ценности.

Она кивнула, я продолжил, постепенно увлекаясь:

— Вы телевизор не смотрите. — Это был не вопрос, утверждение. — Я тоже. Впрочем, телевидение строится на коммерции, поэтому репрезентативность его сомнительна. Но Интернет! Ведь это свободное пространство, бесплатное и бесцензурное поле. Вот оно, истинное зеркало нашей цивилизации! Причем именно той части, о которой и говорит Инглхарт, — те, кто удовлетворил низшие потребности и готов устремиться к потребностям высшим, к знаниям. Ведь африканские племена вряд ли «френдят» друг друга в фейсбуке, а индейцы Амазонии не просят «лайкнуть» фотографию их котенка.

Она улыбнулась, указательным пальцем поправила платок у щеки. Я понял, что слишком разошелся.

— Я встречался с Инглхартом. Славный старикан, он все еще преподает в Высшей школе экономики в Мичигане.

Он выводил свою теорию в конце прошлого века — анкетирование, вопросы, десятки тысяч респондентов. Не думаю, что люди врут, заполняя анкету... — Я запнулся. — Нет, не так. Не думаю, что люди сознательно врут. Им хочется казаться лучше подсознательно. Причем не быть, а именно казаться. Выглядеть, понимаете?

— Вас это удивляет?

— Меня? — задумался я. — Да уже, пожалуй, нет. Нет.

— То есть вы разочаровались в людях? — Она спросила просто, точно речь шла о ресторане, где кухня стала неважной. — Вы атеист?

Еще хлеще! Ответить прямо тут, в церкви, мне стало неловко, я что-то промямлил про космос и вселенский разум. Она остановила меня ласковым жестом руки.

— Вера и церковь, — она произнесла медленно и раздельно, как титул книги, — это не одно и то же. Вера — это мера твоей совести, Бог — это мера боли, мера страдания.

Взглянула на меня, точно ожидая возражения. Продолжила:

— А церковь — это организация, иерархическая структура. По сути, обычная бюрократическая контора.

— Уж куда обычней, — не сдержался я. — Особенно у нас. С нашей затейливой историей...

— Тем более у нас. — Она неожиданно согласилась. — Когда в начале девяностых открыли архивы гэбэ, выяснилось, что Ленин целенаправленно уничтожал духовенство, уничтожал как класс — с большевистским упорством...

— Я б не назвал это новостью.

— ...а нынешний патриарх, впрочем, как и предыдущий, служили в аппарате госбезопасности. Не говоря уже о митрополитах — и Кирилл, и Ювеналий, и Климент, и Питирим. Пастырь божий — по совместительству стукач. То есть вся Русская православная церковь руководилась с Лубянки. И руководится сейчас.

Я даже остановился, удивленно посмотрел на нее.

— Для вас это новость? Вы же тогда здесь жили, — сказала она. — Когда вся эта мерзость всплыла.

— Конечно, конечно. Просто немного странно слышать такое в... — Я обвел глазами темный свод. — И тем более от...

— Мы никакого отношения не имеем к ним. Не имели и не будем иметь. Вы слышали о Поморской церкви?

— Это что-то старообрядческое? — наугад спросил я.

— После раскола возникло Братство христиан-поморцев с центром в Выговском монастыре. Они отказались принимать священников из Русской православной церкви и объявили о независимости от нее. Так появилось беспоповство; у нас нет трехчинной иерархии, обряды могут совершаться мирянами. Нашу церковь построил купец Мохов после эпидемии чумы, тут рядом старое кладбище. — Она показала куда-то рукой. — Еще с тех времен. После революции община перешла на нелегальное положение, наставники были расстреляны или отправлены в лагеря. В храме устроили склад... короче, обычная история.

— А сейчас? — спросил я.

— А сейчас тут женская обитель...

— Нет, кому это принадлежит? Если вы не относитесь к эр-пэ-цэ, кому принадлежит земля, храм?

— Земля принадлежит государству, — ответила она и добавила просто: — А церковь принадлежит мне.

Наверняка у меня было глупое выражение лица. Я начал нести какую-то чушь:

— Я думал, вы мать настоятельница или как это называется в этих, в монастырях...

— Наставница, — подсказала она.

— Да, наставница, просто я не думал, что вы... что вам...

— Что я богата?

— Ну, вроде того.

Она тихо улыбнулась.

— Не я. Моя сестра. Она купила и отдала мне.

С родней у меня было не густо, подарки такого калибра мне получать не доводилось — я счел за лучшее промолчать, чтоб снова не сморозить какую-нибудь дурь. Монашка, наставница, хозяйка монастыря или кем там еще она была, остановилась у иконы.

— Сюжет знаком? — спросила.

Я подошел ближе. От лампады на икону падал свет, неяркий и красноватый от рубинового стекла плафона. Доска была квадратной и гораздо больше обычной иконы. Чем внимательнее я ее рассматривал, тем меньше она мне нравилась. В иконописи такая композиция, кажется, называется «праздники»: вокруг центрального сюжета располагаются виньетки с сюжетами второстепенными, в результате получается что-то вроде комикса.

— Ну и гадость... — невольно пробормотал я.

— Кто имеет ухо, да услышит! — с мрачной тожественностью произнесла она. — И стал я на песке морском, и увидел выходящего из моря Зверя с семью головами и десятью рогами. И дал ему Дракон силу свою, и престол свой, и великую власть.

— Апокалипсис, — догадался я. — Откровение Иоанна.

— И дано было Зверю вести войну со святыми и победить их; и дана была ему власть над всяким коленом и народом, и языком и племенем.

— Но под Зверем подразумевается дьявол? — спросил я.

— Нет. Дьявол — это Дракон. Вот он. — Она указала пальцем на нижнюю часть иконы.

47

Я не претендую на звание эксперта в изобразительном искусстве, кстати, не уверен, является иконопись живописью или относится к станковой графике, но эта картина определенно была шедевром. Редко бывает, чтоб от доски, раскрашенной темперной краской, по спине ползли мурашки. От этой — ползли.

Внизу была изображена мускулистая тварь, помесь жилистого борца со спрутом. Дракон. Дьявол. Он был красен, как кровь, и сиял, точно с него живьем содрали кожу. При всей условности изображения, художнику удалось добиться невероятного реализма ювелирной проработкой деталей. На каждом мускуле, на каждом изгибе трех змеиных хвостов, на каждом щупальце сверкали хрустальные блики. В поднятой руке дьявол сжимал корону, он протягивал ее Зверю.

Зверь был центром композиции. Развернув перепончатые крылья, он походил на гигантскую летучую мышь, на двухголового монстра, гордого и жуткого, застигнутого в момент взлета. Казалось, еще миг — и чудище взмоет ввысь.

Приблизив лицо почти вплотную, я разглядел, что тело Зверя, точно мозаика, было составлено из людских лиц. Орущие рты, выпученные глаза, гримасы гнева и злобы — сорвавшаяся с цепи свора безумцев.

— Но кто же тогда Зверь? Если он не дьявол...

— Зверь, — тихо, почти шепотом, ответила она, — он больше, чем дьявол. Это вся сатанинская рать антихриста, все силы зла.

— Но ведь это люди?

— Люди? Да, люди.

Она замолчала, потом продолжила:

— Люди. Им гораздо спокойней считать квинтэссенцией зла какое-то рогатое чудище. Или Гитлера. Или Сталина, или Нерона с Наполеоном, или еще какого-нибудь тирана. Главное, чтобы у зла было имя, главное, чтобы зло было заключено внутри одной личности.

Да, она была права. Что есть истина? — вопрошал Пилат, прости, Господь, его грешную душу. Истина? Я не верю в истину. Я не верю в справедливость. Существуют различные точки зрения. Правда как монета, у нее всегда две стороны. В Нюрнберге оператор газовой камеры, убивший сорок семь тысяч заключенных, говорил: я солдат! Я лишь выполнял приказ! Сталинский палач, расстрелявший собственноручно три с половиной тысячи человек, отмахивался от обвинений: я маленький винтик большой машины. И тот и другой не лгали, то есть они оба говорили правду. Свою правду. Что говорит мерзавец, когда его прижали к стенке, когда не на кого свалить свою вину? Он говорит: это не я, это меня бес попутал. Дьявол соблазнил.

Картина меня будто загипнотизировала. Я не мог оторвать глаз от мастерски выписанных лиц и рук, позы казались вычурными, точно танец Нижинского. Теперь я разглядывал круглые медальоны, расположенные по периметру композиции: вот четыре всадника Апокалипсиса, вот Вавилонская блудница, вот Семь знамений.

— Удивительно похоже на Босха, — пробормотал я. — Тот же...

— А это и есть Босх, — сказала наставница.

Я поперхнулся. Молча повернулся к ней. Она явно не шутила.

— Вы представляете... — начал я.

— Не представляю, а знаю точную сумму, — перебила она. — Сестра...

— Господи! — вскрикнул я. — Да кто ж она такая, ваша сестра? Билл Гейтс? Клеопатра? Царица Савская?

— Анна Гринева, — ответила наставница.

Я застыл.

В моей голове точно включили свет, точно какой-то электрик наконец распутал провода, правильно соединил контакты и изящным жестом повернул рубильник. Кусочки мозаики соединились, головоломка сложилась тютелька в тютельку, путаница штрихов и пятен превратилась в морской пейзаж с чайками и белым парусом на горизонте.

Я закрыл лицо ладонями. Медленно опустился на корточки. Я дико устал за сегодня, выдался на редкость насыщенный день. Больше всего на свете мне хотелось остановить время, лечь на пол и забыть обо всем.

— Дмитрий, — тихо позвала она.

Я с трудом выпрямился, посмотрел на нее. Да, теперь я вспомнил лицо ее сестры — та же породистая уверенность черт, высокий лоб, крепкий, почти мужской подбородок.

— Как вас зовут? — устало спросил я.

— Ольга.

— Ну да, — усмехнулся, — как же еще. Княгиня...

У меня начала болеть голова, зверски и сразу — тягучая боль заполнила жаром череп, точно туда влили кипящий кисель. Господи, как же все отвратительно складывалось!

— Ольга, вы понимаете, — с трудом начал я, — так нельзя. Нельзя так, они же дети — и Зина, и дочь Сильвестрова, и мой сын. Как можно... Как можно пытаться сделать добро, даже спасти человека, людей таким образом? Даже самое, самое благородное на свете нельзя такой ценой... Нельзя.

Говорить было трудно, каждое слово отдавалось тугой болью в затылке. Ольга, чуть склонив голову, мрачно слушала меня.

— Чем вы лучше? — Я вдавил пальцы в виски, прикрыл глаза. — Чем вы лучше тех продажных попов? Или того же Сильвестрова? Какое это христианство, к чертовой матери? Украсть ребенка! Я был там, я видел — он чуть с ума не сошел. Ну как же можно так? Это ж такая боль, как можно такую боль человеку...

Я махнул рукой. Зачем я все это говорил? Почему? Наверное, от бессилия.

— Хорошо, я — атеист, агностик, пропащая душа! Но вы! — Я сделал к ней шаг. — У вас вон церковь своя! Иконы, свечи, лампады! Христос в натуральную величину! Гвоздями железными прибит... Как вы могли? Что бы он сказал? — Я ткнул пальцем в сторону алтаря. — Иисус!

Я почти орал, эхо ухало в непроглядной темени где-то наверху.

— Ведь он говорил не о любви к ближнему — каждый дурак может ближнего возлюбить, Христос призывал полюбить врага. Врага! Полюбить Сильвестрова! Да, тирана, да, диктатора! Полюбить и простить, не око за око, не зуб за зуб, а простить! Другую щеку подставить. А не бензоколонки взрывать.

Я выдохся, мокрая рубаха прилипла к спине. Мне казалось, что именно сейчас моя бедная голова взорвется и разлетится на мелкие кусочки по всей ее церкви.

— Вы правы. — Она произнесла тихо, посмотрела на деревянного Иисуса. — Все так. Но у меня нет другого выхода. Я должна ее спасти. Я должна остановить его, остановить террор. Остановить казни. Они эшафоты строят перед Кремлем. Эшафоты на Красной площади, понимаете? Сильвестров идет навстречу пожеланиям трудящихся, выполняет волю народа великой России. А народ жаждет крови предателей родины.

Она замолчала, точно обиделась. Я почувствовал себя виноватым.

— Эшафоты... Вы уверены? Что за средневековье... Откуда у вас вообще такая...

— У нас осведомители в ближайшем окружении Сильвестрова, — перебила она мое блеянье. — Казни начнутся послезавтра... Вернее, уже завтра.

Конец фразы повис в воздухе. Я не знал, что возразить, возражать было нечего. Поднял руку, посмотрел на часы. Три часа ночи.

— Да, поздно... — устало проговорила она. — Пошли. Дмитрий вас ждет.

48

Сын, мой сын. Встречу с ним я воображал себе сотни раз за последние дни, событие это рисовалось мне то аскетичным до карикатурной брутальности — строгий взгляд глаза в глаза, угловатое мужественное рукопожатие: здравствуй, сын! — рад тебя видеть, отец; то сентиментальным, как мутное кино с участием черно-белой Марлен Дитрих — драматичные жесты, порывистые объятия, мужские слезы, скупые, разумеется. Одно было неизменным — сын всегда оставался тем мальчишкой с курортной фотографии, моим нежным и невинным двойником, наивным и беззащитным подростком.

Мы с Ольгой вышли из церкви. Ночь сгустилась, звезд не было, удушливо пахло прелыми розами. Прошли через сад, вошли в особняк. В конце коридора Ольга остановилась перед дверью.

— Ну вот, — тихо сказала она. — Дальше вы сами.

Я рассеянно кивнул, что-то пробормотал. Она ушла, я остался перед дверью. Негромко постучал.

Меня сразу поразило, что это был мужчина. Не пацан с выгоревшими бровями, вполне взрослый человек, даже слово «парень» как-то не очень к нему подходило. Он встал из-за стола и оказался на полголовы выше меня. Поразило наше сходство — не просто очевидное, но и чуть обидное для меня. Он был улучшенной версией меня, вроде новой модели машины или холодильника. Эдакий Дмитрий Незлобин 2.0 — исправленный и улучшенный, с учетом всех недостатков и просчетов предыдущей модели.

Мы внимательно глядели друг на друга. Меня охватила легкая паника, я понятия не имел, как с ним разговаривать. Роль мудрого отца, патриарха, опытного наставника и доброго советчика разлетелась вдребезги. И дело было на только в росте и проклюнувшейся утренней щетине на подбородке: от него исходила спокойная уверенность, та неспешная грация, которой всю жизнь не хватало мне. Меня кольнуло что-то вроде зависти. Думаю, примерно так выглядел бы актер, если бы в Голливуде кому-то пришла мысль снимать про меня кино.

Что-то нужно сказать, что-то сделать, метнулась испуганная мысль. Я выставил деревянную ладонь. Он крепко ее пожал. Тут же, улыбаясь, наклонился и обнял меня за плечи. Я растерялся, с неуклюжей осторожностью обхватил его спину. Из черной бездны памяти выплыли слова моего отца, которые он сказал за несколько часов до смерти, сказал обо мне: «Бесплатный суп, которым я кормлю самого близкого мне человека. Душевная инвалидность какая-то...» Господи, неужели и у меня — острая форма дистрофии души, неужели и я — такой же душевный калека, как и мой отец?

— Мама мне все рассказала месяц назад. — Он отступил назад, глядя мне в глаза. — Потрясающе...

— Потрясающе, — согласился я, хотя точно не знал, что он имел в виду. Практически все происходящее могло соответствовать этому определению на все сто процентов.

— Она всю жизнь прятала от меня фотографии, — улыбнулся он. — Старые, когда вы с ней были женаты.

Я не понял, называет он меня на «вы» или говорит о нас с Шурочкой.

— Да, мощная генетика по мужской линии, — попытался сострить я. — Я тоже был очень похож на отца. Она... мама тебе что-нибудь рассказывала о нем?

— Что он погиб, когда тебе было лет десять. А мать умерла от менингита еще раньше... Что тебя воспитывала тетка.

Уже легче — это «ты» он произнес совершенно естественно.

— Да. Мы с отцом плыли на корабле, знаешь, такие круизные громадины? Он там в оркестре играл, на саксофоне.

— Серьезно? На саксе?

— Угу. Отличный был музыкант.

С отчетливостью вчерашнего дня в памяти раскрылся тот вечер, тот последний вечер на корабле, когда отец играл Дебюсси. Воскресли запахи, звон столового серебра, мутные лица, жующие рты, багровый затылок наголо бритого господина за соседним столиком. Отец стоял на самом краю полукруглой эстрады, подавшись вперед, как бесстрашная и гордая птица над бездной. Саксофон жертвенно сиял золотом, отец выдувал божественные трели, точно пытался донести какую-то сокровенную истину этим скучным людям, чванливым и безразлично ленивым.

Мне страшно хотелось рассказать сыну об этом вечере, мне почему-то казалось очень важным объяснить, что я тогда испытывал. Точно от этого зависело что-то главное в наших с ним отношениях, хрупких, только пробивающихся сквозь асфальт, отношениях между мной и моим сыном. Что я испытывал тем вечером? Любовь, восхищение, что еще? Слова легковесны, особенно если ими пытаешься объяснить чудо.

Он, мой отец, был для меня богом. Всемогущим и добрым великаном. Как мне объяснить это тебе? Иногда он задевал макушкой облака, наверняка мог раздвинуть море, если бы в этом возникла острая потребность. Он запанибрата общался с ангелами, иногда мне удавалось даже расслышать трепетный шелест их крыльев, уловить краем глаза отблеск радужного сияния их хитонов на фоне стены, увитой диким виноградом. Память сохранила несколько картин, не так много, но это все, чем я могу с тобой поделиться. Загорелая рука, крепкие пальцы сжимают сигарету с золотым ободком, чашка черного кофе на забытой газете. Отец щурится от дыма, мне кажется, что он сейчас рассмеется. Он откидывается в плетеном кресле, проводит рукой по жестким волосам и подмигивает мне.

Не сохранилось ни одной звукозаписи, но это даже к лучшему, его музыка осталась на свободе. Она растворилась в тягучем закате, в мутном тумане, в медленно кружащем снеге. В сиротском скрипе ржавых качелей во дворе мне удается расслышать его неповторимое фруллато в песне тоскливого ветра. Иногда в бурю, среди молний и ливня я улавливаю его уверенное глиссандо. Я поделюсь этими мелодиями с тобой, уверен, они и тебе придутся по душе. Что он имел в виду, когда говорил: «Каждый день живи так, будто это твой последний день»? Я не знаю, я пытаюсь понять это всю свою жизнь. Изо дня в день. Иногда мне кажется, что в этом и есть смысл — в самом процессе. В стремлении жить без оглядки, жить на всю катушку. Так, будто это и есть твой последний день на земле. Ведь однажды ты окажешься прав на все сто.

49

Негромко запиликал телефон. Сын кивнул, извиняясь, вынул из кармана трубку. Я замолчал.

— Что? — переспросил он. — И Томск?

Он дослушал, нажал отбой.

— Китайцы заняли Красноярск, Новосибирск и Томск.

— Как это заняли?

— Объявили своей территорией.

— Как? Там кусок размером в три Франции! — возмутился я. — Мы ж не в пятом веке живем!

Сын открыл ноутбук. На сайте Би-би-си эта новость была главной: правительство КНР заявляло, что аннексия является чрезвычайной вынужденной мерой, вызванной коллапсом центральной власти в России, и ставит своей целью обеспечение порядка и безопасности китайского населения, проживающего на территории Алтая и Барабинской низменности.

— Какое, к черту, китайское население? — не унимался я. — В Томске?!

— Ты, похоже, не очень следил за политикой. — Сын перешел на сайт Си-эн-эн. — Наш мудрый президент подписал кучу договоров с Китаем. О дружбе, сотрудничестве и взаимопомощи. Под Новосибирском китайцы построили самый крупный автозавод в мире, клепают там патентованные «Форды». В регионе китайцев в два раза больше, чем русских и всех других, вместе взятых.

— Вот видишь, — ткнул он пальцем в экран. — Оказывается, были еще и секретные соглашения.

Я прочитал: «Китай опубликовал секретный меморандум, подписанный президентом Пилепиным три года назад». Из него следовало, что в случае возникновения форс-мажорных обстоятельств китайская сторона вправе использовать ограниченный военный контингент на указанной территории.

— Это ж филькина грамота! — пробормотал я. — Это бред, и этот бред противоречит конституции России.

— Добро пожаловать домой, — усмехнулся сын. — Давненько ты не был на родине. А ты знаешь, что в Харбине абсолютно легально работает гигантский комплекс по выпуску синтетических наркотиков? И этой дрянью через Амурскую область снабжается вся Россия? Предприятие убыточное и находится на бюджете...

— Торговля наркотиками убыточна? — засмеялся я. — Так не бывает.

— Бывает. Если целью является не прибыль. Там, в Сибири, доза «белого китайца» стоит дешевле чашки кофе.

— «Китайца»? Что это?

— Синтетик, аналог героина. — Он захлопнул ноутбук. — И все это происходит с ведома Кремля.

— Что «это»?

Он замолчал, внимательно посмотрел на меня.

— Геноцид. Они уничтожают собственный народ.

Он мотнул головой и заговорил, зло и быстро:

— Им не нужны люди. Они им мешают.

— Кому? — резко спросил я.

— Власти. Для обслуживания трубы достаточно нескольких тысяч. Плюс армия и полиция. Бюрократы и прочие холуи в Москве и Питере, обслуживающие власть — вельможи, клоуны, агитаторы. Остальные — балласт. Банальный человеческий мусор. Бесполезный хлам. У нас нет экономики. Наша промышленность мертва. Люди ходят на работу, что-то выпускают, но это никому не нужно. К тому же этим людям нужно платить зарплату, пенсию.

Снабжать продовольствием, содержать больницы и школы. Ведь эти мерзавцы еще имеют наглость размножаться!

— Погоди, — перебил его я. — А как же оборонка? Этот, как его, ваш супертанк «Центурион»? Новый «МиГ»? Атомные подлодки? Ведь это же промышленность, да еще какая!

— Муляжи! — отмахнулся он. — Россия превратилась в одну большую потемкинскую деревню. Они демонстрируют опытный образец, устраивают трезвон в прессе. Пропаганда! Вранье — вот в чем они действительно добились невиданных успехов. За двадцать лет Пилепин превратил Россию в фашистское государство. И это не ругательство, не фигура речи, это констатация факта.

Он замолчал, потом добавил:

— Тебе-то, как социологу, это должно быть ясно.

Ясно. Ясно как божий день. Я ненавижу огульные обобщения, плутовскую классификацию ради красного словца, не люблю ярлыки и псевдонаучную терминологию. Они отвлекают от сути дискуссии, этот прием используют вербальные жонглеры, словесные факиры. Кстати, сам Гитлер никогда не называл себя фашистом, он был национал-демократом. Третий рейх был классифицирован как фашистское государство на Нюрнбергском процессе.

50

Термин «фашизм» придумал Бенито Муссолини и был страшно этим горд. По-итальянски слово означает «пучок», безобидную связку прутьев, что-то вроде метлы.

— Прутик! Тонкий прутик! Сломать каждый прутик по отдельности ничего не стоит! — кричал Муссолини с трибуны, пуча глаза и размахивая кулаками. — А вот мы их соберем вместе, в пучок, да еще свяжем крепкой веревкой. Тугими узлами, вот так! Вот так! Вот ты теперь попробуй нас сломай!

Муссолини был гораздо колоритней Адольфа. Искрометный актер, готовый выступить в любом амплуа — от Панталоне до Ковьелло. Страстный оратор — его речи наполовину состояли из восклицательных знаков. Неукротимый любовник — количество женщин, с которыми он имел связь, превышало население небольшого европейского государства. Заядлый до одержимости спортсмен: он был победителем парусных регат, чемпионом по автогонкам, участвовал в фехтовальных турнирах, в лыжном пятиборье, побеждал в конных скачках и морских заплывах. Носил звание «Первый пилот итальянской империи» и действительно в одиночку летал на самолете. Любил босиком совершать пятикилометровые кроссы по берегу моря.

Юный Муссолини произвел впечатление даже на вождя мирового пролетариата. В 1920 году во время съезда Коминтерна Ленин с досадой спрашивал у итальянской делегации:

— Где вы потеряли Муссолини? В Италии есть всего один человек, способный привести страну к революции, и это Бенито Муссолини. Найдите его, пока не поздно!

У Гинденбурга было более сдержанное мнение, впрочем, не относительно Муссолини, оно касалось итальянцев:

— Даже такой гений, как Муссолини, не сможет сделать из итальянцев ничего больше, чем итальянцы.

А вот Адольф испытывал к Бенито почти девичий восторг:

— При встречах с ним я испытываю особую радость. Он грандиозен!

Гитлер в меру скромности своих талантов во многом подражал Муссолини: он заимствовал у своего южного коллеги нацистский салют — вытянутую вперед-вверх правую руку; титул «дуче» переводится на немецкий как «фюрер»; штурмовые отряды Муссолини назывались «чернорубашечники»; Адольф нарядил своих в коричневую униформу. Триумфальный «Марш на Рим», сделавший Муссолини премьером, вдохновил Гитлера на «Пивной путч». К сожалению, эта история закончилась для Гитлера не столь успешно.

Сам дуче относился к фюреру пренебрежительно, особенно поначалу. Летом тридцать четвертого он говорил:

— Этот назойливый немец, этот Гитлер — существо жестокое и свирепое. Он напоминает мне Аттилу. Германии так и не удалось вылезти из варварства, там ничего не изменилось со времен Тацита. Германия — извечный враг Рима.

Он оказался прав, Третий рейх чуть не угробил Италию. За несколько дней до гибели в своем последнем интервью журналистке Маделин Моллир дуче воскликнул:

— Да, мадам, я закончил. Моя звезда упала. Я знаю, что это все — всего лишь фарс... Я жду конца трагедии — я не чувствую себя больше актером. Я чувствую, что я последний из зрителей.

Так что такое «фашизм»? На личном штандарте Муссолини был изображен древний символ Римской империи — секира, вокруг рукоятки — пучок березовых веток, стянутый веревками. Изображение символизирует государственное и национальное единство. Секира — вертикаль *власти, связанные в пучок ветки — народ. Народ по своей природе инертен и консервативен, он верит в торжество добра над злом, любит решительную власть, обожает порядок и дисциплину. Народу нравится стабильность, он уверен, что развитие общества — это улучшение качества жизни, он называет это благоденствием. По мнению народа, благоденствие возможно лишь при наличии сильного национального лидера. Как только такой появляется, народ уже боится его потерять — кто, если не он? Национальный лидер для закрепления своей власти должен убедить народ, что он «кровь от крови, плоть от плоти народной». Что он свой в доску, что роднее его не найти. Тут начинается клоунада — вождь идет в народ: начинаются кроссы босиком по пляжу, полеты на дельтаплане, пение со сцены, демонстрация мускулатуры и прочие физкультурные номера. Происходит метафизическая диффузия лидера и народа. Женское население доходит до эротического обожания избранника, мужское готово с таким пойти в разведку. Получив от народа карт-бланш, лидер превращается в полноценного диктатора: появляется великая цель, оппозиция уничтожается, средства массовой информации становятся средствами пропаганды, расцветает патриотизм, на место интересов личности выходит государственность. Чудесным образом и неизвестно откуда появляются коварные враги, внешние и внутренние, тут же звучат призывы «Сила в единстве!», «Кто не с нами, тот против нас!».*

Если отбросить репрессии, геноцид и скотскую сущность такой общественной структуры, то главная проблема ее заключается в абсолютной экономической несостоятельности. Такой режим непременно заканчивается застоем и загниванием общества.

Главная опасность в том, что вирус фашизма присутствует в каждом народе, в каждом человеке. Апеллируя к метафизическому сознанию толпы, фашизм видится логичным решением всех государственных проблем, простым и ясным. Общественное сознание само формирует социальный запрос — и непременно тут же, как черт из табакерки, появляется блистательный герой в сияющих доспехах, храбрый гений, готовый взвалить на себя бремя вождя нации.

Фашизм на возникает в здоровом обществе, фашизм — это ответ на проблему, на несчастье. Все счастливые нации похожи друг на друга, каждая несчастная несчастна по-своему. Италии мерещилась великая Римская империя — Муссолини объявил построение великого государства национальной идеей, немцам кроме великой империи очень хотелось еще и величия нации — Гитлер официально утвердил немцев самым качественным из всех народов, населяющих планету. Русские, обожающие справедливость, получили от Ленина заверение, что богатых больше не будет и все будет поделено поровну.

Да, в истории каждой нации случались катастрофы, когда реакция сплочения пучком вокруг топора была оправданной. В этой фразе ключевое слово «катастрофа». Ситуация экстраординарная и потому непродолжительная. Если же из года в год вам говорят, что страна — в кольце врагов, что для спасения нации необходимо сплотиться вокруг лидера, что лидер это и есть нация, если слово «патриотизм» звучит чаще, чем раз в неделю, — будьте уверены, болезнь уже началась.

51

— Умберто Эко читал в Колумбийском университете свой трактат «Вечный фашизм»... — Я попытался вспомнить когда. — Кажется, в девяносто седьмом, я еще жил в Москве. Да, середина девяностых.

— И? — нетерпеливо спросил сын.

— Там он приводит четырнадцать признаков фашизма. Он сказал, что если в обществе присутствуют семь из них, то это общество неумолимо катится к фашистской диктатуре в том или ином ее проявлении. Поскольку он выступал перед студентами, то несколько упростил концепцию, потом этот доклад вышел отдельной книжкой, кажется в...

— Не отвлекайся, — улыбнулся сын.

— Да, конечно. — Я улыбнулся в ответ; господи, как же мы с ним похожи! — Умберто Эко утверждал, что поскольку сам термин «фашизм» стал ругательством и фашизмом обзывают теперь что угодно, то крайне важно, перестав спорить о названии болезни, описать ее основные симптомы.

— Четырнадцать ровным счетом?

Я кивнул и продолжил.

— Традиционализм — вот первое условие. Истина найдена лидером, дальнейший поиск является богохульством...

— Ты имеешь в виду философию?

— В первую очередь. В основе должна лежать какая-то философская концепция, например...

Я хотел упомянуть итальянский синкретизм, типичный для итальянских фашистов, смешивавших Грамши и Генона, но не успел, из коридора раздался грохот, захлопали двери, затопали башмаки. Дверь распахнулась, в комнату влетел парень, рыжий и по пояс голый.

— Димыч! — заорал он. — «Железная гвардия»... в Москве!

Он здорово заикался.

— Как же мы проморгали?

— Вот так! Д... десант! Резня по всему городу!

— Что за гвардия? — Я повернулся к рыжему, но он уже выскочил в коридор.

— Южная, — ответил сын. — Батальон смерти султана Кантемирова. Если их Сильвестров вызвал, то он просто с ума...

Зазвонил телефон.

— Да! — ответил сын. — Сейчас буду.

— Извини. — Он нажал отбой, сунул телефон в задний карман. — Подожди здесь, хорошо? Я быстро.

Он выскочил в коридор. Я посмотрел на часы, было почти четыре утра. Я понятия не имел, какой сегодня день, какое число. Я сел за стол, открыл ноутбук. На сайте «Ройтер» под невразумительным заголовком «События в Москве» были выложены фотографии и короткое видео — в кромешной тьме мигали трассирующие очереди, вспыхивали разрывы, рыжие и лимонные, вспыхивали с каким-то карнавальным треском, где-то рядом нудно долбил пулемет.

Я перешел на сайт «Нью-Йорк таймс». Там фотографий не было, но был экстренный выпуск. Тоже невнятный, сплошные догадки и предположения. Главный вопрос — это интервенция или Сильвестров сам обратился к Кантемирову за помощью, — оставался без ответа. Никаких официальных заявлений. Впрочем, были факты. Вернее, один факт. Войска суверенного султаната вели боевые действия в столице Российской Федерации.

Далее автор приводил выдержку из соглашения трехлетней давности, по которому бывший субъект Федерации выходил из состава России и становился независимым государством. По мнению автора, меморандум к этому соглашению о военном сотрудничестве и взаимопомощи мог стать легитимной основой для введения войск в Москву.

Я засмеялся: какие, к чертовой матери, легитимные основы! Кого они здесь вообще интересуют! Америка и Евросоюз с тупым упрямством продолжают подходить к России со своими правовыми мерками, придуманными для какой-нибудь постной Голландии или, на худой конец, острова Кипр. Святая простота! Тут горожане, вроде как столичные жители, жгут посольства и иностранцев линчуют. Да с каким куражом, с каким азартом! Я вспомнил орущую толпу, страшных повешенных под мостом, сизый дым, ползущий по Москве-реке. Вспомнил людскую лавину, прущую по Кремлевской набережной. Ругань, крики, вой раздавленных... Орда, дикая орда. А вы мне про легитимные основы, мать вашу...

Обновилась страница, под шапкой «молния» появилась свежая информация. В обращении к нации Сильвестров объявлял в России военное положение. Объявлял на основании Конституции и в соответствии со статьей первой из конституционного закона о военном положении. О головорезах Кантемирова Сильвио не сказал ни слова.

В коридоре затопали. Я повернулся, в двери появился тот же рыжий парень. Заика. Такой же всклокоченный, но уже в белой майке с надписью «Бруклин, Нью-Йорк».

— Ольга Кирилловна просит вас п...п... — Он застрял, я пришел на помощь:

— Пожаловать? Прийти?

Он смущенно кивнул.

По коридору мы шли молча и быстро, почти бегом. Свернули направо, прыгая через две ступени, сбежали вниз по узкой лестнице, похожей на черный ход. Снова выскочили в коридор. Перед обитой железом дверью Рыжий затормозил, распахнул ее, пропуская меня вперед. Комната напоминала подвал, пустой и холодный, с глухими голыми стенами без окон. Пахло сырой побелкой. В центре стоял прямоугольный струганый стол, за ним сидели люди.

— Заходите, — Ольга указала на пустой стул. — Садитесь, Дмитрий.

Я сел. Кроме Ольги и моего сына, за столом были еще двое — бритый наголо болезненного вида парень и хмурая девица в толстых учительских очках. Я хотел сострить насчет «Молодой гвардии», но, поглядев на лица, передумал. Им тут явно было не до шуток.

— Слушаю вас, — обратился я к Ольге и положил ладони на стол.

Дерево было старым и холодным на ощупь. Столу было лет сто пятьдесят, если не все двести.

— Вы лично знаете Сильвестрова, — решила обойтись без реверансов Ольга. — Как психолог...

— Социолог, — поправил я.

Она не обратила внимания на замечание и продолжила:

— ...вы можете объяснить его мотивацию, предугадать действия. Как он принимает решения? Чем руководствуется? В большей степени спонтанен или...

— Вам нужна модель психологического типа Сильвестрова? — перебил я. — Извольте. По типологии Платона он относится к тимократическому типу с ярко выраженным честолюбием и страстью к лидерству. С явными элементами тиранического типа. По теории

Выготского он относится к концептуальному активному типу. Синтетичен, воспринимает явления как интегрированное целое...

— Извините, — мрачно оборвала меня очкастая девица. — У нас нет времени...

— Ангелина! — одернула ее Ольга.

Девица замолчала, зло зыркнула на меня из-под очков.

Ольга кивнула мне, я продолжил:

— Впрочем, горячая Ангелина, пожалуй, права. — Я сладко улыбнулся, девчонка беззвучно фыркнула. — Времени у нас действительно нет. Чем конкретно я могу помочь?

Мой вопрос повис в воздухе, в подвале наступила тишина.

— Мы хотим чтобы вы от нашего, — Ольга оглядела сидящих за столом, — от нашего имени вступили в переговоры с Сильвестровым.

— Что? — опешил я. — Вы серьезно?

— Вполне. — Ольга спокойно посмотрела мне в глаза.

— А вам не кажется, что это по меньшей мере аморально? Украсть ребенка, потом шантажировать отца... Не кажется?

— У нас есть цель, и мы...

— Какие бы замечательные цели вы тут ни ставили, методы ваши — полная дрянь. Дрянь и преступление!

— Послушайте, — Ольга терпеливо продолжила спокойным тоном, — все гораздо сложнее...

— Конечно! — Я сжал кулаки. — Конечно, сложнее! Кто бы сомневался! Ситуация всегда становится гораздо сложнее, как только нужно провернуть какую-то мерзость.

— Дмитрий, — Ольга тоже повысила голос, — послушайте...

— Нет! Это вы послушайте! — Я стукнул кулаками по столу. — Вы понимаете, что существуют моральные границы, которые нельзя преступать? Какие бы там у вас благородные цели ни были! Какое бы распрекрасное будущее вы ни строили! Нельзя, нельзя воровать детей!

— Ее никто не воровал, — проворчала Ангелина, глядя сквозь меня. — Она сама согласилась. Сама.

Я поперхнулся.

— Говорю вам, — сказала Ольга с нотой злорадства. — Все не так просто.

— А как же... — промямлил я. — Как же школа? Пожарная лестница? Циркач-гимнаст?

— Гимнаст. — Ольга улыбнулась. — Жанна зашла в туалет, раскрыла окно, бросила свой браслет — наши уже ждали внизу с голубем. Сама спряталась в кладовке, там, где ведра, швабры всякие, а ночью мы ее забрали...

— Но он же отец... — начал я, но Ангелина меня снова перебила:

— Она его ненавидит! Отец... Как этот тип поступил с матерью...

— Ангелина! — Ольга оборвала ее громко и властно. — Хватит!

Я оглядел их: мой сын что-то черкал на листе бумаги, опустив голову. Ольга, бритый парень и очкастая Ангелина смотрели на меня.

— Все равно, — я начал, но толком не знал как им объяснить, — все это неправильно, мерзко... Так нельзя...

— Я говорила! — Очкастая Ангелина вскочила. — Я же говорила! Это проклятое поколение, чистенькие интеллигенты! Им бы только болтать о совести, пассионарности и метафизике сакрального сознания. Да! Еще о нравственных принципах. Конечно, как мы без нравственных принципов? Трепачи вы, вот вы кто! Проболтали свои жизни, сожрали себя и друг друга вечными русскими вопросами «Что делать?» да «Кто виноват?»!

Она издевательски засмеялась.

— Кто виноват? А ведь это вы и виноваты! Во всем! — Она ткнула в меня пальцем.

— Прямо-таки во всем, — сердито буркнул я.

— Да! — Скулы ее покраснели, она уже кричала. — Именно вы! Это вы привели к власти Тихого! Железная власть, сильная рука! У вас только две модели общества — или казарма, или свинарник! Вы называете народ быдлом, вы талдычите про холуйскую сущность, про тысячу лет рабства! Вы говорите: а как иначе с таким народом, вы посмотрите, они же дикари, животные? Конечно, только плетка, только плаха. Они ж другого языка не понимают! Говорите так, будто вы сами — английские лорды или гранды испанские и к этому народу, к этой истории отношения не имеете. Чистоплюи!

— Я никогда вашего Пилепина не поддерживал, — рявкнул я. — Я поэтому и уехал...

— Вот именно! Я уехал! Герой! Этот уехал, тот спился, третий продался — у третьего ведь семья и дети. А вам не приходило в голову, что именно из-за вас мы сейчас живем в этом дерьме? Из-за вас, господин профессор, и таких, как вы! Не приходила подобная мысль? Вот вы давеча так красиво про мораль рассуждали, про слезу ребенка, про нравственные барьеры...

— Мораль никто не отменял! — Я тоже вскочил. — Как же банальны ваши рассуждения...

Я махнул рукой. Ангелина часто дышала, красные пятна расцвели на ее бледной шее.

— Да, господин профессор, мораль никто не отменял, тут вы правы. — Она заговорила тише, но с какой-то скрытой угрозой. — Но дело в том, что, оправдывая свое бездействие моралью, ваше поколение оставило нас без выбора. Да, двадцать лет назад можно было обойтись без крови. Сейчас — уже поздно. И виноваты в этом вы.

Ангелина сняла очки, бросила их на стол, устало села. Без очков она выглядела лет на пятнадцать.

Господи, это ж дети, дети! Меня охватила растерянность. Эта девчонка во многом была права. Да что там, во всем она была права! И в том, что из-за нашей интеллигентской щепетильности в выборе союзников мы профукали Россию. И в том, что именно из-за нашей брезгливости — ах политика, ах какая грязь, — во власть пролезла вся эта сволочь, ворье и подонки. А когда мы увидели, кто нами правит, мы обвинили в этом народ — конечно, по Сеньке и шапка. Страна рабов, чего тут ждать!

Неожиданно подал голос бритый парень. Он кашлянул и смущенно начал:

— Извините… Вы уехали давно из страны, двадцать лет назад…

— Девятнадцать, — зачем-то поправил я. Мне вдруг пришло в голову, что я уехал, когда они еще не родились, что я для них — ископаемое, древний динозавр, во всем неправый и во всем виноватый.

— Девятнадцать, — согласился бритый, прокашлялся в кулак. — Вы скажете, что следили за событиями и знаете, что происходит в России. Что вы в курсе…

Я пожал плечами, отодвинул стул. Закинул ногу на ногу.

— Мы здесь родились, мы тут выросли. Нас не так много, но мы сила, способная изменить страну. Вашему поколению противно слово «революция», вы его боитесь…

— Не хочу быть банальным, — я сцепил пальцы замком, сложил руки на колене, — но все примеры в истории цивилизации…

Я не закончил — мой менторский тон, моя поза, эти скрещенные ноги, — мне самому стало противно.

— Мы уверены, — вежливо продолжил бритый, — что бездействие в этих условиях преступно. Когда власть совершает преступление против своей страны, против своего народа, бездействие само становится преступлением. Демократические институты уничтожены, поэтому у нас нет выбора. Народ инертен, но народ ничего не решает. Решаем мы. Да, насилие. Да, кровь. Но альтернативы нет. Просто нет.

Он прокашлялся и добавил:

— Извините.

52

Резня в Москве закончилась только под утро.

Небо на востоке посветлело и стало лилово-серым, в узкую щель между горизонтом и дымной пеленой, накрывающей город, на миг выглянуло солнце. Слепящим белым светом вспыхнули маковки церквей, острые шпили высоток, золотые орлы на башнях Кремля. Резко, как вскрик, брызнули жидким серебром зайчики окон. Темно-фиолетовые тени, острые и ломкие, сделали город дотошно трехмерным, точно кропотливый макет какой-то сказочной декорации. Свет из белого перетек в розовый, после в золотой. Потом начал слабеть и через мгновение умер. Все вокруг снова стало плоским, скучным и серым. Так наступило утро четвертого сентября.

Гвардейцы Руслана Кантемирова, пьяные от крови и смерти, рыскали по переулкам и добивали шахтеров. Красная площадь, Васильевский спуск были завалены трупами мятежников. Ни пешеходов, ни машин на улицах. Ни полиции, ни армии — бронетехника и армейские грузовики исчезли с площадей и перекрестков. Лишь в пепельном небе кружили два военных вертолета.

Мне удалось поспать часа три, в девять я снова сидел в подвале. Детей не было, на столе стоял стальной кофейник, две кокетливые чашки с блюдцами, лежали белые салфетки. Ольга налила мне, потом себе, спросила:

— Сахар? Молоко?

— Начнем с чистого, — сипло ответил я. — Спасибо.

Сделал первый глоток, закрыл глаза. Кофе был на ахти, но горячий и крепкий. Я подумал, что мне придется пересмотреть свою шкалу ценностей и стать менее требовательным по пустякам: кофе? — хорошо! крепкий — отлично! горячий — просто замечательно!

— Похоже, что все, что мы нарешали вчера под утро, — я сделал еще глоток, — все псу под хвост.

— Ну почему? Главное остается в силе.

— Главное, — усмехнулся я. — Главное — я работаю на вас.

— Это ваше решение, — обиделась Ольга. — Никто вам рук не выламывал.

— Ага. Мое. Будто у меня выбор есть. Знаете, Ольга, такое ощущение, будто мне всучили доигрывать партию в шахматы за кого-то не очень смекалистого. Вот такое ощущение...

Ольга аккуратно опустила кусок сахара в свой кофе. Плавными кругами стала размешивать, стараясь не касаться ложкой краев чашки. На меня она не смотрела.

— Ладно. — Мне стало неловко за нытье. — Прошу прощения. Я по утрам вообще неважно функционирую. Давайте о деле.

— Давайте. — Она облизнула ложку и положила ее на льняную салфетку. — Давайте о деле.

— Есть новости от вашего шпиона?

— Информатора, — поправила она меня. — Да, есть. Кантемиров в Кремле, Сильвестров ведет переговоры с Кантемировым, пытается убедить его вывести «Железную гвардию» из города...

— Незваный гость хуже... Или лучше? Как бы тут политкорректность соблюсти?

— У Сильвестрова не было выбора. Армия отказалась стрелять в шахтеров. Полиция дезертировала. В городе начались грабежи, анархия...

— Ну да, а тут спаситель русского народа солнцеликий султан Кантемиров со своей гвардией.

— Кантемиров поставил Сильвестрова перед фактом. Договор с Пилепиным составлен так хитро, что все действия армии султаната не выходят за юридические рамки соглашения.

— Включая резню мирного населения? — Я потянулся к кофейнику. — Можно еще?

— Давайте я вам налью. — Ольга встала, я придвинул свою чашку. — Кофе, конечно...

— Отличный кофе! — уверенным голосом соврал я. — Отличный! И что теперь требует солнцеликий султан от московского князя Сильвио? Вы, кстати, знаете, что наш героический Александр Невский добровольно отправился в Орду и стал приемным сыном Батыя? И что его усилия по объединению великоросских земель имели лишь одну цель — эффективность сбора дани для своего приемного папаши хана Батыя? Пованивает предательством, нет?

— Предательством кого? Народа? — засмеялась она. — Вы оперируете эмоциональными категориями. Вот давеча вы вспомнили шахматы... Ведь политика — она как шахматы, вам и в голову не придет во время игры говорить о предательстве. Вы жертвуете ферзя или ладью, предположим, для создания позиционного преимущества, вас же не будет совесть мучить, что вы предали своего ферзя или свою ладью. Это игра, верно?

Я сделал глоток, подумав, положил кусок сахара, потом еще один.

— Не говоря уже о том, что и Александр Невский, — продолжила она, — и Ордынское иго оцениваются порой положительно.

— Ну да, Гумилев! — Я принялся греметь ложкой, размешивая сахар. — Евразия! Благодаря татарскому игу и политике Александра Невского на Руси появились зачатки государственности. Эмбрион великой империи. Третий

Рим! А зачем создавалось это государство? С какой такой великой целью?

Я посмотрел на Ольгу, мысленно уговаривая себя не заводиться.

— Цель была одна — сбор дани. Причем дань собирали свои. Собирали и отвозили в Орду. Князь Александр утвердил свое правление в Новгороде, угрожая городу нашествием Батыя. Своего приемного папаши! Великая Российская империя берет свое начало именно из ордынского ярма. Да, прав был Сильвио: рабство — вот квинтэссенция Руси!

Кофе получился сладким, как сироп.

— Я даже не говорю о жертвах. — Я отпил горько-приторный бурды. — Орда физически уничтожила два миллиона русских, почти четверть тогдашнего населения. Сегодня мы называем это геноцидом. Но величайшая гнусность истории российского государства заключается даже не в этих двух миллионах зарезанных, посаженных на кол, заживо сожженных и не в двух с половиной столетиях рабства, а в том, что рабство это осуществлялось руками своих же соплеменников. И величайшие герои земли Русской на деле оказываются беспринципными подонками и предателями. Их интересует лишь власть. Власть любой ценой, вплоть до предательства своего народа.

Как это часто бывает в русских спорах, горячих и бессмысленных, наш разговор явно шел в нежелательном направлении. Я это понимал, но с ослиным упрямством продолжил:

— В начале шестнадцатого века в Италии вовсю бушует высокое Возрождение, из десятиметровой глыбы каррарского мрамора Микеланджело высекает Давида, этот символ непокоренной Флоренции. Рафаэль Санти пишет Сикстинскую мадонну, Леонардо создает величайший портрет всех времен и народов — Джоконду. А что творится у нас? Что там на земле Русской?

— А на земле Русской, — язвительно ответила Ольга, — правит князь Московский Иван Третий, получивший прозвище Великий. Иван Третий — собиратель земель русских. Именно он и положил конец татарскому игу.

Я демонически захохотал, Ольга простодушно угодила в мою ловушку.

— Иван Великий? Но почему князь? Почему не царь? — Я поглядел на нее и злорадно ответил: — А потому, что царем мог называться только ордынский хан, а холуи при всем желании выше «князя» прыгнуть не могли. Князь Московский Иван поехал в Орду и, как пишет летописец, «поехал и холопом назвался». Во как! Холопом! Иван Великий! А иго на Руси кончилось не благодаря усилиям русских, а лишь по счастливой случайности — Крымский хан разгромил Орду. Раздолбал!

Я смачно треснул кулаком в стол. Ольга отодвинула чашку и зло посмотрела в сторону. Я торжествовал.

— Кстати, — великодушно добавил я, — нынешние действия Сильвио тоже могут войти в историю как величайшее предательство русского народа или как грандиозная победа российской государственности. В зависимости от того, кто будет писать историю.

— Историю будем писать мы! — Ольга повернулась и жестко посмотрела мне в глаза.

53

Прибалтика бурлила: из Риги ночью бежал генерал-губернатор Сальников со всем кабинетом, в Таллине жгли российские флаги, тысячная толпа вышла на улицу и окружила ратушу. По информации «Ройтер», полиция перешла на сторону демонстрантов.

И только из Москвы не было ничего конкретного. Там шли переговоры между Кантемировым и Сильвестровым, и шли они за закрытыми дверями.

Меня отвели к Жанне Сильвестровой — я потребовал встречи с ней. Жанна выглядела старше, чем тогда на экране, взрослее. Дело было не только во внешности. В ней не было и намека на детскую наивность, это была личность с вполне сложившимся характером. Да еще каким!

Жанна свято верила, что именно сквозь нее проходит невидимая ось, на которой держится мироздание. Она была убеждена, что вселенная вращается вокруг нее. Ради нее мчались курьеры из парижских салонов, ради нее дымили шоколадные фабрики Бельгии, в теплицах Голландии расцветали тюльпаны. Для нее французские парфюмеры в серебряных ретортах выпаривали новый аромат — горечь кофе с медом жасмина, — смесь невинности и порока; бойкие горничные ловкими руками взбивали пуховые подушки в ее спальне с видом на Монблан, лыжный тренер, загорелый белозубый красавец, уже ждал ее у частного подъемника на эксклюзивном западном спуске. Ради нее горбатились африканские негры в алмазных копях, в Силиконовой долине калифорнийские кудесники придумывали сверхновый смартфон — тоньше бритвы, легче вдоха. Ради нее Снуки Топаж записывала новый клип, а Курт Леруа изобретал силуэт зимней коллекции «Русские соболя».

Я почти сразу пожалел, что пришел. Мне чертовски стало жаль Сильвио: знаете, что она ответила, когда я рассказал, как он чуть с ума не сошел, узнав о похищении?

— Раньше надо было с ума сходить, — улыбаясь мне в лицо, ответила эта маргаритка. — Ушел поезд, ту-ту!

И весело изобразила паровозный гудок.

На душе стало мерзко, точно мне сообщили какую-то гадость про хорошего знакомого. Жанна непринужденно болтала: ей, видите ли, больше всего хотелось стать знаменитой, просто знаменитой. Она была уверена, что похищение сделает ее звездой; а как же — по всему миру люди будут следить за судьбой русской девчонки, такой невинной, такой симпатичной. А после счастливого и драматичного освобождения, уже в звездном статусе, она получит свое личное ток-шоу на телевидении.

— Называться оно будет «Жанна!» — Она манерно развела руками, точно распахивая занавес. — С восклицательным знаком.

— А как же. — Я мрачно кивнул.

— И там на сцене такие буквы будут — ЖАННА, огромные, золотые, с блестками такими, на них прожекторы разноцветные направлены, знаете такие прожекторы, они так переливаются разноцветно?

Я снова кивнул. Мне очень хотелось встать и уйти, немедленно встать и уйти, не говоря ни слова.

— И такая музыка, — она плавными ладонями стала делать восточные жесты, — музыка, музыка, а зал аплодирует, аплодирует...И тут появляюсь я, но не просто выхожу, а выплываю на такой лодке, как бы в виде лебедя. Белые крылья там... И я там сижу — вот так.

Она вытянула шею и гордо посмотрела на меня.

— Жанна, — я начал медленно, сдерживая себя и стараясь не сорваться, — лебеди и музыка — это все хорошо... Но ты понимаешь, что ты... ты предала своего отца... Отца, ты понимаешь?

Я нервничал, она продолжала улыбаться, улыбка линяла, превращаясь в презрительную гримасу.

— И даже не в нем дело. — Я бессильно сжал кулаки. — Дело в тебе! Как ты с таким камнем на душе жить дальше будешь? С такой грязью... Как, господи?

С каждой секундой мне становилось все более тошно. На язык просились злые, желчные слова. Мне очень хотелось сделать ей больно. Она внимательно следила за мной, совсем как хитрый маленький зверек, потом вдруг влажно облизнула губы и приоткрыла рот в похотливом ожидании.

Москва медленно приходила в себя. Медленно и с трудом пыталась очухаться после ночного кошмара. На серых улицах появились осторожные прохожие, покатили редкие автомобили. В воздухе стоял сладковатый кладбищенский дух, из центра на юг потянулись крытые брезентом армейские грузовики. Они ползли по набережной, через Замоскворечье, по Каширскому шоссе в сторону Домодедово.

Там, в районе Тупицино, на военном полигоне, оцепленном солдатами внутренних войск, экскаваторы рыли длинные траншеи в рыжей глине. В отдалении, пыхтя соляркой, томились бульдозеры. Водители грузовиков осторожно подавали задом к краю траншеи. Солдаты в полевой форме, руководимые каким-то штатским, разгружали машины. Пустой грузовик отъезжал, штатский подавал сигнал, бульдозер засыпал яму рыжей глиной.

Гвардейцы Кантемирова шлялись по городу группами, явно чувствуя себя победителями. Горожане обходили их, но все равно то тут, то там вспыхивали драки, в которые полиция не вмешивалась. Кантемиров приказал расквартировать «Железную гвардию» в гостинице «Москва». Сам султан занял мраморный президент-люкс с бассейном на крыше и видом на Кремль. В полдень было объявлено, что сегодня в двадцать один ноль-ноль по всем каналам будет транслироваться чрезвычайное обращение к народу России. Кто будет обращаться к народу и по какому поводу, не разъяснялось. Имени Сильвестрова вообще не упоминали.

— У нас нет никакой информации. — Ольга нервно поправила платок, точно он ее душил. — Мы не можем действовать наобум! Не можем!

— Мы не можем сидеть сложа руки! — крикнула Ангелина.

— Надо что-то делать, я согласен, — поддержал ее бритый болезненный парень, его звали Виктор.

Мой сын поглядел на меня, потом на Ольгу.

— Какая вам еще нужна информация? — Он хмуро потер переносицу. — Сторонники султаната заняли Москву. Сильвестров, даже если он еще жив, ситуацию не контролирует. Я предлагаю активизировать региональные группы, в конце концов, на Москве свет клином не сошелся...

— Дима, — мягко остановила его Ольга. — Мы толкуем о разных вещах.

Сын хотел что-то возразить, удивленно вскинул брови, но до него вдруг дошло, что Ольга имела в виду судьбу своей сестры.

— Простите, Ольга Кирилловна, — виновато он опустил плечи. — Конечно, конечно. А от «Шершня» есть что-нибудь?

— «Шершень» молчит, вторые сутки молчит.

У меня мелькнула догадка: неужели Шестопал? Этот референт-людоед, телефонный Шива, верный пес и правая рука диктатора Сильвестрова? Бедный, бедный Сильвио — сначала Жанна на лебеде, теперь людоед... К этой мысли добавилась еще одна, так, недодуманная, но очевидно неприятная мыслишка. Я попытался отмахнуться, но мыслишка уже разворачивалась ко мне своим гнусным фасадом. Противный голос в районе затылка вкрадчиво спросил: «А ты? Ты ведь сам его предал? Разве нет?»

Моя совесть (или что там у меня вместо нее) тут же вскипела: «Нет, нет! Мной движут благородные порывы, я пытаюсь спасти сына, вытащить его из беды! Как можно сравнивать?!»

Вкрадчивый голос усмехнулся: «Расскажи своему другу Сильвио о прекрасных порывах благородной души. Он точно оценит. Предатель».

«У меня не было выбора! — беспомощно пискнула совесть. — Я должен спасти сына!»

Вкрадчивый засмеялся: «Классика! У меня не было выбора! Это просто классика жанра, дорогой Брут!»

Я вздрогнул — кто-то тронул меня за руку; это был сын.

— Все нормально? — Он озабоченно взглянул мне в глаза.

— Да, да... Так, мысли всякие...

Они смотрели на меня с тревожным любопытством, очевидно, пока я был погружен в свою душевную медитацию, меня о чем-то спросили.

— Так что он предпримет? — повторила Ольга. — Вы его знаете и можете спрогнозировать...

Речь шла о Сильвио.

— Нам неизвестна расстановка сил, — начал я вяло, пытаясь привести мысли в порядок. — Думаю, в девять часов из обращения мы поймем...

— Мы не можем ждать до девяти часов! — Ангелина исподлобья зыркнула на меня сквозь толстые стекла очков.

«Тихо, тихо, милая, так-то уж не горячись», — подумал я и спокойным тоном продолжил:

— Однако мы можем кое-что предположить, исходя из доступной нам информации. Судя по всему, Сильвио... Сильвестров... если использовать шахматный сленг, угодил в «капкан». В ситуацию, приводящую к потере ферзя. Под ферзем я подразумеваю власть. Реальную власть. Необязательно его свергать или рубить голову на Красной площади. Тем более, зная неприязнь славян к южанам, оставить Сильвестрова в Кремле будет наиболее разумно, но оставить лишь в виде куклы. Тут ничего изобретать не надо — в истории есть тысяча примеров. Кантемиров блестяще разыграл комбинацию, у него позиционное преимущество...

— Еще бы, «Железная гвардия» в Москве! — фыркнула Ангелина.

— Что будет делать Сильвестров? — спросил болезненный Виктор.

Я глубоко вдохнул, молча оглядел всех.

— Сильвестров — умный человек. Очень умный. Он амбициозен, но не тщеславен, его не интересует мишура, внешняя сторона, видимость, понимаете? Он отличный стратег...

— Ага, стратег! — встряла желчная Ангелина. — Угодил в такой цугцванг.

Я с уважением поглядел на нее.

— Да, пожалуй, цугцванг. У Сильвестрова нет ходов, любой ход ведет к ухудшению позиции. Поэтому он не будет действовать сломя голову... Будет выжидать...

Повисла пауза. Они ждали, что я скажу.

— Сильвестров непредсказуем. Он ненавидит шаблоны. Если у проблемы есть два очевидных решения, а хитрец сможет найти третье, то Сильвестров непременно найдет четвертое. И именно так поступит.

— А если решения нет? — тихо спросила Ольга. — Что тогда?

— Решение есть всегда. Просто когда оно нам не нравится, мы заявляем, что решения нет.

56

Свадебная церемония началась после полуночи. Наступало воскресенье, последнее воскресенье апреля. Молодожены прошли обычную процедуру — поклялись на Библии, что являются представителями арийской расы и не имеют генетических или других заболеваний, которые могли бы препятствовать заключению союза. Потом молодые обменялись кольцами и поставили свои подписи в брачном сертификате. Невеста по привычке начала подписываться девичьей фамилией, вспомнив, зачеркнула заглавную «Б» и вывела почерком прилежной школьницы «Гитлер, урожденная Браун».

Через тринадцать часов молодожены примут по ампуле цианида, жених одновременно выстрелит себе в висок из «браунинга». Их трупы закатают в ковер, выволокут во двор. Дотащат до ближайшей артиллерийской воронки, там обольют бензином и подожгут. К этому часу 30 апреля орудия русских будут бить прямой наводкой по Рейхстагу и зданию Имперской канцелярии.

Тридцатое апреля, понедельник. Ровно десять дней назад фюреру исполнилось пятьдесят шесть, и ровно двенадцать лет назад он пришел к власти, став канцлером Третьего рейха, новой тысячелетней империи, великой и несокрушимой. Третий рейх просуществовал всего двенадцать лет. Государство пережило своего основателя на семь дней.

Последний документ, продиктованный фюрером за семь часов до смерти стенографистке Гертруде Юнге, называется «Политическое завещание». Да, все было решено: Гитлер уже принял решение о самоубийстве, за день до этого он отверг реальную возможность вырваться из осажденного

Берлина на самолете Ханны Райч, прилетевшей из Мюнхена на своем «аисте» Ф-156. Ей удалось пробиться через плотный огонь русских зениток и почти вслепую посадить фанерный «кукурузник» в Тиргартене, рядом с Бранденбургскими воротами. Ханна Райч, мелкая блондинка с лицом самоуверенной стервы, одна из самых знаменитых женщин за всю историю авиации, летчик-испытатель с полусотней международных рекордов (один из них продержался до 2012 года), так и не смогла убедить фюрера попытаться спасти свою жизнь. Ханна улетела одна и прожила еще сорок с лишним лет. Последним местом ее работы была Гана, где Райч руководила собственной авиашколой.

Но вернемся к «Завещанию». Что же хотел фюрер поведать потомкам, стоя на краю могилы?

Текст документа разочаровывает. Железный диктатор Третьего рейха, отец великой империи, полководец, покоривший полмира, вождь, правивший стальной рукой народами Европы, оказывается, ничего не понял. Он ничего не осознал и ничему не научился. Он не извлек ни единого урока из своих ошибок. Более того, он не признавал ошибок. Катастрофа библейского масштаба, в которую он вверг планету и которая смела миллионы жизней и сожгла тысячи городов, крах Германии, его личный крах ни на йоту не изменили взглядов фюрера.

«Более тридцати лет прошло с того дня, как я ушел добровольцем на фронт Первой мировой войны. Той грязной и преступной войны, навязанной миролюбивой Германии. Все тридцать лет единственным ориентиром моих помыслов, поступков и самой жизни была моя любовь к Германии. Именно любовь и преданность моему народу давали мне силы принимать решения вселенского масштаба, я стал единственным из смертных, кому пришлось решать задачи такого калибра.

Абсолютная ложь, что я или кто-то другой в Германии хотел начала Второй мировой войны. Ее желали и провоцировали иностранные политики еврейской национальности или те, кто работал в интересах международного еврейства. Со своей стороны я неоднократно выступал с мирными инициативами, за разоружение и контроль за наращиванием вооружений. Пройдут столетия, но правда все равно восторжествует, потомки узнают истинные имена виновников этой войны — это международное еврейство и их прислужники».

Вот так.

Фюрер возложил ответственность за геноцид на жертвы этого геноцида, на самих евреев. Создание концлагерей (всего сорок две тысячи, включая гетто), этих фабрик массовой смерти, где уничтожение людей было поставлено с промышленным размахом и чисто немецкой педантичностью, тоже, скорее всего, было частью международного еврейского заговора. В завершение Гитлер подчеркнул, что покидает этот мир с радостным сердцем от «осознания грандиозных побед, одержанных рабочими и крестьянами Третьего рейха, от уникального исторического вклада немецкого народа и особенно молодежи, гордо носящей его имя».

Именно в то время, когда он диктовал эти строки, всего в трех километрах от рейхсканцелярии в районе Шарлоттенбурга, четырнадцатилетние сопляки из третьего Берлинского батальона «Гитлерюгенд» пытались удержать мост у озера Гавел. Их позиции утюжила русская артиллерия, на них шли танки, но мальчишки не отступали — у мальчишек был личный приказ фюрера: ни шагу назад, стоять насмерть! Они должны были дождаться подхода резервной армии генерала Венка. Фюрер сказал им, что генерал Венк совсем рядом. Что он непременно пробьется и уж тогда эти русские попляшут.

Ни фюрер, ни пацаны из гитлерюгенда не знали, что армия Венка разбита и ее просто не существует. До падения Третьего рейха оставалась ровно неделя.

57

Меня разбудил дождь. Он только начался: первые тяжелые капли редко застучали по железу подоконника, по листьям, потом, ускоряя дробный ритм, зашуршали по траве. Шум нервно нарастал, ширился, вдруг наверху, совсем рядом, точно на чердаке, раскатисто бухнул гром. И тут же, как по сигналу, обрушился ливень. Я открыл глаза.

В дверь вкрадчиво постучали.

— Войдите. — Я сел, опустив босые ноги на пол. — Да, войдите.

Я ожидал увидеть сына, но это оказалась Зина.

— Можно? — Она тихо вошла, прикрыла дверь. — Ну и дождище!

Спросонья голова была ватной, я взглянул на запястье, часов не было. Они лежали на столе.

— Четыре, без пяти четыре. — Зина села рядом. — Можно?

Она сначала делала, потом спрашивала — я хотел ей сказать об этом, но передумал, потому что она придвинулась и поцеловала меня в щеку. Даже не в щеку, а куда-то в скулу.

— Я уезжаю. Прямо сейчас, — сказала она и без перехода спросила: — Я вам нравлюсь? Хоть немного?

От нее пахло кожаной курткой и еще чем-то сладким, почти детским, так пахнет свежее печенье.

— Зина... — Я издал странный звук, сипло крякнув, как простуженный гусь. — Да, но...

— Опять «но»? — Зина с досадой замотала головой. — Молчи, а то снова все испортишь.

— А когда... — начал я, но не договорил — она быстро приблизила лицо и, раскрыв рот, стала целовать меня в губы.

Снова саданул гром, громко и нагло, с хулиганским оттягом, точно за стеной кто-то пальнул из дальнобойной гаубицы. Зина вздрогнула и, кусая мои губы, вцепилась мне в спину. Я одновременно подумал о трех вещах: что я должен немедленно ее остановить, что дверь не заперта и что это моя первая гроза после возвращения в Россию.

Человек, безусловно, слаб. Особенно мужчина и особенно в такой ситуации. Ситуации почти безвыходной, да что там почти — просто безвыходной. И не надо напоминать мои же слова, сказанные по этому поводу несколько часов назад. Не надо. Ситуация ситуации рознь.

Гроза продолжала громыхать, потоки ливня колотили по листьям, бурлили под окном. Потолок вспыхивал белым электрическим светом и почти сразу отзывался могучий гром. Зина, запрокинув голову, часто дышала, от молний ее лицо становилось бледным, почти фарфоровым. Из-под опущенных век страшновато виднелись белки ее глаз, казалось, она впала в транс вроде колдуний вуду с острова Гаити.

От этих глаз и от грохота бури, от потного жара ее маленького сильного тела меня охватила радостная жуть, какое-то забытое чувство, как тогда, в детстве, когда я наконец решился и сиганул с высоченного обрыва в море: подо мной в звонкой россыпи солнечных зайчиков бродили бирюзовые волны, белыми стрелами проносились суетливые чайки, по дымчатой дуге горизонта полз слюдяной лайнер. А я летел, парил, что твой ангел, — и не было уже такой силы, которая могла бы остановить мой полет. Господи! Какое же это прекрасное чувство! И что оно значит, господи?

Это жизнь, ответил кто-то в моей голове, это просто жизнь. Это значит, что ты еще жив.

Ливень выдохся и теперь лениво сыпал мелким дождем. Гром ворчал где-то вдали, Зина лежала на мне, уткнувшись лицом в шею. От ее коротких оранжевых волос почему-то пахло лесным костром.

— Мне дрянной сон приснился, — тихо пробормотала она мне в ключицу. — Мы с тобой в каком-то доме... не доме... вроде дворца. Но заброшенном, там паутина, лестницы, залы, и везде темно...Темно...

Она замолчала, после продолжила:

— Ты особенный, я сразу почувствовала...

— Это во сне? — спросил я.

— Дурак... — лениво отозвалась она. — Вот ведь какой дурак...

Лица я не видел, но почувствовал, что она улыбается. Меня накрыла волна тихого, беспомощного счастья, пронзительного, на грани надрыва. Действительно, дурак — ведь это твой последний шанс! Хватай ее в охапку, крепче хватай, через кордоны, через границы, тащи ее из этой безумной страны! Пусть тебе детишек нарожает, будешь с ними в Центральном парке гулять, на велике научишь кататься. А летом — на океан, в Хэмптон, босиком ходить по песку в полосе прибоя, собирать ракушки и белые камушки. Хватай ее, беги! Ты сможешь, ты ведь умный! Прочь отсюда! Ведь она девчонка, соплячка, она еще не знает, что ничего хорошего тут никогда не будет! Но ты-то в курсе! Ты-то знаешь, как у них тут заведено: плаха, топор, кровь людская, что водица, косточки белые под сапогом хрустят, что снежок утренний. И никогда иначе не бывало. Ни при царях, ни при комиссарах, ни при президентах...

Она шнуровала свои солдатские ботинки, старательно, будто собиралась покорять Монблан. Встала, выпрямилась, подошла ко мне.

— Ты... — Я взял ее ладони в свои.

— Что за привычка, — перебила она меня, у нее мелко дрожала нижняя губа, — постоянно все комментировать. Молчи! Молчи и все!

Пожалуй, она была права. Я прижал Зину и услышал своей грудью, как тукало ее маленькое и нервное сердце: тук-тук, тук-тук. Два чутких удара и пауза. Дождь кончился, за окном посветлело, какая-то птаха назойливо, точно заводная, повторяла снова и снова одну и ту же мелодию из трех нот.

58

По телевизору передавали Рахманинова, Второй концерт для фортепиано с оркестром, записанный в Московской консерватории имени Чайковского. По этой надписи внизу экрана ползла другая, красным: экстренное сообщение — экстренное сообщение. Я завороженно следил за строкой, как кролик. Неожиданно концерт обрубили и безо всякого перехода включили студию с пустым стулом и микрофоном. Микрофон загудел, кто-то торопливо выкрутил звук.

— Да... — пробормотал мой сын. — Вот, значит, как выглядит крах империи на Первом канале центрального телевидения.

Я тоже подумал, что людям в Кремле, похоже, уже не до условностей вроде холеных комментаторов в галстуках пастельных цветов и красивых заставок с крымскими пейзажами на фоне заката. В кадр неуклюже вполз некто в белой рубахе и пиджаке. Когда этот некто сел, я узнал Сильвио, узнал с трудом. Он был черен лицом — прежде эта фраза из старых романов казалась мне чрезмерной экзальтацией, сейчас она оказалась самым точным описанием.

Сильвио откашлялся, взялся за стойку и приподнял микрофон; его рука заметно дрожала.

— По крайней мере, мы теперь знаем, что он жив, — тихо сказала Ангелина.

— Жив? — с сарказмом спросил мой сын. — Я бы не стал утверждать...

Сильвио хмуро взглянул в камеру, отвел глаза, достал из внутреннего кармана сложенный пополам лист бумаги. Расправив, положил перед собой и начал читать. Он читал, не поднимая глаз, читал глухим чужим голосом.

— Может, это двойник? — Ангелина тронула меня за рукав. — Вы ж его лично...

Я отрицательно покачал головой. Это был Сильвио, несомненно, это был он, но таким я его никогда не видел. Мелькнула идиотская мысль: больше всего он напоминал персонаж из дурацких фильмов про оживших мертвецов. Никаких эмоций, лишь мрачная целеустремленность заводного механизма. Ведь не зря болтают о каких-то препаратах, зомбирующих сознание. Сильвио поднял глаза от бумаги:

— ...нашим султанитским братьям и их мужественному вождю султану Руслану Кантемирову. Русский народ никогда не забудет этой помощи. В знак особого уважения и благодарности приглашаю Руслана Кантемирова провести парад «Железной гвардии» на Красной площади. Парад состоится завтра и будет транслироваться по всем каналам телевидения. Начало парада — десять ноль-ноль по московскому времени.

— Он спятил! — Ангелина хлопнула в ладоши. — Чокнулся! Он просто сошел с ума!

Она громко засмеялась. Телевизор, поперхнувшись, вернулся к Рахманинову.

— Какой стыд... — проговорила Ольга. — Парад бандитов... Похоже на полную капитуляцию...

— Похоже на начало нового ига, — сказал мой сын. — А ты что думаешь?

Он обратился ко мне. Остальные тоже посмотрели в мою сторону. Рассеянно пожав плечами, я начал:

— Не знаю даже... Такого Сильвио я не видел. Раньше не видел. Может, он действительно... — Я запнулся, подыскивая слово.

— Чокнулся? — вставила Ангелина.

Я покачал головой.

— Сломался. Ведь существует предел. Предел всему.

Они смотрели на меня, продолжая верить, что я обладаю неким таинственным знанием, сакральной истиной, которая поможет ответить на их вопросы. Уловил я и смену настроения — для них Сильвио перешел в разряд поверженных тиранов, за страх, который он внушал прежде, они теперь платили брезгливым презрением. Его унижение вызвало у них злорадство, мне же стало больно, точно я получил известие о смерти близкого. Отчасти так оно и было. Еще во мне начала подниматься какая-то неприязнь вроде изжоги — не только к ехидной Ангелине и несимпатичному бледному Виктору, но и к Ольге и даже к моему сыну.

Ведь, по существу, их объединяла та же идейная дребедень, ветхая и дюжину раз перелицованная, но от этого не изменившая своей кровавой сути, — идея праведного террора. Добродетельного террора, который, по словам страстного импотента Робеспьера, есть не что иное, как быстрая, строгая и непреклонная справедливость.

И, как всегда и везде, а тем более в полуцивилизованной России, стране с невнятной моралью и неясными целями, в стаю сбиваются садисты-мутанты и мечтатели-идеалисты. Первые замечательно иллюстрируют теорию Ломброзо — посмотрите их фотографии, все эти угрюмые деграданты Халтурины, Нечаевы и Каляевы, суицидные серийные убийцы с их маниакальными манифестами. В любом обществе есть такие — болезненно амбициозные недоучки, бездари, неспособные проявить себя. Мир для них — враждебная стихия, наказать этот непонятный и несправедливый мир — их цель. Наказать любой ценой, даже ценой собственной жизни.

Александра Второго пытались убить одиннадцать раз. Замыслы покушений граничили с кретинизмом, исполнение напоминало театр абсурда. Во время взрыва в Зимнем погибло и было изуродовано почти семьдесят человек — горничные, слуги, гвардейцы. Царя там не оказалось. В другой раз было убито два десятка прохожих. За годы русского террора погибли сотни жандармов, генералов, царских чиновников, но больше всего — невинных горожан.

С паталогическими реформаторами-каннибалами все ясно, но как быть с романтиками? Что делать, если ты родился с чутким сердцем в варварской империи, управляемой деспотом в окружении ничтожных подлецов и вороватых негодяев? В стране, где играют исключительно краплеными картами и жизнь устроена по шулерским правилам — тут яблоко необязательно падает на землю, а дважды два имеет несколько разных ответов. Тут как быть? Зажмуриться? Скрючиться, влезть в кокон, заткнуть уши и зашить губы? Прикусить язык? А что делать с душой? Что делать с человеческим достоинством?

Не все, думаю, поймут, о чем я вообще толкую.

Я встал, отодвинул стул; тот с мерзким звуком царапнул по бетонному полу. Молча и ни на кого не глядя медленно дошел до двери. Взявшись за ручку, я задержался. Мне очень хотелось им сказать, что Сильвио был моим другом, моим единственным другом. Еще мне хотелось сказать, что я думаю о революционерах, даже самых искренних и честных. Но, наткнувшись на глаза сына, я передумал и вышел, притворив за собой дверь.

59

Кремлевские куранты с неспешной торжественностью отбили десять. С десятым ударом лениво распахнулись ворота Спасской башни. Три тысячи бойцов «Железной гвардии» клацнули каблуками и вытянулись по стойке «смирно». Знаменосцы, печатая шаг, вынесли вперед полковые флаги. На личном штандарте эмира, черном бархатном поле с серебряными арабесками, была вышита волчья голова с оскаленной пастью.

Над Красной площадью повисла тишина. Утро точно оцепенело. Ветра не было, тянуло сырой гарью. В сизом низком небе тусклым золотом сияли орлы кремлевских башен, красный кирпич стен казался мокрым, темным, на пустых трибунах торчали две одинокие телевизионные камеры. На Васильевском спуске стояли грузовики, крытые камуфляжным брезентом, Никольская тоже была перегорожена военной техникой. Ни солдат, ни зевак видно не было.

Дробно зацокали подковы. Испуганные голуби взмыли в небо и закружили над пестрыми маковками Василия Блаженного. Из ворот Спасской башни нервным галопом выскочил белый жеребец в золоченой мавританской сбруе. Руслан Кантемиров, плотный и загорелый, в малиновом парадном кителе с золотыми эполетами и аксельбантами, уверенно откинувшись в седле и вскинув руку в белой кавалерийской перчатке, пустил жеребца вдоль строя.

— Аллах велик! — гортанно прокричал эмир.

— Слава Аллаху! — в тысячу глоток отозвались гвардейцы.

Эхо заметалось над площадью. Кантемиров поднял жеребца на дыбы, прогарцевал у мавзолея. Привстал в стременах, крикнул:

— Воины пророка! К вам, бесстрашные, к вам, неистовые, обращаюсь я. Вы — разящий клинок ярости пророка, стальное жало его мести! Огненный ураган, сметающий скверну с лица земли! Вы несете слово пророка, вы несете его имя! Вы непобедимы! Слава «Железной гвардии!»

— Слава эмиру! — ревом откликнулись гвардейцы.

Кантемиров улыбался. Осаживая танцующего жеребца, эмир нагнулся к знаменосцу, подхватил за древко свой штандарт и поднял его над головой.

— Эй, Москва! — засмеялся Кантемиров. — Гляди, Россия! Волки Султана на Красной площади! Мы пришли!

— Слава эмиру!

— Не карать мы пришли! Не мести ради, но справедливости! — Кантемиров снова поднял жеребца на дыбы. — Кровь и слезы султанитов взывают к справедливости! К справедливости во имя Аллаха и во славу Аллаха!

Гвардейцы взревели. По площади прокатился страшный звериный рык.

— Гляди, гордая Москва! Гляди и слушай. Пришло время отдавать долги. За годы унижения и рабства, за надругательство над святынями наших предков, за войны, за сожженные города и аулы. Пришло время платить. Смири гордыню, Россия! Нет больше империи, кончилась твоя злая власть. Не орлица ты, а дохлый ворон — и гордый молодой волк терзает тебя, а ты истекаешь кровью, и нет в тебе силы расправить крылья. Нет в тебе воли! Смирись! Во имя Аллаха и во славу Аллаха!

Кантемиров выхватил из кобуры свой знаменитый золотой «магнум», ткнул длинный ствол в небо.

— Аллах велик! — прокричал он, нажимая курок еще и еще раз.

— Слава Аллаху! Слава Аллаху! Слава Аллаху!

Гвардейцы тоже начали палить в воздух. Треск выстрелов слился в плотную стену грохота, над площадью туманом поплыл сизый пороховой дым. Кантемиров сунул револьвер в кобуру, повернувшись в седле, сжал кулак в белой перчатке и, смеясь, погрозил орлу на макушке Спасской башни.

Позолоченный орел да еще башенные часы, которые показывали десять двадцать семь, были последним, что увидел эмир в своей жизни. Пуля снайпера попала точно в висок, Кантемиров дернулся и, выпустив из рук штандарт, начал удивленно заваливаться назад. Знаменосец, стоявший у стремени, испуганно попытался поддержать сползающее тело. Он что-то гортанно прокричал, стараясь перекрыть грохот пальбы.

В этот момент заработали пулеметы. Двенадцать огневых точек в чердачных окнах крыши ГУМа, двенадцать пулеметов системы «Ремингтон» со скорострельностью пятьсот пуль в минуту. Бойня закончилась ровно в половине одиннадцатого. Триумфальный взлет и трагический крах эмира Руслана Кантемирова заняли всего полчаса.

60

На экране появилась заставка «Первый канал, телевидение России», потом погасла и она. Мы, как зачарованные, продолжали пялиться в пустой серый экран.

— Господи... — глухо пробормотала Ангелина. — Что это было?

Ей никто не ответил. Ольга, плавно, точно в трансе, опустилась на стул и закрыла лицо ладонями. Мой сын, бледный и сосредоточенный, кусал костяшки кулака — моя давняя привычка. В подвале стало душно, рубаха прилипла к спине, откуда-то потянуло жареным луком.

— Кухня, что ли... — Я с грохотом выдвинул стул и сел.

— Обед... — сквозь ладони произнесла Ольга. — Подберезовики в сметане... с жареной картошкой.

— Подберезовики, — с непонятной злобой повторил я. — С картошкой.

Ольга опустила ладони, посмотрела на меня мокрыми красными глазами. Она хотела что-то сказать, но в этот момент ожил телевизор — на экране возник трехцветный государственный флаг с желтым орлом посередине. Плотный закадровый баритон, расставляя зловещие паузы медленно произнес:

— Внимание... внимание! Передаем чрезвычайное обращение... Чрезвычайное обращение ко всем гражданам России... Внимание!

Появился Сильвестров. Хмурый и строгий, в черном пиджаке и бордовом галстуке, он напоминал директора похоронной конторы с хорошей репутацией. Его гладиаторский ежик за ночь совсем поседел и стал благородно серебристым, лицо было припудрено, скулы убедительно тронуты румянцем. Меня поразило, что у них там, в Кремле кто-то еще думал о макияже ровно через пять минут после расстрела трех тысяч человек на Красной площади. Камера приблизилась, Сильвестров поднял недобрые холодные глаза.

— Россия, — низким, чуть осипшим голосом произнес он. — Наступил момент истины.

Сильвио был безупречен, его самообладание в который раз меня потрясло. Он выдержал паузу и продолжил:

— Я пришел вернуть вам гордость. Да, гордость и силу. Но сначала я должен сказать вам правду, и я знаю: эта правда вам не понравится. Но другого пути у нас нет.

Сильвио нахмурился. За его спиной высились своды какого-то кремлевского зала, щедро украшенного малахитом и позолоченной лепниной, который смахивал на декорацию ко второму акту «Золушки».

— Почти сто лет коммунисты вбивали в русский народ идею интернационализма, затем пришло время европейской толерантности. Последние двадцать лет бесстыжей диктатуры Тихона Пилепина, воровской тирании уровня банановой республики, окончательно развратили Россию. И вот результат: сегодня орда дикарей устраивает языческую вакханалию в сердце столицы, на Красной площади.

Сильвестров замолчал, потом тихо спросил:

— Может ли русский человек пасть ниже?

После гнетущий паузы продолжил, но уже громче:

— Где наша честь? Где наша гордость? Что мы сделали с нашей славой? Втоптали в грязь? Распродали за грош на европейских базарах, разменяли за алтын на турецких курортах? А ведь слава-то эта нам даже и не принадлежит, нам ее вручили, чтобы передать детям и внукам. Слава и гордость...

Сильвестров запнулся, точно у него перехватило горло.

— Ведь она, эта слава, нам досталась напрямую из рук Петра Великого и Владимира Мономаха... Из рук Кутузова и Суворова, Пушкина и Толстого, Менделеева и Лобачевского. Сохраните славу, не замарайте и детям своим передайте. Славу государства Российского, славу земли Русской... И в позоре этом мы все виноваты, мы все и каждый из нас. Каждый, кто называет себя русским. Русским не по крови, а русским по духу...

Он задумался. Замолчал, вперившись взглядом в камеру, и потом продолжил:

— А ты? Где был ты? Что ты делал, когда пилепинская банда разворовывала страну? Когда его лихая братва гнала нефть и газ за бугор? Когда бывшая чекистская сволочь набивала мошну казенным золотом? Когда их отродье по Монте-Карло и Монако прожигали наши с тобой деньги... Где был ты? Да, ты!

Сильвио поднял руку и ткнул указательным пальцем прямо в меня.

Я поежился — это уже напоминало сеанс какого-то телевизионного гипноза.

— Ты скажешь: я человек маленький, что от меня зависит? Что я мог сделать? Я винтик большой машины. Винтик... — Сильвестров брезгливо скривил рот. — Врешь, не винтик ты, а человек. Русский человек! Никогда русский человек не был винтиком! Да, красная сволочь пыталась сделать из нас рабов, превратить русский народ в холуйское стадо. Миллионы лучших людей стерли в пыль, по лагерям, расстрельным камерам, по ссылкам и эмиграциям. Но не кончился русский человек. И не кончится никогда! Не дождетесь!

Сильвио погрозил крепким кулаком в камеру.

— И из пепла возродится русский человек, расправит плечи и, как богатырь былинный, как Илья Муромец, восстанет, поднимется выше гор, выше неба. Ибо нет силы, способной сломить русского человека, нет врага, могущего одолеть его. Да, мы, русские, долго терпим. Но терпение наше не безгранично. Говорят, что мы, русские, долго запрягаем, — и это верно. Но уж как запряжем — держись! Держись! Мы так полетим, так поскачем, что чертям в аду тошно станет!

Сильвестров недобро усмехнулся.

— Сегодня на Красной площади банда абреков пыталась унизить Россию. Они плюнули нам в лицо — мне, тебе, твоей матери. Они, эти дикари, наивно полагали, что русские утрутся. Ведь так было не раз — утирались. Утирались да еще и прощения просили...

Он сочувственно покачал головой, потом посуровел и рубанул ладонью воздух.

— Хватит! — заговорил Сильвестров, весомо чеканя каждое слово. — Уничтожив бандитов на Красной площади, я одновременно приказал нанести ядерный удар по столице так называемого султаната, а по сути — по гнезду исламского терроризма.

Меня накрыло ощущение нереальности, какого-то муторного кошмара. Я помотал головой, взъерошил волосы руками.

— Россия — ядерная держава. Хочу напомнить всем, кто забыл: наша экономика, может, слаба и меньше экономики какого-нибудь Бенилюкса, но зато мы можем стереть этот Бенилюкс с лица планеты за двадцать минут. Ядерная политика двадцатого века была политикой сдерживания. Политикой угроз и политикой устрашения. Двадцатый век кончился. Сегодня от угроз Россия переходит к действию. Мы в одностороннем порядке выходим из всех подписанных ранее соглашений по ядерному регулированию. Ядерная доктрина сегодняшней России — безусловное применение оружия массового поражения в любой ситуации, требующей его применения. Речь идет обо всем спектре оружия, тактическом и межконтинентальном. Россия оставляет за собой право в единоличном порядке выбирать цель, способ и время их уничтожения.

— Это же терроризм... — проговорил мой сын, не отрываясь от экрана. — Государственный терроризм.

— Америке и Европе вряд ли понравится новая доктрина России, — Сильвестров усмехнулся. — Но мне плевать, что думают на этот счет в Вашингтоне или в Женеве. Меня волнует моя родина. Моя Россия! И я не остановлюсь ни перед чем, не пожалею ни крови, ни самой жизни для возрождения чести и славы моей страны. Россия, я клянусь: я верну твою славу, я верну твою гордость!

61

Больше находиться в подвале я не мог, я задыхался. Грохнув дверью, выскочил в монастырский двор. Белесое, какое-то мертвенно-ртутное небо на миг ослепило меня. Сквозь пелену светился расплавленный диск мутного солнца. Я через голову стянул мокрую рубаху, скомкав, бросил ее в траву. Опустился на корточки, обхватив голову руками. Издалека долетел стрекот какого-то мотора, где-то рядом домовито кудахтали куры, по-деревенски пахло теплой соломой. Боже мой, что это было, там, в подвале — бред, сон? Сеанс массового гипноза? Ведь этого же просто не может быть!

— Эй?

Кто-то осторожно тронул меня за плечо. Дмитрий, мой сын. Он присел рядом на корточки.

— Ты как? — спросил он. — Я просто испугался, что тебе плохо... что у тебя там сердце или...

Я помотал головой, попытался улыбнуться, говорить я не мог, в горле стоял ком. Неуклюже обняв сына за плечи, я прижал его к себе. Господи, он испугался, мой сын испугался за меня! Когда последний раз кто-то беспокоился обо мне? Когда и кто? Я закусил губу, до боли зажмурился, но чертовы слезы все-таки потекли из глаз.

— Митя... — Я проглотил соленую горечь. — Милый мой Митя... Все у нас будет хорошо... Все у нас будет...

Будто сирые скитальцы, точно выбившиеся из сил паломники, мы обнявшись стояли на коленях в жухлой траве монастырского двора, я, уткнувшись лицом в его макушку, вдыхал запах волос, такой знакомый, почти мой собственный. Где-то продолжал трещать мотор, дальняя электричка, не громче кузнечика, уносила за собой нежный перестук колес, рядом гуляли пестрые куры, в сухой траве лежала ржавая подкова, как бы намекая на возможность если не счастливого, то хотя бы благополучного исхода.

— Все будет хорошо, — повторил я, с безнадежным упорством гладя ладонью его затылок.

Не знаю, душный ли сентябрьский полдень с запахом деревенской пыли, или слепящая ртуть белесого неба, или ржавая подкова в выгоревшей траве, а может, все это вместе, — только я вдруг с невыносимой остротой ощутил приступ щемящего счастья, огромного, гораздо больше моей грудной клетки. Счастья, по-детски радостного взахлеб и одновременно горького в своей мимолетности. В один миг — в него вместилась целая вселенная: веселый отец с золотым саксофоном, тень матери, тихий снег за ночным окном, Шурочка в школьной форме, осенний бульвар и Чистые пруды, закат над Гудзоном, — в этот миг моя бестолковая жизнь внезапно приобрела смысл, каждый поворот запутанной судьбы наполнился значением и логикой. А как же? — ведь каждый поворот неумолимо вел меня сюда, к сыну, на этот монастырский двор. Вел к этому бесценному мгновенью — только сейчас до меня по-настоящему дошла мудрость гетевского Фауста.

Время исчезло — кого интересует время, если тебе только что шепнули про бессмертие? Не знаю, как долго мы стояли в пыли двора, но в нашу почти идеальную вселенную начал вторгаться какой-то настырный шум вроде треска утреннего будильника, что вползает в дрему. И как во сне подсознание пытается втиснуть назойливый звон в логику утренней дремы, так и мне уже привиделись какие-то сельские мотоциклисты, беспечной колонной путешествующие по окрестным лугам. Шум нарастал и постепенно превратился в грохот.

— Вертолеты! — крикнул Митя.

С запада прямым курсом к монастырю приближались два вертолета. Я ясно увидел их над макушками желтеющих лип — это было звено «Аллигаторов». Вертушки шли на бреющем полете, хищно наклонив острые морды, шли прямо на нас. Во двор, задрав голову, выскочила Ангелина, еще какие-то люди. Ольга, бледная, точно обессилев, стояла, прислонясь к стене. Гром мощных движков накрыл нас, я уже мог разглядеть бортовые номера и серый узор камуфляжа. Вертолеты зависли над монастырем. Сверху, точно божий глас, перекрывая шум моторов, раздался громовой голос:

— Монастырь окружен! Повторяю, монастырь окружен! Приказываю всем выйти во двор! У вас нет ни малейшего шанса. Всем выйти во двор!

К нам подбежала Ангелина. Вцепившись в Митю, она истерично заорала:

— Как они нас нашли? Эти свиньи! Как они нас нашли?

Митя оттолкнул ее, бросился к Ольге.

— Надо что-то делать! — закричал он. — Ольга Кирилловна, у нас же его дочь! Надо выдвинуть какие-то требования! Переговоры! Угрозы... Ну, как это бывает... Нельзя же вот так!

Ольга не двинулась. Она покачала головой, бледными губами беззвучно проговорила:

— Нет.

62

Последующие события в моей памяти переплелись с воображением — виной тому скорее всего газ, которым вертолетчики на всякий случай решили нас притравить. Из жестянок, похожих на консервные банки — три или четыре штуки деловито и точно метнули с вертолета, — повалил лимонно-желтый дым, ядовитый даже на вид. В этом театральном тумане по двору заметались прозрачные, как призраки, люди.

Задыхаясь, захлебываясь лимонной гадостью, я упал на колени. Меня вырвало. Тут же, вместе с приступом удушья в моей голове тронулся и покатился чудовищный чугунный шар. Он катился все быстрее, быстрее, увлекая за собой метавшихся людей, падающую колокольню, желтое небо за ней. Невинный подмосковный ландшафт превратился в босховскую вакханалию, бесовски меланхоличную и затейливо эклектичную. Мир встал на попа, пейзаж раскололся. Из лимонных небес к нам уже спускались, картинно кружась, иссиня-черные серафимы. Злая рать приземлилась и рассыпалась по монастырскому двору, с деловитостью мясников они занялись отловом. Один безликий ангел мимоходом долбанул меня прикладом в лоб.

Через неопределенное время чернота начала рассеиваться, я с облегчением ощутил блаженную невесомость. Вместе с телом исчезла боль, осталась пьянящая плавность, точно меня опустили в густой сироп. Наверное, так парит душа, лениво и чуть рассеянно, покинув ненужное тело. По неясной причине я был уверен, что нахожусь на баркасе душ, — мне виделись маслянистые воды Стикса, вымазанное сажей подвальное небо, мускулистая, точно вылитая из черной резины, широкая спина Харона. Он мерно работал тяжелым веслом, этот адский гондольер.

Возможно, я что-то тут придумал, что-то приукрасил, но в целом все было именно так.

— Тебе кто-нибудь там знаком?

Оказывается, я был не единственным пассажиром. Ко мне обратился некто, сидящий рядом, сумрачный, со взглядом василиска.

— Там? — переспросил я, кивнув в сторону приближающегося горизонта. — Вы знаете, что там?

— Догадываюсь, — огрызнулся василиск, недобро сверкнув сапфировыми глазами. — Потому и спрашиваю.

Его лицо было точно набросок, словно рисовальщику стало лень заканчивать портрет. Штрих, тень, блик — банальный анфас, скучный череп, совсем не Нерон и уж подавно не Цезарь. Но я его узнал.

— Ведь вы?..

— Да! — грубо перебил он меня. — Да, я. Я!

Моим соседом оказался покойный президент Тихон Пилепин. Сутулый и злой горбун, он кусал серые губы, скорчившись на баркасной лавке, как нищий бродяга, как сирый переселенец, в богом забытой шаланде. Его простонародное лицо, вороватое мурло холопа, эта унылая харя гнусного вырожденца, с бледной печатью инцеста, подчеркнутого потомственным алкоголизмом и нездоровым питанием, — короче, его физиономия выражала полную растерянность.

— Есть у меня там знакомец... — начал я. — Немец, точнее, австриец...

— Prima! — оживился покойный сатрап. — Всегда предпочитал немцев. Geklappt und ubrich! Практичный народ, руководствуются здравым смыслом и личной выгодой. Уверен, найдем общие интересы с вашим товарищем.

Цузаммен, как говорится, гезаммен — унд айн бисхен шнапс. Йа-а!

Он хохотнул фальцетом, шpanисто цвиркнул слюной за борт. Потер ладони, оскалился. К нему вернулась его знаменитая блатная нахрапистость.

— Пиндос голимый рамсы попутал. — Мертвец с досадой щелкнул пальцами. — Но ничего, кто нас обидит, трех дней не проживет. На том свете найду суку, живым зарою гада. Я ведь только потом просек — ведь не Кушелмац, и не Каракозов меня заказали, — ведь это старая лярва Гринева, стерва голенастая, сто пудов она проплатила пиндоса. Ничего, ничего, со всеми посчитаемся... Нам ведь что по первяку нужно? — контакты! Люди! Кого надо купим, кого надо пуганем. Всех за яйца прихватим... Деньги, водка, бабы — вот три рычага, что миром правят. Ну еще угроза убийства... Устроимся и на том свете, не горюй, болезный. Все будет абгемахт!

Он снова сплюнул в густые, как смолистый вар, волны Стикса. Повернулся ко мне.

— Как, говоришь, немца твоего зовут?

63

Умереть оказалось не так просто, гораздо сложнее, чем мне представлялось. Я очнулся в каком-то подвале на ледяных плитах, вонючих и склизких, как озерные камни. Желтоватый свет пробивался откуда-то сверху, грудную клетку саднило, казалось, все ребра до одного были переломаны. Каждый вдох отзывался резкой замысловатой болью по всему телу, дышать приходилось мелко и осторожно. Где-то рядом, за одной из стен, пролегал долгий коридор: там гулким эхом шаркали шаги, иногда кто-то бежал, слышалась ругань, один раз раздался кровавый крик, от которого у меня похолодело нутро.

Последствия отравления напоминали зверское похмелье. Меня знобило, немилосердный колотун мелко тряс все внутренности, кое-как я дополз до стены, забился в угол и попытался согреться, обхватив колени руками. Мыслей не было, страха тоже. Я вспомнил о сыне, вспомнил отрешенно, как о давней радости, столь давней, что она уже напоминала то ли мечту, то ли сон. Не было у меня уверенности и в собственной реальности. Я поднес ладони к лицу, растопырил пальцы — да, вроде что-то проглядывалось. Руки. Я их поднял, раскрыл веером, как два крыла. Получилась сумрачная птица. Кто знает, может, еще не все потеряно.

Два раза меня таскали на допрос. В тесной конуре за привинченным к полу оцинкованным столом сидел вкрадчивый человек с узким севрюжьим лицом. Он задавал вопросы. Ему явно нравился собственный тенорок, он спрашивал с расстановкой, красиво модулируя. Определенно севрюжий гордился и своим талантом формулировать вопрос, доводя простую фразу до блестящего совершенства канцелярского кретинизма, который ему казался чуть ли не аристократическим шиком: «Каким образом вы могли бы объяснить очевидный факт вашего пребывания на момент задержания...» — ну и так далее. Он помогал речи плавными жестами мелких бабьих рук с ухоженными ногтями. К середине первого допроса мне все осточертело, и я перестал отвечать. Он продолжал спрашивать, оставляя для моих ответов вежливые паузы, которые я презрительно игнорировал.

Один раз принесли сальную оловянную миску с неопределенным месивом, от которого воняло хлоркой. Разглядеть в потемках еду не удалось, но, думаю, даже умирающий от голода вряд ли смог заставить себя это проглотить.

Время исчезло, оно сменилось безвольным оцепенением. Гробовые сумерки камеры, бесконечные и вязкие, казалось, втекли и в меня, наполнив нутро тяжелой болотной жижей. Бытие и сознание — хиреющее тело между крыльев, еще осталась воля на взмах, но сил для полета больше нет. Впрочем, и воля на исходе.

Кто-то немилосердный показывал мпс обрывки прошлой жизни — они плыли на периферии сознания, смутные, как линялые афиши на улице мертвого города. Картины эти, поначалу беспокоившие меня, постепенно стали фоном, бессмысленным и нудным, как капли в пустое ведро.

Иногда камера погружалась в абсолютную тьму. Тогда казалось, что стены становятся ближе, что они придвигаются под напором внешней силы, что на них давит что-то наподобие лавины камней и грязи, сломанных деревьев и трупов животных, в основном оленей. Потолок сползал, прессуя душный воздух в осязаемую ватность. Войлочную, с запахом сырой шерсти. Потолок натягивался, как барабан, я слышал стон его кожи, которая в любой момент могла лопнуть, треснуть, прорваться. Иногда я всей душой жаждал этого.

Суета началась внезапно, вдруг. Я услышал торопливую поступь коридорных шагов, свет в камере зажегся с небывалой яркостью — я с омерзением разглядел все то, что до этого лишь брезгливо осязал и обонял. Особенно расстроили меня унитаз и рукомойник. Крякнул засов, и в камеру ворвался порывистый хлыщ, холеный, как доберман-пинчер.

— Гражданин Незлобин, — спросил доберман утвердительно. — Прошу вас, следуйте за мной.

Как будто у меня был выбор.

64

— Ты херово выглядишь, Митя. — Сильвестров озабоченно покачал головой.

Он сам выглядел не ахти, но я не стал ему об этом говорить. Мы сидели в огромной пустой комнате непонятно где, поскольку доберман вез меня в крытом фургоне. Мы могли быть в Кремле или на какой-нибудь даче. Или на том свете — если так, то больше всего это напоминало чистилище. Печально передвигались толпы младенцев, мужей и жен, и облик их был не весел, не суров. Души заблудшие — горсть песка в мистрале, скворцы, изорванные вьюгой... Скажи мне, друг Горацио, где наше милосердие?

— Я одного не понимаю, — укоризненно скривился Сильвио. — Отчего ты мне сразу все не рассказал? Ну на кой ляд нужна была вся это твоя шерлокхолмщина?

Он заботливо подлил коньяку мне в бокал.

— Я не был уверен, — сипло прокаркал я и залпом выпил коньяк. — А потом...

— Да. — Сильвио сделал глоток и поморщился. — Да!

Он закурил, с отвращением затянулся, выдул клуб дыма в потолок. Решительно помотал головой, точно спорил с кем-то, кого я не видел.

— Нет! Это уж, пожалуйста, к чертям собачьим!

Я продолжал исподтишка разглядывать Сильвио; он действительно стал совершенно седым.

— И ведь ты подумай, — весело повернулся он ко мне. — Ты только вообрази: эти сестрички, монашка и Жанна д'Арк, эти две стервочки, действительно, то есть на самом деле рассчитывали придушить меня, как пьяного банщика, своими подвязками! Какие лапочки! Придушить и прибрать все к рукам. Все!

Он раскинул руки крестом и засмеялся. От этого лающего смеха мне стало не по себе, показалось, что Сильвио тронулся.

— Решительности нам не хватает! Решительности!

Он встал, бросил недокуренную сигарету на ковер, раздавил. Завоняло паленой шерстью.

— Они два века мудохались со своей соборностью, с Третьим Римом и особой миссией. Все эти бердяевы-соловьевы, импотенты хреновы! Особый путь! Вот он, особый путь!

Ковер тлел, Сильвио подошел, нагнулся, разглядывая белый дымок, брезгливо выплеснул туда остатки коньяка.

— Вот она, особая миссия! Сила и воля! Главное — перестать врать, скинуть маску лицемерия, послать на хер политкорректность! Пусть они в своих демократиях с этой политкорректностью носятся!

Сильвио сел и ласково взглянул мне в глаза.

— Знаешь, Митя, что я сегодня сделал? В качестве жеста доброй воли и моего личного подарка международному сообществу?

Он ждал ответа, и я послушно буркнул:

— Нет, не знаю.

Сильвио заулыбался.

— Я отправил эскадрилью стратегических бомбардировщиков в Ирак. Ровно через... — Он театральным жестом вскинул руку с часами. — Ровно через два часа и двадцать минут мои соколы нанесут ядерный удар по Багдаду, столице самопровозглашенной Исламской Республики. Удары будут нанесены по Фаллудже и Басре. Таким образом, проблема мусульманского терроризма будет решена.

Я уже был изрядно пьян, сказать что-то членораздельное не получилось.

— Знаю-знаю, — с доброй докторской усмешкой остановил меня Сильвио. — Знаю! Мирное население, города, коммуникации и инфраструктура, да? Больницы, школы, роддома, да? Да! Да, да, да! Ведь именно поэтому вся эта бородатая сволочь и считала себя неуязвимой, пользуясь тактикой внедрения в города, использования мирных жителей в качестве, извини за штамп, живого щита. Пока по женевам и нью-йоркам в международных организациях кисейные барышни охали и ахали, не зная, как же быть с бандитами, провозгласившими себя государством, болезнь разрослась, окрепла и действительно подмяла под себя целую страну. Исламская Республика стала магнитом для подонков и мрази со всех континентов. Там почти пятнадцать тысяч из России. Кстати, бегут к ним и из твоей Америки.

— Сильвио, — выдавил я. — Ты что, охренел?

— Вовсе нет. — Он даже не обиделся. — Америка заплыла жиром, Европа — дохлая медуза, одна Германия чего-то стоит, да только у немцев после Адольфа на такие мероприятия встает очень вяло. Я ж говорю тебе, импотенция! Ну а ведь если по-честному...

Он подался ко мне, точно собирался сообщить секрет:

— Если по правде, то и Америка, и Германия были бы совсем не против, если бы кто-то... — подмигнул он, — сковырнул эту исламскую болячку. Это ведь те же ребята, что поджарили Хиросиму и построили Освенцим. Ты что ж, думаешь, милый друг, за сто лет там сильно мораль изменилась? Новый гомо сапиенс вывелся? Прекрасный ликом и душой?

— Ты — волк... — Я дотянулся до бутылки, плеснул себе. — Понятно...

— Что? — Сильвио глупо улыбнулся. — В каком смысле?

— Помнишь, по зоологии... В школе... Санитар леса.

Сильвио опешил, потом захохотал. Он смеялся от души, захлебываясь руладами, краснея лицом и хлопая себя по ляжкам. Он хохотал и хохотал. На багровой шее вздулись серые вены, я испугался, что его сейчас хватит удар.

65

Наверное, уже наступил вечер, а может, и ночь. Голова налилась свинцом и болела немилосердно. Впрочем, конец разговора отпечатался в моем мозгу четко, как на фотобумаге. Каждая фраза и каждое слово.

— На этом, дорогой Митя, мы поставим точку.

Лицо Сильвио расплывалось и виделось мне бурым яйцом с серебристым венчиком.

— Отсюда тебя отвезут в аэропорт, — продолжило бурое яйцо. — Утром ты будешь в своем Нью-Йорке. Точка.

— А мой сын?

— Точка, — хмуро повторило яйцо.

— Я без... — начал я с тихим упрямством.

— Точка! — внезапно заорал Сильвио. — Точка!!! Я сказал! Чего тебе неясно в этом слове, твою мать? Точка!

Лицо как-то само вошло в фокус. Сильвестров был красен, как вареный рак, и зол, как черт. Он был в бешенстве. Меня удивила яркость его глаз, из мутно-серых они стали почти голубыми.

— Не искушай меня, Незлобин. — Сильвио дыхнул коньяком мне в лицо. — Христом богом прошу — не искушай! Всю эту гоп-компанию надо бы по-хорошему прогнать через пыточную камеру — так, для юмору, а после живьем закопать.

Где-то я недавно это уже слышал. Я попытался вспомнить и не смог.

— Террористы будут казнены. — Он грохнул ладонью в стол. — А ты полетишь в Нью-Йорк. И отпускаю я тебя не из сентиментальных юношеских соплей, а поскольку знаю: ты ни при чем.

— Ты уверен? — язвительно спросил я.

Он замолчал, посмотрел на меня и грустно улыбнулся, как улыбаются больным детям.

— Незлобин, друг ты мой ситный! Ты знаешь, я иногда даже тебе завидую — твоей наивности, твоей... как бы это сказать, невинности. Девственности. Ты так и не вырос... Ты ж и сейчас, как пастушка на лугу — вереск до пупка, а в глазах васильки. На курсе тебя считали блаженным, чокнутым. Чуть ли не кретином... А мне как раз именно это простодушие твое и нравилось — с тобой поговоришь, точно по берегу моря прогулялся. Свежо, романтично и пеной пахнет. После всякого дерьма, знаешь, как приятно...

Я сглотнул и стиснул ладони под столом.

— Так приятно... — мечтательно повторил Сильвио. — Изящный юноша, к тому же интеллектуал — Данте по памяти шпарит... Помнишь, как ты этим клушам что-то из «Божественной комедии» залепил... Умора! Они так и сели. Клуши. А ты — обаятельный, с манерами, как юный лорд, потерпевший кораблекрушение. Точно злая буря занесла тебя к нам в королевство бескрайних помоек. У тебя шпага на боку и роза в петлице, а у нас тут щами воняет и все под банкой с утра пораньше.

Сильвио усмехнулся. Я сипло проговорил:

— А я думал, мы с тобой...

Он вопросительно поглядел на меня.

— Думал... мы друзья... — наконец выдавил я.

Сильвио заржал, вдруг остановился и раздраженно гаркнул:

— Дружба? Какая, на хер, дружба?! Тебе, что тринадцать лет?

Он смотрел на меня своими голубыми глазами, смотрел с равнодушной брезгливостью, как смотрят на калек у церкви. Белая комната качнулась, я впился ногтями в подлокотник, у меня перехватило горло. Напрягая каждый нерв, я сжал зубы. Казалось, крен усиливается и кресло вот-вот начнет сползать по ковру.

— Ну ты и гад... — сквозь зубы просипел я.

Он пожал плечом, потом, точно вспомнив, сказал:

— Кстати, спасибо за помощь. Ты нас прямиком на этих подонков вывел, мои ребята за твоим маячком...

— Маячком? Каким маячком? Не было маячка, выбросил я телефон твой! Выбросил!

Сильвио заулыбался, довольно откинулся в кресле.

— Пропуск! Пластиковая карточка, дружище! В ней чип был, в ней, родимой.

— Врешь ты! — бессильно заорал я, бросаясь на него. — Врешь!

66

Подлец не врал насчет пыточных камер — они были, и там действительно пытали. Боли я почти не чувствовал, рот наполнялся горячей кровью, густой и соленой, которая мешалась с привкусом крови Сильвио. Его кровь была тошнотворно горькой, — впрочем, какой еще на вкус должна быть кровь тирана?

Прежде чем охране удалось оторвать меня, я почти откусил Сильвио ухо. Он, весь заляпанный кровью, сидел на ковре и обеими руками прижимал ухо к черепу, точно пытаясь приклеить обратно. Охранники ломали мне руки, я рычал и плевался, Сильвио растерянно скулил.

— Сволочь… Ну что ты натворил? Вот ведь сволочь…

Я пытался схватить руку, бившую меня по лицу, — безуспешно, потом упал ничком на ковер. Меня скрутили и поволокли из комнаты, Сильвио гаркнул мне вдогонку:

— Юродивый! Ну и подыхай со своим ублюдком! Я ведь хотел спасти тебя!

— Пилат хренов! — удалось прохрипеть мне. — Мелок ты, Сильвестров, для Пилата!

Охранник, с удовольствием гакнув, крепко саданул мне в солнечное сплетение.

— Да и ты не Иисус Христос!

Последнюю фразу Сильвио я услышал уже из коридора.

В пыточной камере я почти сразу потерял сознание, вскоре после первых ударов. Свет вспыхнул и медленно погас, меня накрыла вязкая тьма. Я бесконечно опускался в эту тьму, падал и падал, как падает утопленник в океанскую толщу, в пустоту Марианской впадины, безо всякой надежды когда-нибудь достигнуть дна. По чернильному бархату скользили какие-то тени — то ли чудовищные рыбы, то ли отражения комет. В их сонных хвостах, как в венецианских шлейфах, мелкой россыпью вспыхивали блестки сапфиров, тускло мерцали кровавые рубины, таинственно сияли изумруды. Томные спирали этих лент завораживали — я подумал, что если это и есть смерть, то наши земные страхи явно преувеличены. Я подумал о ней, и она появилась. Без хищной ржавой косы и черного капюшона, в тени которого мерещится щербатый оскал. Но и без балаганной бутафории я сразу ее узнал.

Смерть выплыла из гробового мрака. Торжественная, как языческая царица, она направлялась прямо ко мне в окружении свиты фонарщиков. Глаза ее, нет, не глаза — темные очи, смотрели с ласковым спокойствием. Это спокойствие передалось и мне. Она плавно подняла руку, фонарщики вытянулись на цыпочках, готовясь задуть свои лампы.

— Погодите... — остановил их я. — А как же мой сын?

Смерть задержала взмах, подумала, потом согласно кивнула. Прикрыла глаза. Фонарщики опустили лампы, разочарованно выдохнули в сторону. И тут же магическая процессия начала растворяться, таять, тьма вздрогнула и стала мутнеть, точно небо в предрассветный час. Растаяли ленты и спирали, погасли сапфиры, все вокруг залила тягучая сизая муть. Откуда-то донесся звон бубенцов, звук становился резче и назойливей, он рос до тех пор, пока мой мозг не наполнился отчаянным звоном, а тело свирепой болью. Казалось, я весь состою из этой боли.

Чьи-то руки отодрали меня от липкого цементного пола и куда-то поволокли. Чавкнула дверь, грохнул железом замок. Затопали кованые подошвы. Эхо тугой болью отдалось в голове.

— Этого куда?

— В сорок седьмую.

— Так там уже один есть.

— Тащи, урод!

— Тащи, тащи... — недовольно пробормотал урод. — Начальников развелось... Чего таскать, один хер по утрянке всех к стенке поставят.

67

Меня пинком втолкнули в камеру, грохнула дверь, лязгнул засов. В углу, привалясь спиной к стене, сидел мой сын. Безвольно раскинув руки с обращенными к потолку ладонями и вытянув босые ноги, он, казалось, дремал. Его меловые ступни были самым светлым пятном в камере.

Мне удалось встать на карачки, мне было очень худо. Шатаясь, как раненый зверь, я дополз до него, осторожно тронул за ногу. Он устало поднял голову.

— А-а, отец... — приоткрыл он запекшийся рот.

Передние зубы были выбиты.

— Митя...

Я нашел его ладонь, сжал. У меня хватило сил, чтобы не завыть в голос. Не выпуская его руки, я сел рядом. С силой вдавив затылок в холодную побелку стены, закрыл глаза. Мне вдруг стало по-настоящему страшно. Ледяная жуть вползла в мое нутро, переполнила душу. Господи, что я могу?! Бессилие, беспомощность... Плевать на меня, черт со мной, но как же он? Мальчишка ведь, как же так, господи? Зловещее величие, да, конечно, очень впечатляет, но где же милосердие твое?

— Отец...

— Да, — не открывая глаз, отозвался я.

— Прости. Ты из-за меня...

— Ну, ты... — сдерживая дрожащие губы, пробормотал я. — Ты брось...

— Знаешь... — запнулся он. — Завтра утром...

— Чушь. — Я стиснул его ладонь. — Все это чушь, мой милый мальчик, поверь мне. Собачья чушь... Поверь.

Сонная лампа в потолке моргнула и погасла. Чернота скрыла грязные беленые стены и кованую дверь. Темнота казалась абсолютной. Время остановилось.

— Ты тут? — непринужденным шепотом спросил я.

Он тихо засмеялся, потом закашлялся.

— Хочешь, я расскажу тебе про твоего деда? — негромко предложил я. — Про моего отца... Я тебе не рассказывал, как он спас меня? Давно, миллион лет тому назад...

Мне показалось, нет, я был уверен, что он улыбается в темноте.

— Корабль назывался «Ливадия». Его черные трубы были выше маяка, выше портовых кранов. Корабль был огромен, как город. Рестораны и казино, кинотеатры, даже настоящая аллея с живыми розами и фонтаном, в котором плавали золотые китайские рыбки... Представляешь?

Я почувствовал, как сын кивнул.

— Отец был музыкантом, играл на саксофоне, играл, как бог. Правда-правда... Особенно в тот вечер. Он называл это «экстазом святой Терезы», знаешь, состояние, когда ангел тебя ведет...

Сквозь тьму камеры проступил тот вечер: блеск люстр, янтарные отражения в сияющем паркете — все ясно и четко, будто было вчера. В мельчайших деталях, вплоть до ванильного запаха свечей и тихого перезвона хрустальных бокалов, — как же такое возможно, ведь столько лет прошло? Отец с золотым саксофоном на краю сцены, чуткий, как струна, гордый, точно готовая взлететь птица. Фрачные танцоры, похожие на пингвинов, бледные спины их партнерш, плавные официанты в белоснежных перчатках с алыми бутонами в петлицах.

— А дальше? — Сын тронул мою руку.

— А дальше было вот что...

Я продолжил рассказ. Картины прошлого оживали и торжественно вставали перед моими глазами: тающая полоска берега с уплывающим вечерним городом, прощальный бой башенных часов, светящиеся буи, красные и зеленые, зачаленные вдоль пирса, жутковатый глаз маяка. Я уже сам не знал, описываю я эти картины или творю своим рассказом. Вспомнились первый помощник капитана в роскошном кителе, и наш шустрый стюард с бритвенным шрамом на шее, и тот матрос, что нацепил на меня спасательный жилет. Или то был ангел, просто мне не удалось разглядеть крыльев?

— Меня отнесло от «Ливадии», там уже вовсю пылал пожар... Потом на корабле что-то рвануло, столб пламени взлетел до звезд и стало светло как днем. Я потерял сознание, очнулся в лодке. На веслах сидел мой отец. В белой фрачной рубахе с закатанными рукавами, с черной лентой развязанной бабочки, в лаковых концертных штиблетах. Кроме нас, в лодке никого не было. Отец налегал на весла, греб умело и с удовольствием. Он подмигнул мне, я улыбнулся в ответ. Хорошо видел, как на его сильных руках вздулись вены, как побелели костяшки кулаков, крепко сжимавших весла.

— Он жив? — шепотом спросил сын.

— Конечно, — тоже шепотом ответил я. — Я тебя с ним познакомлю.

Сын грустно хмыкнул.

— Он ждет нас, — прошептал я. — Тебя и меня. Ждет там, где мы с ним расстались.

Я услышал всхлип, нашел в потемках ладонь сына, сжал.

— Ты что, не веришь? Мне, своему отцу? Неужели ты думаешь, мы так и будем тут сидеть, черт побери, как ягнята? Вот ведь чушь! Думаешь, их дурацкие замки-решетки-стены смогут нас удержать? Бред собачий!

Его ладонь вздрагивала, он плакал.

— Ну-ну, Митя... — Я привстал на колени, взял его за плечи. — Слушай меня, слушай!

— Да, папа... я слушаю.

Глубоко вдохнув, я начал.

— Мы направимся в сторону моря. Мы пойдем медленно, мы не станем торопиться. Такая ночь не терпит суеты. Пойдем дюнами, на шум прибоя, на запах морской травы. Будем неспешно шагать босиком по ночному песку, еще сохранившему тепло заката. Позади останутся сосны, кряжистые и торжественные, как спящие великаны. Над дюнами будут кружить светляки — крошечные искры, будут вспыхивать и таять и вспыхивать снова. Хвойный дух сменится горьковато-свежим дыханием моря. Дюны кончатся, песок станет твердым и холодным. Мы ясно услышим ворчание прибоя. И тут же перед нами раскроется море. Оно распахнется бескрайней равниной — плотное, как черный бархат, тускло мерцающее, как стальная чешуя дракона. Наши глаза привыкнут к темноте, прибой будет лениво пениться и откатываться назад с усталым выдохом. «Смотри! — укажу я на темный силуэт лодки у самого берега. — Я же тебе говорил: вот он, он ждет нас». Лодка будет сонно покачиваться в такт прибою, отец привстанет и помашет нам рукой с рыжим огоньком сигареты. «Ну, ребята, я уж решил, что вы передумали, — смеясь, скажет он. — Димка, ты давай на весла, а ты, Митя, прыгай на корму. Я, как старший, буду за капитана». Отец выглядит гораздо моложе меня, да так оно и есть на самом деле, но я не стану спорить, просто сяду на весла и начну грести. Уключины будут маслянисто поскрипывать, лодка плавно скользить, серебристая полоска прибоя удаляться. Берег вытянется в лиловую ленту, помутнеет и вскоре растает вовсе. Ты, сидя на корме, запрокинешь голову, ты будешь улыбаться. От свежего морского духа, ладных весел, от ультрамариновых бликов на покатых волнах, от твоей улыбки и ванильного запаха отцовского табака мне станет легко и особенно хорошо. Наверное, так ощущается счастье. «А звезд-то, звезд сколько!» — Отец щедрым жестом, точно делясь с нами своими сокровищами, обведет небосвод. Он прав, такого звездного неба ты еще не видел. Между ковшами Большой и Малой Медведиц вытянет когтистые лапы Дракон, Орион, опоясанный трехзвездным поясом, неспешно взмахнет своей суковатой дубинкой, в лазоревых всполохах туманная Андромеда будет расчесывать мерца- ющие волосы хрустальным гребнем. Перечеркивая Млечный Путь длинным сияющим шлейфом, торжественно проплывет комета, за ней другая. «Еще одна!» — восторженно крикнешь ты, указывая рукой в звездную бездну. «Тут так каждую ночь — звезды с неба просто сыплются. Желаний не хватит загадывать», — вкусно затягиваясь, скажет отец вальяжным тоном. Он любит из себя строить барина, наш папаша. Закинув ногу на ногу, он будет покачивать лакированной штиблетой, в которой бескорыстно отразятся несколько галактик сразу. «А куда мы плывем?» — спросишь ты его. «Как куда? — удивится отец. — Туда, за горизонт. Жить! Разве ты не знал, что именно там и начинается настоящая жизнь?»

Эпилог

В далекой Москве наступал час рассвета. Погода снова не задалась. Грязное небо из коричневого стало бурым, с большой неохотой впуская утренний свет невидимого солнца. Солнцу так и не удалось пробиться. А дальше дела пошли еще хуже: низкие облака посерели, грузно осели на город, из них начал сыпать мелкий нудный дождь. Такая осенняя гадость явно зарядила на весь день. Дождь шел монотонно, с тихим упорством поливал Арбат и Замоскворечье, Крымскую набережную, Манеж и Таганку, лил на пустые мосты, с тоскливым однообразием стучал по крышам, по мостовым и тротуарам.

В кремлевском лазарете на потных простынях метался в жарком бреду Глеб Сильвестров; ухо удалось спасти, его пришили, наложив семнадцать швов, но потом началось нагноение, температура подскочила до сорока, и местный доктор с оперной фамилией Хрустальных прописал фортотеррациклин — внутримышечно, по пять миллиграмм, который с ласковым спокойствием колола в бледные ягодицы больного красавица-медсестра Карина, крутобедрая, с мускулистыми ляжками, больше похожая на цирковую наездницу, чем на сестру милосердия.

На жесткой койке одиночной камеры смертников спала Анна Гринева, главный организатор покушения на президента Пилепина. Ей снился Николай Королев по кличке Харон — ее последний мужчина, профессиональный солдат и профессиональный убийца, но в целом очень симпатичный человек. В темное окно, забранное решеткой, мерно стучал дождь, Анна тихо улыбалась во сне. Жить ей оставалось меньше часа.

На Лубянке, в глухом колодце двора внутренней тюрьмы, солдаты расстрельного взвода курили под жестяным навесом, тихо матеря погоду и какого-то лейтенанта Козырева. Солдаты кашляли, щурились, потирали озябшие красные руки, уныло переводя взгляд с грязных луж на мокрую кирпичную стену, у которой, по слухам, расстреляли самого Бухарина. От дождя кирпич стал ярким, почти морковного цвета.

В подвале внутренней тюрьмы по душным и смрадным коридорам, тяжело топая сапогами, пошли тюремщики. За ними следовала охрана, вооруженная тупорылыми автоматами. Злые с недосыпу, сипло ругаясь, тюремщики с грохотом отпирали двери, камеру за камерой, дверь за дверью. Они что-то орали в темные камеры, кому-то грозили, будто сидевших там можно было еще чем-то испугать. Будто в этом аду у кого-то еще остался страх. Гремели засовы, стучали двери. Открыли и нашу дверь, что, впрочем, уже не имело ни малейшего значения — к этому моменту наша лодка пересекла линию горизонта, и мы вплыли в леденцово-лимонное сияние, за которым, как уверял мой отец, и начинается настоящая жизнь.

Валерий Бочков

Харон

Главы из романа

8

Покидал Вирджинию я душным утром. С юга наползала серая хмарь, собирался серьезный ливень. Закрыв входную дверь, я по привычке сунул ключ в карман, тут же сообразив, что мне он больше не понадобится. Я не сентиментален, но осознание бесприютности больно резануло. Настроение, и до этого бывшее на нуле, резко сползло в минусовую область. Я обернулся, взглянул на дом, сад. Подсолнух, который посадила моя дочь в мае, за полтора месяца вымахал футов на семь и был на голову выше меня.

До Вермонта — пятьсот с лишним миль. Я выехал на Девяносто пятое шоссе, пробрался в левый ряд и погнал на север, превышая лимит скорости на пятнадцать миль. Пробок не было — если так и дальше пойдет, все путешествие займет от силы часов девять. За окном проносились неинтересные окрестности, искалеченные бесконечной стройкой, груды бетонных плит, горы глины, ядовито-желтые грузовики, краны, похожие на больных членистоногих, туалетные кабины из небесно-голубого пластика. Уцелевшие деревья и случайные островки травы выглядели почти неуместно.

В районе Балтимора эстакада взлетела, сверху открылась даль с тусклой водой залива, старым ржавым мостом, пакгаузами и цементным заводом, совсем седым от налипшей пыли. Слева высился новый стадион. За ним начинался город, я узнал тонкую башню с часами, разглядел зеленую крышу аквариума, куда мы водили детей лет пять назад смотреть акул.

Начался дождь. Первые капли, тяжелые и редкие, забарабанили по стеклу и крыше. Неожиданно потемнело, придорожные фонари подслеповато заморгали и зажглись белесым светом. Утро превратилось в полноценные сумерки.

Сверху весомо ухнул гром и тут же, словно по сигналу, обрушился ливень. Я включил дворники. Они метались по стеклу, беспомощно захлебываясь в потоках поистине тропического дождя. Пришлось сбросить скорость, дальше третьей машины впереди ничего не было видно.

Ландшафт, утратив угловатость, перешел из материального состояния в разряд декораций для нейтральных сновидений. Иногда из мелового марева выныривала железная рука какого-то крана, а то вдруг нависал серым брюхом пролет моста без конца и без начала. По обочинам угадывались невысокие строения, за ними было бело, я без труда представил, что там дальше простирается бескрайняя заснеженная степь. А может, пустыня или даже океан.

Робкие водители притормаживали, съезжали на обочину и там сидели в мокрых машинах за потными стеклами. Храбрецы и дураки вроде меня продолжали шпарить сквозь бешеный ливень почти вслепую. Иногда мне казалось, что машина скользит по мокрому асфальту, как по мыльному кафелю. Ощущение напоминало спазм восторга свободного падения, когда жизнь сжимается до текущего мига, когда нет ни прошлого — оно безвозвратно кануло и значения не имеет, — ни будущего, — будущее еще не родилось, его просто не существует, оно под вопросом. Впрочем, будущее всегда под вопросом.

Где-то в штате Делавэр свернул на заправку. В придорожной харчевне взял кофе и сомнительный крендель с привкусом жареной рыбы. Сел в угол, приглядывая за входной дверью. Откусил от кренделя еще раз — определенно треска — завернул хлебобулочное изделие в салфетку и отодвинул на край стола. Кофе, к удивлению, оказался вполне сносным, а главное, горячим.

Достал телефон, начал проверять почту. За последний месяц я трижды менял адрес. После того как муфтий Абдуль-Азиз публично проклял меня в своей фетве и приговорил к смертной казни, призвав мусульман всего мира исполнить приговор, а фонд Хордад объявил вознаграждение в полтора миллиона за мою голову, я получал сотни три посланий ежедневно. В основном с описанием разнообразных мук и пыток. Иногда тексты иллюстрировались фотографиями отрезанных голов или каких-то решительного вида молодцов в вязаных масках на фоне зеленых тряпок. Чаще там была просто ругань.

Я пробежал глазами семьдесят два сообщения, удалил все, не открывая, кроме письма из банка и счета от дантиста. Допил кофе. В туалете почерпнул важную информацию, что Кэт здорово делает минет, тут же, на стене, был нацарапан телефон девушки. Долго мылил руки, без особой симпатии разглядывая в мутном зеркале свое лицо.

Когда я вышел из харчевни, ливень уже кончился. Солнце, стараясь наверстать упущенное, жарило вовсю. Из промокших кустов кричали птицы, от асфальта поднимался пар. Дымились чахлые деревья, красная крыша бензозаправки. Дымилось шоссе, по которому с сумасшедшей прытью неслись разнокалиберные машины. Мой джип курился бледным паром, словно только что вернулся из какого-то адского путешествия. Воняло бензином, от духоты рубаха тут же прилипла к спине. Я сел, включил зажигание и вывернул кондиционер на максимум. Поймав просвет, дал газ и втиснулся за молоковозом с мэрилендским номером.

Придорожные ландшафты штата Нью-Джерси отличались устойчивым и каким-то изысканным уродством, казалось, кто-то специально придумывал наиболее оскорбительные для глаз пейзажи. Общей темой на протяжении двух часов оставалась стройка, словно шоссе проложили через нескончаемую строительную площадку.

Монстроподобные агрегаты завязли в горах рыжей грязи, из недостроенных стен торчали пучки ржавой арматуры, бетономешалки походили на неразорвавшиеся бомбы. Из-под них на дорогу вытекали зигзаги белесой жижи. Иногда мимо пролетала заброшенная фабрика: мертвые трубы, кирпичные стены в граффити, выбитые окна. Иногда проскакивала лачуга с чахлым огородом и печальным негром в плетеном кресле на крыльце. Воображение дорисовывало тощую кошку, спящую на ступенях.

Проносились гигантские рекламные щиты цыганских расцветок. Девица с порочными глазами невозможно бирюзового цвета держала веером карты — все тузы, никак не меньше пяти. Надпись уверяла, что в Атлантик-Сити тебя ждет удача, надо лишь свернуть направо на выезде номер 23. Адвокаты с лицами сытых негодяев вопрошали: «Угодил в аварию? Получил увечья?» — и тут же успокаивали: «Не беда — может быть, это твой шанс стать миллионером!» Строгий шрифтовой плакат сурово заявлял: «Я на твоей стороне», внизу скромно стояла подпись — Бог.

Около полудня случился затор, мили полторы мы ползли со скоростью неспешно фланирующего пешехода:

я втыкал первую, дотягивал до второй, скидывал на нейтралку, снова тормозил. Встречные машины, отделенные пыльным газоном, весело неслись на юг. Мы, стремящиеся на север, поглядывали на счастливчиков с угрюмой завистью.

Причиной пробки оказалась авария. Огромный «Линкольн-навигатор», черный и сияющий лаком, как концертный рояль, лежал на боку. Крыша джипа была смята, в грязной луже из масла и битого стекла валялась женская туфля на шпильке. Оторванный капот отлетел метров на десять и воткнулся в кучу строительного песка. Вокруг «Линкольна» бродили хмурые полицейские, сновали медики, несколько служебных машин с включенными маяками стояли на обочине.

Зеваки из ползущих мимо машин тянули шеи, пытались разглядеть труп или хотя бы пятна крови. Труп, скорее всего, уже увезли. Насчет трупа я не сомневался, уцелеть в такой катастрофе было невозможно. Интересно, что имел в виду Господь, когда уверял бедную дамочку, что Он на ее стороне. По странной причине именно эта модель «Линкольна» была особо популярна среди работников службы безопасности и домашних хозяек из богатых пригородов.

Живописная сцена дорожной трагедии осталась позади, воспитательный эффект продлился недолго, через пару минут мой левый ряд уже выжимал под девяносто. По правую руку с ревом неслись восьмиосные грузовики, сияющие никелем и сталью и похожие на межконтинентальные ракеты. Управлялись они, скорее всего, роботами или камикадзе — тормозной путь у груженого трака на такой скорости составляет около ста ярдов.

Настырный рыбный фургон с красными иероглифами на борту попытался втиснуться между мной и «Ауди» с нью-йоркским номером, я прибавил газу и почти уперся в бампер «Ауди». Обозлясь, японец-рыбовоз резко вильнул в мою сторону, чуть не сбив зеркало. Потом по диагонали ушел вправо, подрезав семейный автобус из Огайо с остроносой колли и мексиканской девчушкой в заднем окне.

Впереди, почти сливаясь с белесым небом, зачарованным островом проступил контур Манхэттена — игрушечные башни, шпили, островерхий конус «Крайслера». Я подумал, что хорошо бы обогнуть Нью-Йорк, но навигатор уверенно направлял меня в сторону моста Джорджа Вашингтона, до которого, согласно дорожным указателям, оставалось четыре мили.

9

Около четырех, где-то в штате Коннектикут, когда я заливал бензин в свой «Ранглер», из фанерной туалетной комнаты, пристроенной к бензоколонке, вышла ладная девица с яркими, только что накрашенными губами и до блеска расчесанными медовыми волосами. Она, брезгливо потирая ладони, быстро взглянула на меня, достала ключ, щелкнула в сторону белого «Ягуара». «Ягуар» подал голос и моргнул фарами. Я подумал, что четырнадцать лет не спал ни с кем, кроме Хелью. Девица, посмотрев в мою сторону, села, хлопнула дверью. Лихо вырулила на шоссе, едва не столкнувшись с рыбным фургоном, который заезжал на заправку.

Рыбовоз встал у соседней колонки. Из кабины на асфальт спрыгнул шофер, крепкий детина в желтых солдатских ботинках. Я повернулся спиной и уже завинчивал крышку бака.

— Эй! — раздалось сзади. — Я узнал твою тачку. Слышь, ты?

За десять шагов шофер рыбовоза выглядел румяным здоровяком, когда он подошел ближе, оказалось, что правая сторона лица и шея у него были обожжены и покрыты розовой кожей, сморщенной, как засохшая молочная пенка. Рубаха была расстегнута, на бугристой, словно гофрированной, безволосой груди синели остатки какой-то татуировки.

— Чего воротишься, противно смотреть. — Он поймал мой взгляд. — Да?

Я пожал плечами, приоткрыл дверь машины.

— Ты погоди... Когда с тобой разговаривают... — Шофер ухватил меня за локоть.

— Убери руку.

— Спешишь сильно? — Он приблизился, воняя потом и чесноком.

Правое ухо его почти сгорело и было похоже на розовый эмбрион. Он зло сплюнул мне под ноги. Где-то вдали взахлеб зарыдал ребенок.

— Вот пока такие сытые гниды, как ты, девок здесь дрючили... мы там, в пустыне, свои жопы подставляли... Там, в этой блядской пустыне... — Он, распаляясь, нервно дернул головой. Правая сторона лица казалась маской. Мертвой, розовой маской. Глаз, без ресниц и брови, равнодушно блестел, как стекляшка. — В этих горах...

— Мужик, — глядя ему в лицо, тихо сказал я. — Уйди от греха. Прошу тебя.

Шофер запнулся.

— Христом-богом прошу — уйди, — повторил я.

Он нерешительно отпустил мой локоть. Я сел в машину, он снова сплюнул и хотел что-то сказать.

— Молчи, — перебил его я. — Молчи. И вези свою рыбу, пока не протухла.

10

Вермонт встретил меня талантливо задуманным закатом. Солнце из лимонно-желтого стало медным, потом, потемнев и словно налившись малиновым жаром, сползло в седловище между двух сизых гор. Там застряло, словно запутавшись в тонких слоистых облаках, плавя их и зажигая кружевные края. Машин стало меньше, после они исчезли вовсе. Я выжимал восемьдесят, изредка по встречной полосе проносились могучие лесовозы, груженные рыжими сосновыми стволами. Иногда я обгонял битый фермерский грузовик или кособокий седан-инвалид.

Я открыл окно, пахнуло лесом, мокрой хвоей. Сквозь гул мотора я услышал свист птиц, треньканье придорожных кузнечиков. Живя среди заторов, многоярусных развязок, светофоров и забитых перекрестков, я совершенно забыл, что езда может доставлять удовольствие. Чистую детскую радость, почти восторг. Как тогда, когда тебе впервые доверили баранку.

Я опустил все стекла, ветер тут же ворвался, и по салону, как мотыльки, замельтешили квитанции за минувшие парковки, какие-то старые чеки. Зачем-то начал их ловить, потом засмеялся, махнул рукой, — черт с ними, пусть улетают. Попытался петь, но из этого ничего не вышло, и я включил радио. Среди бескрайнего треска набрел на тоскливое кантри: под унылую гитару некто нетрезвым голосом сипло жаловался на отсутствие смысла в жизни, после того как крошка-зайка-малышка уехала с Биллом в большой город. Я оставил страдальца, отправился дальше на поиск. Второй станцией оказалась классическая. Больше в эфире не было ничего.

После рекламы включили Шопена, он пришелся как раз кстати, поскольку на западе торжественно отыгрывали багровый финал, а с юга, зловеще клубясь, разливалась и наползала чернильная хмарь. Оттуда глухими раскатами доносился гром. Утренней грозе, от которой я улизнул в Нью-Джерси, удалось-таки снова догнать меня.

Порыв ветра пригнул деревья, прошелся по лесистым холмам упругой серебристой волной, обнажая бледную изнанку листвы. Стало по-осеннему свежо, почти холодно. Мелькнул желтый знак со словом «Лось», я не понял, что имелось в виду, и вдруг на обочине увидел огромного лося, жующего листву придорожного орешника. Я инстинктивно сбавил скорость и включил фары. Внешний мир тут же потемнел и стал плоским, небо, утомясь пожарными красками, нахмурилось и посерело. Больше половины уже затянула черная туча. Дальние холмы выросли в настоящие горы, они незаметно подкрались к самому шоссе, иногда нависая гранитными стенами, иногда вставая лесистыми громадами. Дорога запетляла, стали появляться знаки «Камнепад».

До меня вдруг дошло, что я за час не встретил ни одной живой души (если не считать лося), ни одной фермы, мотеля или бензоколонки. Я достал телефон, на экране растерянно моргала надпись «ищу сигнал». Я мысленно пожелал ему удачи и бросил на сиденье.

Согласно навигатору, к месту назначения я должен прибыть в восемь пятьдесят.

— Если меня не завалит камнями или не атакует придорожный лось, — сказал я, щелкнув по экрану навигатора.

Шопена оборвали на полуфразе, диктор красивым баритоном оповестил о приближении урагана.

— Порывы ветра могут достигать семидесяти пяти миль в час, возможен град, — сообщил он. — В низинах возможно наводнение. Если вы находитесь в машине и на дороге вам встретится вода, не пытайтесь пересечь преграду. Ваш автомобиль может быть унесен потоком. — Диктор драматично выдержал паузу. — Безобидная лужа может оказаться смертельной ловушкой. Данное сообщение предназначено для Южного Вермонта, графства Эссекс и Орандж, городов Монпилье, Брикпорт...

Баритон принялся перечислять местные названия. Эта топонимика была для меня пустым звуком, но, судя по нарастающим порывам ветра, я находился именно там, в одной из вышеназванных географических точек.

— А теперь обратимся к одному из наиболее знаменитых творений Шопена, вы узнаете этот ноктюрн по первым аккордам.

Диктор оказался прав — аккорды я узнал, но для меня было откровением, что это Шопен. Я вспомнил — это был саундтрек в рекламе антидепрессантов, там в конце отеческий голос советовал — спросите своего врача о нашем лекарстве, возможно, помощь совсем рядом. После по экрану шел мелкий текст с предупреждением о побочных эффектах пилюль — от безобидного внутреннего кровотечения до навязчивых мыслей о самоубийстве.

Ливень обрушился плотным водопадом. Ландшафт исчез, исчезло и шоссе, оно теперь ограничивалось мутным пятном от моих фар. Ветер подхватывал струи дождя и гнал параллельно асфальту. Быстро темнело. Из-за грохота ливня и шопеновых аккордов я прозевал сообщение навигатора.

— Что? — крикнул я в экран. — Что ты сказал?

Навигатор послушно повторил, он предупреждал, что через милю я должен свернуть на шоссе номер Двадцать пять. Правый поворот.

Поездка становилась интересной. Я с трудом мог различить разделительную разметку в трех метрах от меня. Иногда, поймав луч моих фар, мутным призраком вспыхивал какой-то дорожный знак на обочине. Дальше вставала гробовая темень. «Кромешная», — вспомнил я слова капитана Ригли.

Поворот на Двадцать пятое я нашел почти на ощупь. Это была дорога местного значения в две полосы, разделенная желтой линией. Навигатор невозмутимо утверждал, что до лачуги покойного охотника оставалось всего миль пять. К этому времени начался град. Повороты шоссе стали круче, затейливей. Я понятия не имел, что таится за обочиной — бездонная пропасть, дикие скалы, обрыв с бурной рекой, Тартар.

Из-за поворота выскочили фары и понеслись на меня. Я вильнул вправо, джип занесло, я едва удержался на дороге. Мимо, громыхая, пролетел лесовоз. Вспыхнув рубинами задних габаритов, пропал в черноте.

— Местные, мать вашу! — выругался я. — Дровосеки хреновы...

Шопен начинал мне нравиться. Наверное, что-то общеславянское в упоении безысходностью. Когда боль становится почти наслаждением, а приближение краха ожидаешь с растущим восторгом. Я вошел в поворот, прибавил газ, чувствуя, как резина скользит, теряя связь с асфальтом. Теперь я уже не видел ничего, кроме косого града и петляющей желтой полосы посередине шоссе.

— Вы прибыли к месту назначения, — неожиданно оповестил меня навигатор. — До свидания!

— Эй! — закричал я. — Погоди! Какой «до свидания»!

Я затормозил, осторожно съехал на обочину. Мои фары нависли над черной лужей неизвестной глубины, за водой угадывались стволы деревьев. Аккуратно тыкая указательным пальцем, я снова набрал вермонтский адрес. На экране навигатора появилась надпись «Ошибка».

— Ну ты и сволочь... — тихо пробормотал я и выключил радио. Глубоко вдохнул, терпеливо повторил все сначала. На экране долго крутилась иконка песочных часов, я не отрываясь следил за их вращением под нервную дробь града и дождя по крыше. Часы исчезли, экран вспыхнул голубым. Неожиданный женский голос заговорил вдруг по-французски. Из длинной фразы удалось разобрать лишь «силь ву пле».

Я сорвал гнусный прибор со стекла — он отлепился с распутным чмоком, — опустил стекло и выбросил мерзавца в ночь, в мрак, в черную бездну.

Град кончился, остался лишь ливень. Было непонятно, откуда у них там наверху столько воды. Самым разумным будет переждать дождь на обочине — подумал я. И снова вырулил на шоссе.

Со скоростью в пятнадцать миль я полз по краю дороги, пытаясь сквозь темень разглядеть хоть какие-то признаки человеческого присутствия — дом, сарай, хотя бы забор. Ничего, кроме мокрых стволов, диких камней, черных еловых лап, нависающих над дорогой. Я включил радио, Шопена не было — станция пропала, из динамиков доносилось лишь унылое шипение. На меня вдруг накатила страшная усталость, изнеможение. Мне показалось, что я плутаю здесь целую вечность. Или что это сон. Или что я уже умер.

Безумно захотелось выпить. Глоток бурбона наверняка расставил бы все по своим местам. Тут мне навстречу выплыл столб с жестяным почтовым ящиком, я притормозил, пытаясь разобрать имя на ржавом боку. От имени остались лишь «R» и несколько загадочных иероглифов.

За столбом виднелась прогалина, туда, в чащу, уходила колея.

Я выматерился и свернул. Колея резко пошла под уклон, я выжал тормоз, но джип все равно полз, хрустя сырым гравием. Я воткнул первую передачу, фары выхватили стволы каких-то могучих, почти доисторических деревьев. По стеклу мокрой тряпкой хлестнула еловая ветка, дорога сделала петлю, и я выкатил на горизонтальную поверхность. Свет моих фар уперся в крыльцо. Мокрые ступени, дверь, кресло-качалка.

Я выполз из машины, ноги затекли и не гнулись. Попытался выпрямиться, спина тоже не разгибалась. Почти моментально я промок насквозь. Поднялся по ступеням, чертыхаясь, проковылял к двери. Постучал.

Дождь колошматил по крыше крыльца. Я пару раз пнул дверь ногой, приложил ухо. Ни звука. Я вытащил из кармана ключ, нащупал замок. Ключ легко вошел и повернулся. Я толкнул дверь, она распахнулась.

— Эй! — крикнул я в темноту дома. — Есть кто живой?

Переступив порог, нашарил на стене выключатель. Дохлая желтая лампа осветила пыльную прихожую с низким деревянным потолком, из стены торчала оленья голова с печальными карими глазами.

— Здрасьте... — Я осторожно потрогал олений нос, он был мягкий, как из замши.

Вернувшись под ливень, я заглушил мотор, вытащил из багажника сумку. Все тело ныло, болела каждая мышца — я крутил баранку ровно двенадцать часов. Поднялся на крыльцо, чертов ключ застрял в замке, сколько я ни крутил и ни тянул его, никак не хотел вылезать. Я плюнул и захлопнул дверь, оставив ключ снаружи.

Прихожая вела в большую темную комнату, похожую на гостиную. Тут пахло старым деревом и мокрой сажей.

Я пощелкал выключателем — никакого результата. Свет из прихожей едва добивал, но мне удалось разглядеть камин, рядом два кресла. Я пошарил по каминной полке и нащупал спички. Спички не отсырели, тут же рядом нашлась свеча.

Опустился в кресло, подняв подсвечник над головой, огляделся. По бревенчатым стенам висели рогатые головы — косули, олени, невероятных размеров лосиная голова с презрительно выпяченной нижней губой. Камин был сложен из дикого камня, рядом висели кованые щипцы, кочерга, какие-то крюки инквизиторского вида.

У камина на сервировочном столе тускло мерцали разномастные бутылки. Покойный тесть капитана Ригли мне начинал определенно нравиться. Я выбрал ополовиненную бутыль ирландского виски, вернулся в кресло. Поставив свечу на пол, вытянул ноги. Искать стакан не было сил, да и ни к чему мне стакан — я свинтил пробку, дружелюбно кивнул высокомерному лосю и сделал большой глоток из горлышка.

Глаза сами закрылись, пропали мертвые рогатые головы, передо мной снова понеслась дорога, бесконечная желтая полоса, засновали по ветровому стеклу неутомимые дворники. А дождь все лил и лил. Лил и лил. Мне вдруг пришла в голову странная мысль: я ведь открыл дверь своим домашним ключом. Ключ, что дал мне капитан, остался лежать в боковом кармане моей дорожной сумки.

11

Меня разбудил стук в дверь, вкрадчивый и настырный, как туканье дятла. Он вкрался в мой сон: я голый сидел на каменном полу по-турецки и сдавал экзамен по некой дисциплине расплывчатому преподавателю с лицом сома. Предмета я не знал, сом начал сердиться и вдруг зацокал, как белка.

Просыпаясь на ходу, я ударился коленом о кресло, сбил со стола какую-то звонкую дрянь, которая весело запрыгала по полу, добрался до прихожей и распахнул дверь.

На пороге стоял человек, я разглядел лишь контур — за ним пылал ослепительный рассвет. Солнце било прямой наводкой: мокрые листья, стволы деревьев, трава сияли, словно были посыпаны битым стеклом. Я загородился ладонью от солнца, пытаясь разглядеть гостя.

— А где Лоренц? — спросил он.

— Вы зайдите, — сипло пригласил я, отступая в прихожую.

— Не, спасибо... Я думал это Лоренц... — Он замялся. — Вот я решил к завтраку. Вы ведь не завтракали еще?

У него был ласковый голос и рыжие буйные волосы, мне наконец удалось разглядеть его. Невысокий, в круглых учительских очках, в мешковатом комбинезоне цвета сухой грязи, он напоминал рассеянного подростка, над такими обычно потешается весь класс, таким пишут обидные глупости на спине мелом и тайком под партой связывают шнурки.

— Вот. — Он сунул мне в руки картонную упаковку и сверток, похожий на холодный камень. — Там яйца. Утренние. А это Сэм.

— Сэм?

— Да. В морозилку уберите... Ну мне пора, надо еще там... — Он заторопился, сбежал с крыльца, повернулся, спросил. — А Лоренц приедет?

— Боюсь, что нет, — я запнулся. — Он умер.

Рыжий застыл.

— Вот как... — рассеянно проговорил он. — Вот оно как...

Он забрался в свой «Форд», грузовик по самые стекла был заляпан грязью. Затарахтел мотор.

— В морозилку! Не забудьте! — крикнул он, дал газ и уехал.

Щурясь от солнца, я остался стоять в дверях, в одной руке дюжина яиц, в другой таинственный ледяной Сэм. Птицы, уцелевшие после вчерашнего потопа, радостно голосили из деревьев, от мокрой травы поднимался сизый пар, где-то за елями шумела быстрая река. Начинался новый день. Мой первый день в Вермонте.

Интуитивно нашел кухню, холодильник работал. Я послушно убрал сверток в нутро морозильника. Вернулся в гостиную.

Неудивительно, что утонченная и чувствительная жена (пардон, супруга) капитана Ригли отказалась тут ночевать: трофейные головы зверья всех мастей висели в два ряда, я насчитал двадцать семь экспонатов. Помимо заурядных оленей и банальных косуль, я с удивлением обнаружил оскалившегося леопарда с розовым языком и внушительными клыками, голову мрачного тура с толстыми, словно лакированными, черными рогами. Под самым потолком темнела здоровенная башка африканского носорога.

Гостиная мне понравилась. Мебель, обшарпанная и разномастная, отличалась добротностью и удобством. Разлапистое, глубокое кресло, в котором я отлично выспался, было обито мягкой, местами вытертой до белизны, свиной кожей. Другое кресло, массивное, темного дуба, напоминало реквизит из мушкетерского кино, на резной спинке я разглядел затейливый герб со львами и какой-то злой птицей.

На пыльных полках было полно книг, старинные фолианты с потемневшими корешками стояли вперемешку с пестрой макулатурой карманного формата, сонеты Шекспира, изданные лет двести назад, соседствовали с наивной стряпней Дэна Брауна, к «Запискам о Галльской войне» по-свойски притулился потрепанный Дин Кунц.

Посередине гостиной стоял биллиардный стол, обтянутый фиолетовым сукном, забытые шары застыли в некой дебютной позиции. Седьмой номер наклонился над средней лузой, я не удержался и подтолкнул его.

Над биллиардом висела кованая люстра (черный металл от пыли казался мягким, замшевым) с дюжиной мертвых ламп, между которыми паук свил хитрую паутину, полную мушиных мумий. Цепь люстры уходила под темный свод, потолки такого типа агенты по недвижимости называют «кафедральными».

Еще тут был псевдокитайский ломберный столик с отыгранным до половины пасьянсом «Платок Казановы», несколько старых керосиновых ламп, мутные фотографии там и сям, какая-то пыльная сувенирная мелочь явно туристского пошиба — сисястая африканская статуэтка, осколок фальшивой античной вазы, оловянная баварская кружка с крышкой. В углу тусклой латунью сиял небольшой самовар. У самоваров такого объема на Руси была кличка «эгоист», предназначался он для индивидуального чаепития. Я стер ладонью пыль, на боку был выбит десяток медалей с орлами и царскими профилями, а судя по клейму, самовар был самый настоящий, тульский, и изготовлен на заводе братьев Баташовых в 1899 году.

На втором этаже располагались две спальни. Я выбрал ту, что выходила окнами на запад. Кровать была

застелена, в ногах аккуратно сложен плед в шотландскую клетку. Я провел ладонью по грубой шерсти, ткнул
кулаком в подушку. На тумбочке рядом с лампой лежала
Библия дорожного формата в черном кожаном переплете.
Я раскрыл наугад, пролистал несколько страниц. Положил
на место. Распаковывать мне особо было нечего, я бросил
сумку с вещами в угол и направился вниз.

12

В прихожей я нашел резиновые сапоги. Судя по раз-
меру, покойный Лоренц был великаном. Ключ, намертво
застрявший вчера, сегодня я вытащил без особых усилий.
Громко топая, по-хозяйски прошелся по террасе. Крыша
кое-где текла, и на дощатом полу блестели лужи. У стены
была сложена ладная поленница из березовых дров, там,
где береста отслоилась, дерево казалось розовым. Над
дровами кружили осы.

Солнце приподнялось над макушками елок и уже
не било в глаза. Луг перед домом сиял от росы, за лугом
темнел хвойный лес. Где-то шумела река. Я спустился
с крыльца, пошел по высокой траве. Оглянулся, снаружи
дом выглядел весьма затейливо — словно кто-то, начав
строить охотничье шато с альпийскими претензиями,
на полпути передумал и закончил дом бревенчатым кре-
стьянским срубом. Крыльцо, терраса, наличники окон
первого этажа украшала резьба, второй этаж напоминал
деревенскую баню. Единственным украшением верхней
части дома был флюгер в виде птицы, изображавшей что-то
среднее между петухом и фениксом.

Река оказалась совсем рядом, мелкая и неширокая,
она звонко неслась по камням. Рассыпаясь солнечными

бликами на перекатах, поток мчался на восток. Кое-где из воды торчали валуны, у высокого белого камня, похожего на большой палец, образовался затор из мелкого мусора и сломанных деревьев. Среди сучьев застрял черный ящик, похожий на детский гроб.

Я зашел в воду по щиколотку, сделал несколько шагов по скользким камням. Течение ощущалось даже на небольшой глубине. Чуть дальше, в заводи за большим круглым камнем, я увидел темную спину форели, рыба словно застыла в зеленом стекле. Я осторожно шагнул, хотел рассмотреть поближе, но форель метнулась и исчезла, сверкнув радужным боком.

До таинственного ящика оставалась пара шагов, дно неожиданно пошло под уклон, тут вода доходила почти до края голенища. Стараясь не зачерпнуть, я подался вперед, вытянул руку. Пальцы почти дотянулись до угла ящика. В этот момент я почувствовал на себе чей-то взгляд. Подняв глаза, я увидел на том берегу медведя. Он стоял у самой воды и внимательно наблюдал за мной.

Я застыл. Медведь хмуро наклонил большую голову, подался вперед и легко встал на задние лапы. На груди шерсть была светлее, на животе белел треугольник, похожий на мохнатые бикини. Глаза карие, темные, как горький шоколад, смотрели совсем по-человечески, он оскалился и стал похож на недоброго старого цыгана. Вода холодной струйкой затекала мне в сапог.

Медленно, стараясь сохранить равновесие, я сделал шаг назад. Подошва заскользила, я взмахнул руками и грохнулся в воду. Медведь удивленно приподнялся, его уши встали торчком. Он теперь смотрел на меня с насмешливым любопытством.

В кризисных ситуациях, когда на мыслительный процесс просто нет времени, нас выдрессировали действовать на автомате. Руководствоваться инстинктом. Если ты начнешь прикидывать варианты, просчитывать ходы, то почти наверняка не доживешь до конца боя. Не могу сказать, что в данном случае мой инстинкт оказался на высоте.

Обеими руками я зачерпнул воду и окатил ею медведя. Он проворно отскочил, заворчал и мрачно двинулся ко мне. Вот тут мой инстинкт сработал блестяще: я бросился бежать. Один сапог потерялся сразу, второй я стянул и, обернувшись, кинул в медведя. На Востоке такой жест считается серьезным оскорблением. Медведь, не будучи магометанином, впал в ярость — я угодил сапогом ему в морду. Он зарычал, вернее, это напоминало крик, так орут нетрезвые люди в уличных драках. Я увидел желтые клыки, слюнявый язык, черное небо. Моя надежда на неуклюжесть зверя не оправдалась: медведь резвым аллюром спешил за мной по мелководью, ловко перескакивал с камня на камень. Он явно знал реку.

Мне река была незнакома. Пару раз я споткнулся, на середине провалился по пояс в неожиданную яму. У самого берега, поскользнувшись на вполне надежном валуне, упал и ободрал локоть.

Потом мы неслись сквозь чащу, звонкую от утреннего птичьего гомона. Солнце сюда едва пробивалось, косые лучи чертили диагонали, серебристо-дымчатые, как в готическом соборе. Пахло сырой хвоей, еловые шишки больно впивались в босые пятки.

Бежали через луг по мокрой росе. Топтыгин не знал, что у меня было лучшее время в эскадроне по кроссу по пересеченной местности. Когда я влетал в дом, он отстал от меня уже шагов на пятнадцать. Я хлопнул дверью, повернул замок. Медведь затормозил перед самым крыльцом, на ступени подниматься не стал. Неуклюже сел по-собачьи, вытянул шею, зычно заревел.

— Ори не ори, брат. — Я наблюдал за ним через квадратное оконце в двери. — Надо уметь проигрывать.

Косолапый, очевидно, не считал себя проигравшим. Отдышавшись, он с хозяйской неторопливостью обошел мой джип. Обнюхал. Неуклюже, скользя когтями по лаку, забрался на капот. С капота на крышу. Растянулся на брюхе, выставив лапы.

— Ну погоди, гад... — Даже отсюда мне хороши были видны свежие царапины на крыле и капоте.

Я поднялся в спальню, достал из сумки «глок», вставил обойму. Вернулся к двери. Наглец продолжал нежиться на крыше моего «Ранглера». Я распахнул дверь. Медведь насторожился, поднял морду, утробно заворчал. Я вышел на крыльцо, передернул затвор. Медленно поднял пистолет, медведь мрачно следил за мной. Целясь в голову, я начал спускаться по ступеням.

— Так... — сказал я суровым голосом. — На этом шутки кончаются. Понял?

Негодяй оскалился. Потом потянулся, выставив черные когти, и зевнул.

— Не понял, значит... — пробормотал я с угрозой. — Ну ладно...

Чуть подняв ствол, я выстрелил. Пуля прошла в дюйме от медвежьей головы. Такой прыти я не ожидал — он молниеносно скатился с крыши.

— А ну пошел! — Я погрозил пистолетом и почему-то перешел на немецкий. — Цурюк, нах хаузе! Шнелль, шнелль!

Медведь, по-видимому, все понял и тут же затрусил в сторону реки. Сразу за дорогой, на яркой от свежей зелени лужайке он, словно вспомнив о чем-то, остановился, повернул ко мне морду.

— Шпацирен, шпацирен... — Я махнул пистолетом в сторону леса.

Тут наглый зверь присел по-собачьи и начал гадить. При этом не спускал с меня глаз. Над лужайкой, непрерывно треща, кружили две пестрые сороки.

— Ну ты... ну и мерзавец... — Я захлебнулся от негодования, выстрелил в воздух.

Медведь не обратил внимания на выстрел, закончил. После чего, не оглядываясь, неспешно побрел через луг в сторону реки.

13

Центр местной цивилизации назывался Бредфорд и находился в семнадцати милях от меня. Он состоял из одной улицы с горбатым мостом через узкую реку, старой бензоколонки, магазина хозтоваров и другого магазина, где торговали всем остальным — от трусов и кока-колы до охотничьих ружей и капканов. К двери был приклеен рукописный плакат «Рыболовные лицензии продаются здесь».

Еще была библиотека — одноэтажная беленая хибара с кокетливой башенкой на крыше, напомнившей мне почему-то о море. За мостом, в древней постройке, криво вато сложенной из дикого камня и до окон второго этажа заросшей плющом, расположился ресторан. Названия у заведения не было, самодельная вывеска так и гласила «Ресторан». У входа, на мощенной камнем террасе, стояли три железных стола с железными стульями, неудобными даже на вид.

Я сел за крайний стол. Рядом гуляли рябые куры и деловито клевали какой-то мусор. Без особой надежды достал мобильник, сигнала тут тоже не было. Впрочем, это было неважно, звонить мне все равно было некому. Я выключил телефон, сунул в карман куртки.

По дороге редко, но на бешеной скорости проносились грузовики с местными номерами. У моста, на середине реки, в рассыпанном серебре солнечных бликов, стоял рыболов в соломенной шляпе и болотных сапогах и внахлест ловил форель. Ловким движением он закидывал удочку, леска тонко пела, закручиваясь в петлю и на миг вспыхивала хрустальной паутиной. Из пыльной травы вразнобой трещали кузнечики. Приближался полдень.

— В отпуск?

Я с трудом вынырнул из жаркой полудремы.

— Отпуск... — повторил я с вопросительной интонацией, поднял глаза.

Официантка, яркая, вульгарно-красивая какой-то ярмарочной красотой не слишком высокой пробы, улыбалась мне. Если б Кармен в свободное от работы на папиросной фабрике время увлекалась атлетической гимнастикой, она выглядела бы примерно так. Включая тугое черное платье и терракотовый загар.

— Да, в отпуск, — повторил я поувереннее.

Она улыбнулась, показав много белых зубов. Потом медленно наклонилась, протягивая меню. Непроизвольно зацепившись взглядом за глубокий вырез — на секунду небольшая, но убедительно упругая грудь почти уткнулась мне в нос, — я вдохнул ее запах, горьковатую смесь корицы с подгорелым хлебом. Еще я заметил миниатюрную татуировку в ее ушной раковине — что-то вроде птицы.

— Принести чего-нибудь попить? — спросила она интимно, продолжая улыбаться так, словно мы уже делили с ней какой-то секрет.

— Кофе, — наугад ответил я и откашлялся.

— Кофе... — повторила она. — Это хорошо.

Раскрыв меню, я проводил ее глазами до самой двери. Она не спешила и была уверена, что я продолжаю глазеть на ее мускулистые икры, загорелые ляжки и ладную, поджарую задницу. Два лесоруба у бензоколонки заржали, они пили кофе из картонных стаканов и беззаботно курили под надписью «Огнеопасно». Я уткнулся в меню.

Еда оказалась вполне съедобной, я заказал сэндвич, который проглотил в два приема. Официантку звали Розалин (ну, разумеется, а как иначе ее могли звать), она сама представилась, протянув мне сухую сильную кисть. Я встал, загремел железным стулом, неловко пожал руку. Лесорубы заржали снова.

Розалин нежно опустила передо мной счет — разлинованный листок с девичьим, школьным почерком. Сумма была ничтожной, у нас в Вирджинии за такие деньги воды не купишь. Я оставил царские чаевые, встал, зачем-то снова пожал руку Розалин.

— Приходите с женой в следующий раз. — Она вопросительно улыбнулась.

У нее были сине-серые глаза, светлые, с точками черных зрачков, как у флорентиек Боттичелли. Я сморозил какую-то чушь и громко засмеялся. Розалин, аккуратно сложив деньги, убрала их в передник. Карман находился на паху, она задержала там руку и улыбнулась.

Стало жарко, трава от солнца казалась белой. Хорошенькая девочка лет семи в грязном платье сидела на корточках у входа в хозмаг и увлеченно мучила котенка.

У бензоколонки меня окликнул один из лесорубов, седоусый здоровяк с бритым, загорелым затылком.

— Эй, мистер! — вполне дружелюбно обратился он. — Вы племянник Лоренца, Расти сказал...

— Расти? — Я подошел к ним.

— Ну, рыжий...

— А-а, этот. — Я не стал вдаваться в подробности моего родства с Лоренцом. — Ну да, живу там. Пока.

— Если вам что надо, — лесоруб сделал руками неопределенный жест. — Ну там, траву покосить или деревья какие... того... спилить. Расти говорит, там сосна, рядом с домом... Если на крышу грохнется... Короче, если что — Тэд меня зовут. Тэд Ковальски.

Он сжал мою кисть своей коричневой клешней.

— И с этой... — Он чуть кивнул в сторону ресторана. — С Роз поосторожней. Поаккуратней с Роз.

Он подмигнул, но без улыбки. Я поблагодарил Тэда и направился в сторону магазина.

14

С двумя крафтовыми пакетами, доверху набитыми снедью и мелкой ерундой, я вышел из бредфордского сельпо. У колеса моего джипа справляла малую нужду симпатичная дворняга, рыжая в белых пятнах. За рестораном «Ресторан» стрекотала газонокосилка, оттуда тянуло свежей травой. Я вдохнул сочный огуречный дух, взглянул на пустую террасу с железными столами. На спинке стула сидела сытая ворона. Из дверей вышла официантка, но не Розалин, а короткая, толстая блондинка, нелепо замахала на птицу голыми руками. Ворона пренебрежительно снялась и лениво направилась в сторону реки.

Сунув покупки в багажник, я влез в машину, опустил стекла. Достал из кармана только что купленную открытку с местным видом — горбатая гора с пятнистыми коровами голландской породы, красный амбар, силосная башня. На фоне — горы и небо в зефирных облаках. Перевернув, пристроил открытку на колене. Написал «Хелью», потом втиснул перед именем «дорогая», после чего надолго задумался, глядя в окно.

Я хотел написать, что все еще люблю ее. Что ближе ее у меня никого нет на всем свете. Что у меня вообще никого нет, кроме нее и детей. Что мне одиноко и скверно. Что я безумно скучаю без нее. Что мне плохо, плохо, плохо.

У заправки остановился «Форд», кузов доверху был завален дровами. Из кабины неспешно выбрался индеец, старый и сухой, как палка, с седыми, словно серебряными волосами, свитыми в две косы. Он открыл бензобак, сунул конец шланга и скрылся в хибаре заправки. Без особого интереса я подумал, что не видел здесь ни одного негра, мулата или хотя бы завалящего мексиканца. И если мои бородатые приятели моджахеды пожалуют в Вермонт за моей головой, то их банные простынки и тюрбаны будут здорово выделяться на местном фоне.

Индеец вернулся с картонным стаканчиком кофе. Пил и поглядывал на стрелку, ползущую по циферблату бензоколонки. Я вспомнил Аннаполис, тот день, когда первый раз увидел Хелью. В Аннаполисе невероятное количество вишневых деревьев, из-за цветущих вишен город казался ажурным, сказочным. От цветочного духа голова шла кругом, я бродил по горбатым улицам как зачарованный. У меня была увольнительная, а их курс привезли на экскурсию — показывали академию, корабли, церковь восемнадцатого века, пушки с английского флагманского фрегата «Эндевер» — всю эту туристскую чепуху.

В своей белой униформе я показался ей частью того вишневого безумия, она потом мне сказала, что во всем этом ей виделся какой-то высший смысл. Словно кто-то хитроумно срежиссировал нашу встречу, наполнив сюжет намеками и знаками, таинственными, но понятными лишь нам двоим.

Впрочем, понятными в большей степени ей, чем мне. На самом деле все случилось так гладко и так быстро, что я ничего не понял. Просто спускаясь с моста, я заметил ее ультрамариновую шляпу. Настоящую дамскую, в каких леди появляются на Кентукки-дерби или следят в театральные бинокли за рысаками на бегах где-нибудь в окрестностях Лондона. Бинокля у нее не было, за спиной болтался рюкзак, маленький, почти детский. Она только что купила сахарный рожок с двумя шариками мороженого — розовым и белым. Повернулась, встретилась со мной взглядом, улыбнулась.

Я застыл, между двух ударов моего сердца розовый шарик упал на мостовую, улыбка на ее лице сменилась растерянностью, она беспомощно посмотрела на меня. Я понял, что пропал и направился к ней.

Медовый месяц в нашем случае был спрессован до пяти суток, которые пришлись на конец октября. Эти пять дней и ночей оказались самым счастливым отрезком в моей жизни, несмотря на то что нас занесло в штат Мэн, где уже началась зима. Мы жили на настоящем маяке, на самой верхотуре, выше был только гигантский прожектор, а еще выше — небо. Маяк стоял на скалистой косе, все пять дней бушевал шторм, и деревенский парень, который приносил нам провизию в большой корзине, подвергал свою жизнь серьезному риску. Серые волны, пенистые и злые, перекатывались через камни, и мальчишке требовалось точно рассчитать свои перебежки по опасным участкам косы, чтоб его не смыло.

Мы стояли у узкого окна: крупный снег несся по диагонали, желтый луч маяка шарил среди свинцовых волн, призрачно скользил по чернильному подбрюшью мохнатых туч. Иногда мощный вал расшибался о маяк с такой силой, что стены нервно вздрагивали, а пол испуганно скрипел.

Нам не было страшно, мы были счастливы, мы знали, что с нами ничего не случится. Хелью тогда прошептала: «Знаешь, нас обвенчал Атлантический океан». Я ответил: «Мне казалось, что мы повенчаны на небесах». Я и сейчас думаю так. Хотя даже у небесного союза, похоже, есть срок годности.

Индеец со своими дровами давно уехал. Рыча и сияя никелем выхлопных труб, нахально выставленных вверх, у заправки лихо затормозил «Триумф». С мотоцикла соскочил крепкий малый, затянутый в черную кожу. Ездок снял шлем и оказался рыжеволосой девицей. Я вздохнул, кинул ручку в бардачок. Сложил открытку пополам и сунул в карман. Дальше двух слов дело у меня не пошло.

Коварная ночная дорога при свете дня выглядела вполне приветливо и даже живописно, шоссе кружило между холмов с пегими коровами, иногда приближаясь к берегу шумной реки, иногда убегая от нее. Порой сосновый бор, темный и мрачный, подступал к самой обочине, и тогда в открытое окно врывался сырой хвойный дух, пахло смолой и иголками. Вдали, на стриженных лужайках красовались фермерские домики, белые и изящные, как резные игрушки ручной работы. Попадались заброшенные фермы, с просевшими крышами и мертвыми окнами, спокойно-торжественные в своем обаянии распада.

Из-за поворота выскочил самодельный указатель «Ферма Пирсона, овощи и фрукты, 500 ярдов», на доске был изображен отчаянно красный помидор. Я проехал пятьсот ярдов и свернул, подъехал к длинному сараю. Перед распахнутым входом в плетеных корзинах зеленели початки кукурузы, рядом, словно пушечные ядра, были сложены желтые дыни. Вокруг кружили пчелы.

Внутри никого не было, громко шаркая по дощатому полу, я прошелся между ящиков с овощами. Покашлял. Хлопнула задняя дверь, вошла девчонка лет четырнадцати, белобрысая и по-деревенски румяная. Нос у нее обгорел и блестел розовой кожицей.

— Привет! Ты, что ли, хозяйка? — улыбнулся я, снимая темные очки.

Она уставилась на меня, вытирая руки белым полотенцем.

— У нас самые сочные томаты в округе, — уклончиво ответила она, выпятив вполне зрелую грудь в майке с застиранной надписью «Спрайт».

— Самые красные — это уж точно. — Я взял из корзины увесистый помидор.

— Вы — племянник Лоренца? — утвердительно спросила она, взрослым жестом заправив русую прядь за ухо. — Вот сюда складывайте, пожалуйста, я потом посчитаю.

Она протянула мне лукошко и, словно потеряв интерес, отвернулась и принялась наводить порядок на полках. На девчонке были вылинявшие в голубое джинсы, тесные, с закатанными до колен штанинами, когда она попыталась дотянуться до верхней полки с пузатыми склянками каких-то разноцветных джемов, майка задралась, оголив загорелую вогнутую поясницу и резинку трусов. Я откашлялся и занялся помидорами.

Где-то лениво зудела муха, хрустел песок под моими башмаками. Иногда до меня доносился тяжкий вздох или бормотание, нарочито серьезное и взрослое.

— Ну вот. — Я поставил лукошко на прилавок. — На первое время...

— А вы надолго в Медвежий Ручей? — Девчонка повернулась, придвинула лукошко.

— Какой ручей? Это где?

Она хмыкнула. Не удостоив ответом, лишь взглянула на меня, как на недоумка. Достала из лукошка помидор, нежно погладив, положила на весы. За ним другой, третий. Так же бережно взвесила огурцы и мясистый красный перец. Назвала цену.

Сложила овощи в бумажный пакет, выйдя из-за прилавка, протянула мне. Забирая пакет, я ненароком уткнулся взглядом в ее крупные соски, проступавшие сквозь ткань майки. Она снова хмыкнула, мокро облизнула губы и неспешно зашла за прилавок.

— Вы знаете, что такое урюк? — спросила она.

— Абрикосы... — пробормотал я.

— Угу, вяленые. — Она прикусила нижнюю губу, вдруг рассмеялась. — Мой старший брат уверял меня в детстве, что это засахаренные человеческие уши. Представляете?